Het geheime leven van Henri Pick

David Foenkinos bij Uitgeverij Cossee

Charlotte

David Foenkinos

Het geheime leven van Henri Pick

Roman

Vertaald door
Carlijn Brouwer

Cossee
Amsterdam

'Deze bibliotheek is gevaarlijk.'

Ernst Cassirer
over de bibliotheek van Warburg

Eerste deel

1

In 1971 verscheen *Vida*¹ van de Amerikaanse schrijver Richard Brautigan. Het beschrijft de bijzondere liefdesgeschiedenis tussen een bibliothecaris en een jonge vrouw met een fantastisch lijf. Een lijf waar ze in zekere zin het slachtoffer van is, alsof er een vloek op schoonheid zou rusten. Vida, zo luidt de voornaam van de hoofdpersoon, vertelt dat een man zichzelf door háár heeft doodgereden; gehypnotiseerd door deze buitengewone voorbijgangster was de automobilist gewoon vergeten op de weg te letten. Na het ongeluk was de jonge vrouw naar de auto toegesneld. De automobilist, die lag te bloeden en creperen, wist voor hij stierf nog net tegen haar te zeggen: 'Wat bent u mooi, juffrouw.'

Maar eigenlijk is het leven van Vida niet zo interessant als dat van de bibliothecaris. Want hij is degene die de roman zo bijzonder maakt. Hij werkt in een bibliotheek die alle boeken adopteert die door uitgevers afgewezen zijn. Zo was er bijvoorbeeld de man die een manuscript kwam inleveren nadat hij meer dan vierhonderd afwijzingen geïncasseerd had. En zo stapelen zich onder het oog van de verteller boeken in ieder genre op. Er zitten essays tussen met titels als *Bloemkweken bij kaarslicht op een hotelkamer*, maar ook een kookboek met daarin de recepten van alle gerechten die in

---

1 Een boek met 'Een romance uit 1966' als ondertitel.

Dostojevski's romans genoemd worden. Een mooi voordeel van dit systeem: de schrijver mag zelf zijn plek in de boekenkast uitkiezen. Hij kan dwalen tussen de bladzijdes van zijn vervloekte collega's voor hij zijn plaats in deze anti-erfenis bepaalt. Manuscripten die met de post komen, worden echter niet geaccepteerd. Je moet zelf langskomen om het boek dat niemand wilde hebben af te geven, alsof die handeling de bereidheid tot een definitief afscheid symboliseert.

Een paar jaar later, in 1984, maakte de schrijver van *Vida* een einde aan zijn leven in Bolinas, Californië. Over het leven van Brautigan en wat hem tot zelfmoord dreef, komen we later nog te spreken, maar laten we eerst stilstaan bij de bibliotheek die aan zijn verbeelding ontsproten is. Begin jaren negentig werd zijn idee verwezenlijkt. Een bevlogen lezer richtte als eerbetoon de 'bibliotheek van de afgewezen boeken' op. En zo zag de Brautigan Library, die boeken zonder uitgever verwelkomt, het licht in de Verenigde Staten. Na een verhuizing is de bibliotheek tegenwoordig gevestigd in Vancouver, in de staat Washington.[2] Het initiatief van zijn fan zou Brautigan vast ontroerd hebben, maar kun je ooit zeker weten wat de doden vinden? Toen de bibliotheek in aanbouw was, werd er in vele kranten over bericht, en ook in Frankrijk had men het erover. De bibliothecaris van Crozon, in Bretagne, wilde eenzelfde project opzetten. En dus richtte hij in oktober 1992 het Franse equivalent op van de bibliotheek van de afgewezenen.

---

2 Op internet is eenvoudig informatie te vinden over de activiteiten van deze bibliotheek, via de site: www.thebrautiganlibrary.org.

2

Jean-Pierre Gourvec was trots op het bordje bij de ingang van zijn bibliotheek. Een citaat van Cioran, vrij ironisch voor een man die 'zijn' Bretagne vrijwel nooit verlaten had:

'Geen betere plek om te mislukken dan Parijs.'

Hij was zo iemand die meer waarde hecht aan zijn regio dan aan het vaderland, wat hem nog niet meteen een regionalistische fanatiekeling maakte. Zijn uiterlijk deed het tegenovergestelde vermoeden: met zijn lengte en strenge blik, de dikke aderen die over zijn nek liepen en zijn uitgesproken rode gelaatskleur ontkwam je niet aan de indruk dat dit de fysieke geografie moest zijn van een opvliegend karakter. Niets was minder waar. Gourvec was een bedachtzaam en wijs mens, voor wie woorden een betekenis en een doel hadden. Je hoefde maar een paar minuten in zijn gezelschap te verkeren om die eerste en verkeerde indruk af te schudden; deze man zag eruit alsof hij nog voor zichzelf aan de kant zou gaan.

Hij was dus degene die zijn boekenkasten herinrichtte om achter in de gemeentebibliotheek ruimte vrij te maken voor alle manuscripten die droomden van een veilige haven. Een hele onderneming, die hem deed denken aan de volgende zin van Jorge Luis Borges: 'Een boek lenen in de bibliotheek en weer terugbrengen zorgt er alleen maar voor dat de boekenkasten moe worden.' Ze moesten inmiddels wel uitgeput zijn, dacht Gourvec glimlachend. Intellectuelenhumor was het, of om nog preciezer te zijn: de intellectuelenhumor van een eenling. Zo zag hij zichzelf namelijk, en dat strookte vrij aardig met de werkelijkheid. Gourvec bezat een minimale dosis aan sociale vaardigheden, en hij vond niet vaak dezelfde dingen grappig als de mensen uit de buurt, maar hij kon zichzelf dwingen naar een grap te luisteren. Af en toe ging hij zelfs een biertje drinken in het café aan het eind van de straat, ouwehoeren over de zin en onzin van alles, maar toch vooral over onzin, vond hij, en op die zeldzame momenten van saamhorigheid wilde hij nog weleens een kaartje leggen. Hij vond het niet erg dat ze hem als een van hen zouden kunnen beschouwen.

Over zijn leven wist men weinig, behalve dan dat hij alleen woonde. Hij was in de jaren vijftig getrouwd geweest, maar niemand wist waarom zijn vrouw al na een paar weken bij hem was weggegaan. Er werd gefluisterd dat hij haar via een zoekertje gevonden had: ze hadden elkaar lang geschreven voor ze elkaar ontmoetten. Mislukten ze daarom als echtpaar? Gourvec was misschien iemand wiens vurige verklaringen je graag las, voor wie je je bereid vond alles achter te laten, maar achter die mooie woorden kon niets anders dan een teleurstellende realiteit schuilgaan. Andere kwade tongen hadden destijds beweerd dat zijn impotentie ervoor had gezorgd dat zijn vrouw zo snel de benen had genomen. Die theorie was niet heel waarschijnlijk, maar als iemands gedrag niet te begrijpen valt, wordt het al gauw op iets banaals gegooid. Het mysterie rondom deze liefdesgeschiedenis leefde dus voort.

Na het vertrek van zijn vrouw had hij, voor zover men wist, geen lange relatie meer gehad. Ook had hij geen kinderen gekregen. Het was moeilijk te zeggen hoe zijn seksleven eruitzag. Hij zou weleens de minnaar van eenzame vrouwen kunnen zijn, van de Emma Bovary's van zijn tijd. Er waren ongetwijfeld vrouwen die tussen de boekenkasten meer dan alleen hun literaire verlangens vervuld wilden zien. Bij deze man, die kon luisteren, die las, was het mogelijk te ontsnappen aan de sleur van alledag. Maar dat is pure speculatie. Eén ding is zeker: Gourvecs enthousiasme en passie voor zijn bibliotheek bleven altijd onverminderd aanwezig. Hij verwelkomde elke lezer met bijzonder veel aandacht, probeerde zo goed mogelijk te luisteren om advies op maat te kunnen bieden over zijn boeken. Volgens hem was het niet zozeer een kwestie van wel of niet van lezen houden, maar meer van leren hoe je een boek kunt vinden dat bij je past. Lezen kan voor iedereen een plezierige ervaring zijn, mits je het juiste boek voor je hebt, een boek dat je boeit, aanspreekt, en waarvan je je niet meer kunt losrukken. Om dat doel te bereiken had hij een methode ontwikkeld die aan het paranormale grensde: door het uiterlijk van een lezer te bestuderen kon hij zeggen welke schrijver hem zou bevallen.

Door de tomeloze energie waarmee hij zijn bibliotheek promootte, zag hij zich tot uitbreiden genoodzaakt. Hij beschouwde het als een onwaarschijnlijke overwinning, alsof zijn boeken een steeds zwakker leger vormden, waarvan elke daad van verzet tegen de onvermijdelijke ondergang aanvoelde als een weergaloze revolutie. Uiteindelijk mocht hij van de gemeente van Crozon zelfs een assistente aannemen. En dus stelde hij een vacaturetekst op. Gourvec hield ervan te bepalen welke boeken hij zou bestellen, om de boekenkasten op te ruimen en van nog een heleboel andere dingen, maar het idee dat hij een beslissing moest nemen over een méns, dat benauwde hem. Tegelijkertijd droomde hij ervan iemand te vinden die als een soort literaire vertrouweling kon fungeren; iemand met wie hij urenlang zou kunnen reflecteren op het gebruik van het beletselteken in het werk van Céline of speculeren over waarom Thomas Bernhard zelfmoord had gepleegd. Slechts één ding stond deze fantasie in de weg: hij wist donders goed dat hij niemand zou kunnen weigeren. En dus was het heel eenvoudig. De eerste die zou komen opdagen, zou zijn nieuwe collega worden. En zo kwam Magali Croze in de bibliotheek te werken, omdat ze beschikte over die ene, zo belangrijke eigenschap: snel weten te reageren op een vacature.

3

Magali was geen grote lezer[3], maar als moeder van twee jonge zoons moest ze snel aan een baan zien te komen. Zeker omdat haar man slechts parttime werkte in de Renaultfabriek. Er werden steeds minder auto's geproduceerd in Frankrijk; in die tijd, begin jaren negentig, begon de crisis een vast onderdeel van het leven te worden. Toen ze haar contract tekende moest ze denken aan de handen van haar man: handen die altijd vol smeer zaten. Aangezien zij de hele dag tussen de boeken zou werken, was de kans dat ze met hetzelfde ongemak te maken zou krijgen nihil. Dat zou een fundamenteel verschil blijken: in navolging van hun handen zouden ook de geliefden zelf totaal verschillende wegen inslaan.

Uiteindelijk vond Gourvec het juist wel fijn om samen te werken met iemand voor wie boeken niet heilig waren. Je kunt een uitstekende relatie hebben met een collega zonder elke ochtend Duitse literatuur te bespreken, moest hij toegeven. Hij adviseerde de bezoekers en zij ontfermde zich over de logistiek; het duo bleek perfect in balans. Het lag

---

3 Toen hij haar voor het eerst zag, dacht Gourvec meteen: ze ziet eruit als iemand die *De minnaar* van Marguerite Duras mooi vindt.

niet in Magali's aard om de beslissingen van haar meerdere in twijfel te trekken – toch kon ze het niet laten om haar twijfels over dat gedoe met die afgewezen boeken te uiten:

'Waarom zou je boeken bewaren die niemand wil hebben?'

'Het is een concept uit Amerika.'

'Ja, dus?'

'Het is een eerbetoon aan Brautigan.'

'Wie?'

'Brautigan. Heb je *Dromen van Babylon* niet gelezen?'

'Nee. Maakt ook niet uit, het is gewoon een raar idee. En trouwens, wil je echt dat ze hun boek hierheen komen brengen? We zullen alle psychopaten uit de buurt aantrekken. Schrijvers zijn gestoord, dat weet iedereen. En de ongepubliceerden zullen nog wel erger zijn.'

'Ze zullen eindelijk een plek krijgen. Zie het als een vorm van liefdadigheid.'

'Ik snap het al: je wilt dat ik de Moeder Teresa van de mislukte schrijvers word.'

'Nou, zoiets ja.'

'...'

Magali begon de schoonheid van het idee steeds meer in te zien, en probeerde het avontuur met goede wil tegemoet te treden. Rond die periode plaatste Jean-Pierre Gourvec een advertentie in de vakbladen, zoals *Lire* en *Le Magazine littéraire*. In de advertentie werd elke schrijver die zijn manuscript in deze bibliotheek van de afgewezenen wenste achter te laten, uitgenodigd af te reizen naar Crozon. Het idee werd meteen omarmd, en hele mensenmassa's kwamen in beweging. Sommige schrijvers doorkruisten heel Frankrijk om zich te ontdoen van hun mislukte pennenvrucht. Je kon het vergelijken met een pelgrimstocht, de literaire variant van Santiago de Compostella. Er zat een hoge symbolische lading aan het afleggen van honderden kilometers om een eind te maken aan de teleurstelling niet gepubliceerd te zijn. De weg naar woordvernietiging. En misschien oefende de regio van Frankrijk waar Crozon zich bevond nog wel een extra aantrekkingskracht uit: Finistère, daar waar de aarde ophoudt.

4

In tien jaar tijd ontving de bibliotheek bijna duizend manuscripten. Jean-Pierre Gourvec kon er hele dagen naar zitten kijken, gefascineerd door de kracht van deze nutteloze schat. In 2003 werd hij ernstig ziek en werd hij lange tijd opgenomen in het ziekenhuis van Brest. Dat was dubbel pijnlijk voor hem: zijn gesteldheid vond hij minder belangrijk dan het feit dat hij niet meer bij zijn boeken kon zijn. Vanuit zijn ziekenhuiskamer bleef hij Magali aansturen, terwijl hij het literaire nieuws op de voet volgde om te weten welke boeken hij moest bestellen. Hij mocht niets missen. Met zijn laatste krachten stortte hij zich op zijn levenslange passie. De bibliotheek van de afgewezen boeken leek niemand meer te interesseren, en dat maakte hem verdrietig. Nu de opwinding van het begin gezakt was, hield alleen mond-tot-mondreclame het project nog enigszins levend. Ook in de Verenigde Staten begon de Brautigan Library slagzij te maken. Niemand wilde die in de steek gelaten boeken nog opnemen.

Gourvec kwam sterk vermagerd terug. Je hoefde geen helderziende te zijn om te begrijpen dat hij niet lang meer te leven had. De inwoners van het stadje kregen uit een gevoel van medelijden opeens het onbedwingbare verlangen om boeken te lenen. Magali was de aanstichtster van deze kunstmatige interesse in boeken, omdat ze begreep dat dit de laatste gelukkige momenten zouden zijn voor Jean-Pierre. Verzwakt door zijn ziekte besefte hij niet dat de plotselinge toestroom van lezers geen toeval kon zijn. Integendeel: hij wilde graag geloven dat zijn levenslange inspanningen eindelijk hun vruchten afwierpen. Hij zou met een gevoel van immense voldoening sterven.

Ook vroeg Magali aan een aantal van haar kennissen om gauw een boek te schrijven, zodat ze de kasten voor de afgewezen boeken kon vullen. Ze drong zelfs bij haar moeder aan.
'Maar ik kan niet schrijven.'
'Dan is dit een goed moment om ermee te beginnen. Schrijf je herinneringen op.'
'Ik kan me niks herinneren, en ik maak hartstikke veel fouten.'
'Dat maakt niks uit, mama. We hebben boeken nodig. Zelfs je boodschappenlijstje is prima.'
'O? Denk je dat daar interesse voor is?'
'...'
Uiteindelijk besloot haar moeder haar adresboekje over te schrijven.

Door boeken te schrijven die direct bestemd waren voor de weigerstapel, raakte de oorspronkelijke bedoeling van het project naar de achtergrond, maar dat maakte niet zoveel uit. De acht teksten die Magali in een paar dagen bij elkaar gesprokkeld had, maakten Jean-Pierre gelukkig. Hij zag het als een lichte opleving, als een teken dat het nog niet te laat was. Hij zou niet lang meer getuige kunnen zijn van de ontwikkelingen van zijn bibliotheek, dus liet hij Magali beloven dat ze in ieder geval de teksten die al die jaren binnen waren gekomen zou bewaren.

'Beloofd, Jean-Pierre.'

'Die schrijvers hebben hun vertrouwen in ons gesteld... We mogen hen niet teleurstellen.'

'Ik zal ervoor zorgen. Hier zullen ze veilig zijn. En er zal altijd ruimte zijn voor de teksten die niemand anders wil.'

'Dank je.'

'Jean-Pierre...'

'Ja.'

'Ik wilde je bedanken...'

'Waarvoor?'

'Dat je me *De minnaar* hebt aangeraden... Het is prachtig.'

'...'

Hij pakte Magali's hand en hield die een hele tijd vast. Een paar minuten later, toen ze alleen in haar auto zat, barstte ze in huilen uit.

*

Een week later stierf Jean-Pierre Gourvec in zijn bed. Men noemde hem een innemende man die door iedereen gemist zou worden. Maar de korte ceremonie op het kerkhof werd maar door weinig mensen bijgewoond. Wat zou men zich uiteindelijk van deze man herinneren? Die dag was het misschien te begrijpen waarom hij zich zo verbeten had ingezet voor de oprichting en groei van die bibliotheek van de afgewezen boeken. Het was een monument tegen de vergetelheid. Niemand zou aan zijn graf komen treuren, net zoals niemand de afgewezen manuscripten zou komen lezen.

*

Natuurlijk hield Magali zich aan haar belofte om de ontvangen boeken te bewaren, maar ze had geen tijd om het project verder uit te bouwen. Sinds een paar maanden wilde de gemeente op zo ongeveer alles bezuinigen, vooral op alles wat met cultuur te maken had. Na de dood van Gourvec mocht ze geen vervanger aannemen, hoewel zij nu de leiding had over de bibliotheek. Ze bleef alleen achter. Beetje bij beetje zouden de boekenplanken achterin verwaarloosd raken, en zou het stof die woorden zonder lezer bedekken. Omdat ze zo opgeslokt werd door haar werk, dacht zelfs Magali er nog maar zelden aan. Hoe had ze kunnen bevroeden dat die afgewezen boeken haar leven overhoop zouden gooien?

Tweede deel

1

Delphine Despero woonde al bijna tien jaar in Parijs – vanwege haar werk kon dat niet anders –, maar ze was zich altijd Bretons blijven voelen. Ze kwam groter over dan ze daadwerkelijk was, al was dat geen kwestie van naaldhakken. Het is moeilijk uit te leggen hoe sommige mensen groter kunnen lijken: is het ambitie, het feit dat er in je kindertijd van je gehouden is, de zekerheid van een glansrijke toekomst? Een beetje van dat alles misschien. Delphine was een vrouw naar wie je wilde luisteren en die je wilde volgen, terwijl ze nooit dominant overkwam. Als dochter van een literatuurdocent was ze opgegroeid met boeken. Ze had haar kindertijd doorgebracht met het nakijken van de teksten van haar moeders leerlingen, gefascineerd door de rode nakijkinkt; ze streepte de fouten en kromme zinnen aan, waardoor ze nooit meer zou vergeten hoe het niet moest.

Na haar eindexamen ging ze letterkunde studeren in Rennes, maar ze wilde absoluut niet het onderwijs in. Het was haar droom om in de uitgeefwereld te werken. In de zomer regelde ze een stage en allerlei klusjes die haar een ingang tot de literaire wereld boden. Al vrij vroeg was ze tot de conclusie gekomen dat schrijven niets voor haar was, dat ze dat ook totaal niet erg vond, en slechts één ding wilde: met schrijvers werken. Ze zou nooit vergeten hoe ze kippenvel kreeg toen ze Michel Houellebecq voor het eerst zag. Destijds liep ze stage bij Fayard, waar net zijn *Mogelijkheid van een eiland* was verschenen. Hij was even voor haar blijven staan, niet zozeer om haar te bekijken als wel om haar te besnuffelen. Dephine had een 'hallo' gestameld waarop geen antwoord kwam, en in haar ogen was dit een heel bijzonder gesprek geweest.

Het weekend daarna, toen ze weer bij haar ouders was, had ze het gepresteerd een uur te vertellen over dat onbeduidende moment. Ze bewonderde Houellebecq en zijn schokkende ideeën over literatuur. Ze vond het vermoeiend om al die controverses rondom zijn persoon aan te horen; het ging nooit eens over zijn taalgebruik, zijn wanhoop, zijn humor. Ze sprak over hem alsof ze elkaar al jaren kenden, alsof het simpele feit dat ze hem was tegengekomen in de gang ervoor zorgde dat ze zijn oeuvre beter kon begrijpen dan wie dan ook. Ze was vol vuur en dat zagen haar ouders graag: ze hadden hun dochter vooral bij willen brengen dat het belangrijk is om met enthousiasme, interesse, verwondering te leven. Daarin waren ze behoorlijk goed geslaagd. Delphine had het vermogen ontwikkeld om de hartslag die een tekst tot leven brengt aan te voelen. Iedereen die haar in die tijd leerde kennen was het erover eens: haar stond een mooie toekomst te wachten.

Na haar redactiestage bij Grasset werd ze aangenomen als junior redactrice. Op haar leeftijd was zo'n functie uitzonderlijk, maar succes is altijd een kwestie van timing; ze was op de uitgeverij verschenen in een periode waarin de directie net het redactieteam wilde verjongen en meer vrouwen wilde. Ze kreeg een paar auteurs toegewezen. Deze auteurs waren weliswaar niet de belangrijkste, maar ze waren blij met een jonge redactrice die zich met al haar energie aan hen kon wijden. Ook moest ze op verloren momenten de manuscripten die per post binnenkwamen bekijken. Zij was degene die ervoor zorgde dat de debuutroman van Laurent Binet uitgegeven werd, *HhhH*, een weergaloos boek over de ss'er Heydrich. Toen ze die tekst onder ogen had gekregen, was ze meteen naar Olivier Nora gerend, de directeur van Grasset, en had ze hem gesmeekt het snel te lezen. Haar enthousiasme loonde. Binet tekende bij Grasset, nog voordat Gallimard hem ook een aanbod kon doen. Een paar maanden later won het boek de Prix Goncourt voor het beste debuut, en daarmee had Delphine Despero een belangrijke plaats verworven binnen de uitgeverij.

2

Een paar weken later had ze weer hetzelfde opgewonden gevoel, toen ze de debuutroman ontdekte van een jonge schrijver, Frédéric Koskas. *De badkuip* verhaalde over een jongen die weigerde zijn badkamer te verlaten en besloot om zijn dagen in de badkuip door te brengen. Een boek als dit, met een verteltrant die tegelijkertijd opgewekt en melancholiek was, had ze nog nooit gelezen. Het kostte haar weinig moeite om de proeflezers mee te krijgen in haar overtuiging. Het manuscript deed ergens wel denken aan *Oblomov* van Gontsjarov of *De baron in de bomen* van Calvino, maar dat willen buitensluiten van de wereld had ook iets heel hedendaags. Het grote verschil: met al die foto's vanuit de hele wereld, oneindig veel informatie en de sociale netwerken kon iedere jongere – in theorie – alles weten wat er te weten viel. Dus waarom zou je het huis nog verlaten? Delphine kon uren over de roman praten. Ze zag Koskas als een soort genie. Dat was een woord dat ze bijna nooit in de mond nam, ondanks het feit dat ze vaak enthousiast over iets was. Vooruit, er speelde nog iets mee: ze was als een blok gevallen voor de charmante schrijver van *De badkuip*.

Voor het contract getekend werd, hadden ze een paar keer afgesproken; eerst bij Grasset, toen in een café en ten slotte in de bar van een groot hotel. Samen bespraken ze de roman, en onder welke voorwaarden het zou verschijnen. Koskas' hart maakte een sprongetje bij het idee dat hij binnenkort gepubliceerd zou worden; dat was zijn allergrootste wens, zijn naam op een boekomslag. Hij wist het zeker: nu kon zijn leven echt beginnen. Zonder een boek met zijn naam erop had hij altijd het gevoel gehad dat hij een ronddolende, ontwortelde figuur was. Hij praatte met Delphine over zijn inspiratiebronnen; ze was literair bijzonder goed onderlegd. Ze hadden het over hun persoonlijke voorkeuren, maar echt persoonlijk werd het gesprek nergens. De redactrice wilde dolgraag weten of er een vrouw in het leven van haar nieuwe schrijver was, maar ze mocht er van zichzelf niet naar vragen. Ze probeerde die informatie via een omweg los te krijgen, maar tevergeefs. Uiteindelijk was het Frédéric die de stap waagde:

'Mag ik je een persoonlijke vraag stellen?'

'Ja hoor, ga je gang.'

'Heb je een vriend?'

'Wil je dat ik daar eerlijk antwoord op geef?'

'Ja.'

'Ik heb geen vriend.'

'Hoe kan dat nou?'

'Omdat ik op jou heb gewacht,' zei Delphine plotseling, verbaasd over haar eigen openhartigheid.

Ze wilde het meteen weer terugnemen, zeggen dat het een grapje was geweest, maar ze besefte dat ze het vol overtuiging had gezegd. Niemand zou aan de oprechtheid van haar woorden getwijfeld hebben. Natuurlijk had ook Frédéric zijn aandeel in dit flirterige gesprek, door te vragen: 'Hoe kan dat nou?' Zo'n vraag veronderstelde dat hij haar leuk vond, toch? Ze voelde schaamte, terwijl ze er zich meer en meer van bewust werd dat haar woorden waren ingegeven door de waarheid. Een oprechte waarheid die zich niet liet beteugelen. Ja, ze had altijd verlangd naar een man zoals hij. Qua uiterlijk en innerlijk. Ze zeggen weleens dat liefde op het eerste gezicht de activering is van een gevoel dat al in ons huist. Sinds hun eerste ontmoeting had Delphine het voelen borrelen: de indruk dat ze deze man al kende, en misschien zelfs al een glimp van hem had opgevangen in een voorspellende droom.

Frédéric was overrompeld, wist niet wat hij moest zeggen. Delphine kwam volkomen eerlijk op hem over. Als ze zijn roman bewierookte bespeurde hij daarin altijd een flintertje overdrijving. Een soort beroepsmatige verplichting om enthousiast over te komen, dacht hij. Maar nu was haar toon ongefilterd. Hij moest iets zeggen, en van zijn woorden hing de toekomst van hun relatie af. Kon hij haar niet beter op afstand houden? Zich voortaan beperken tot gesprekken over dit boek, en zijn volgende boeken? Maar ze hadden een klik, die twee. Hij kon niet ongevoelig blijven voor deze vrouw die hem zo goed begreep, deze vrouw die zijn leven zou veranderen. Omdat hij verdwaald was in het labyrint van zijn gedachten, voelde Delphine zich genoodzaakt het woord weer te nemen:

'Als dat gevoel niet wederzijds is, zal ik je roman met net zoveel plezier uitgeven.'

'Dank voor deze toelichting.'

'Graag gedaan.'

'Goed, stel je voor dat wij een stel zouden vormen...' zei Frédéric met een plotseling geamuseerde ondertoon in zijn stem.

'Ja, stel je voor...'
'Als we ooit uit elkaar zouden gaan, wat gebeurt er dan?'
'Wat een pessimist ben jij. Er is nog niks gebeurd en jij hebt het nu al over uit elkaar gaan.'
'Geef nou gewoon antwoord: als je me op een dag niet meer leuk vindt, gooi je al mijn boeken dan in de papierversnipperaar?'
'Ja, natuurlijk. Dat risico moet je nemen.'
'...'
Hij keek haar lachend aan, en met die blik begon het allemaal.

3

Ze verlieten de bar voor een wandeling door Parijs. Ze werden toerist in eigen stad, verdwaalden, doolden rond, maar kwamen uiteindelijk toch bij het huis van Delphine uit. Ze huurde een studio in de buurt van Montmartre, een wijk waarvan moeilijk te zeggen valt of die nu volks of bourgeois is. Met het beklimmen van de trap naar de tweede etage begon het voorspel. Frédéric nam de benen van Delphine aandachtig in zich op, die dat natuurlijk doorhad en extra langzaam liep. Eenmaal in het appartement begaven ze zich richting het bed en gingen in alle rust liggen, alsof het heftigste verlangen ook uitgedrukt kon worden in een even opwindende sereniteit. Niet veel later bedreven ze de liefde. En bleven vervolgens lang in elkaars armen liggen, terwijl ze zich allebei realiseerden hoe gek het was om plotseling zo intiem te zijn met iemand die een paar uur eerder nog een vreemde was. Het was een even onverwachte als fijne ommezwaai. Het lichaam van Delphine had zijn zo naarstig gezochte lotsbestemming gevonden. Frédéric was eindelijk tot rust gekomen, een leegte die hij tot nu toe nooit had gevoeld was opgevuld. En ze wisten allebei dat wat hen overkwam nooit gebeurde. Of misschien soms in het leven van anderen.

In het holst van de nacht deed Delphine het licht aan:
'Het wordt tijd dat we je contract bespreken.'
'Aha... Dit maakt dus allemaal deel uit van de onderhandelingen...'
'Uiteraard. Ik ga met al mijn schrijvers naar bed voordat ik ze laat tekenen. Maakt het makkelijker om de audiovisuele rechten te behouden.'
'...'
'En?'
'Ik doe er afstand van. Ik doe overal afstand van.'

4

Helaas werd *De badkuip* een fiasco. Al is 'fiasco' een groot woord. Wat kun je ook verwachten van een nieuw boek? Ondanks de inspanningen van Delphine Despero, en het lobbyen bij haar perscontacten, veranderden de paar artikelen die 'de prozaïsche stem van dit veelbelovende talent' loofden niets aan het klassieke lot van een papieren boek. Men denkt dat gepubliceerd worden de graal is. Zoveel mensen schrijven met de droom dat ooit te bereiken, maar er is iets wat nog erger is dan de pijn van het niet gepubliceerd zijn: dat wél zijn, maar in totale anonimiteit.[4] Binnen een paar dagen is je boek nergens meer te vinden en ben je opeens bezig

---

[4] Richard Brautigan had nog een andere bibliotheek kunnen oprichten. Die van de gepubliceerde boeken waar niemand het over heeft: de bibliotheek van de onzichtbaren.

met een nogal pathetische zwerftocht van boekhandel naar boekhandel, op zoek naar het bewijs dat dit alles geen droom was. Wie een boek publiceert dat zijn publiek niet bereikt, zet de deur naar onverschilligheid op een kier.

Delphine deed haar uiterste best om Frédéric gerust te stellen. Ze zei dat deze tegenvaller niets veranderde aan het vertrouwen dat de uitgeverij in hem stelde. Maar niets hielp, hij voelde zich leeg en vernederd. Jaren was hij ervan overtuigd geweest dat hij op een dag zou kunnen leven van zijn woorden. Hij vond het zo'n mooi plaatje, de jongeman die schreef en wiens eerste boek binnenkort zou verschijnen. Maar waar kon hij zijn hoop nu nog op vestigen, nu de realiteit zijn droom een armzalig kleed had omgehangen? Hij had geen zin om een toneelstukje op te voeren, zichzelf voor de gek te houden door blij te zijn met die ene prachtige bespreking die zijn boek had ontvangen, zoals zoveel anderen die zich op de borst klopten om een vermelding van drie regels in *Le Monde*. Frédéric Koskas was altijd al in staat geweest om objectief naar zijn eigen situatie te kijken. En hij begreep dat hij niet moest veranderen wat hem zo uniek maakte. Als hij niet gelezen werd, dan was dat maar zo. 'Ik heb in ieder geval de vrouw van mijn leven ontmoet in het uitgeefproces,' zei hij troostend tegen zichzelf. Hij moest doorgaan op dezelfde weg, maar het kostte hem evenveel moeite als een soldaat die is vergeten door zijn regiment. Een paar weken later begon hij weer te schrijven. Een roman waarvan de voorlopige titel *Het bed* luidde. Hij liet niets los over het onderwerp, maar zei droogjes tegen Delphine: 'Of het nou weer een fiasco wordt of niet, dat ligt in elk geval een stuk comfortabeler dan een badkuip.'

5

Ze gingen samenwonen, of beter gezegd: Frédéric trok bij Delphine in. Om hun liefdesleven voor commentaar te behoeden, wist niemand op de uitgeverij van hun relatie af. 's Morgens vertrok zij naar haar werk en ging hij schrijven. Dit boek, had hij bedacht, zou volledig in bed tot stand komen. Als schrijver kun je je de meest buitensporige dingen permitteren. Schrijver is het enige beroep waarbij je de hele dag onder een deken kunt blijven liggen en zeggen: 'Ik ben aan het werk.' Soms viel hij weer in slaap of droomde hij weg, zichzelf ervan overtuigend dat dat zijn creativiteit ten goede zou komen. Niets was minder waar: hij voelde zich mat. Soms schoot de gedachte door hem heen dat het ongecompliceerde en heerlijke geluk dat hem ten deel was gevallen weleens schadelijk kon zijn voor zijn schrijven. Moest je niet verloren of gebroken zijn om te scheppen? Nee, dat sloeg nergens op. Er waren meesterwerken geschreven in euforie, er waren meesterwerken geschreven in wanhoop. Voor het eerst in zijn leven leidde hij een stabiel bestaan. En Delphine verdiende geld voor hen beiden, zolang hij bezig was met zijn roman. Hij voelde zich geen parasiet of profiteur; hij had zich erbij neergelegd dat hij zich liet onderhouden. Het was een soort liefdespact tussen hen: tenslotte werkte hij voor haar, want zij zou zijn roman uitgeven. Maar hij wist ook dat ze een onpartijdige rechter zou zijn en dat hun relatie haar oordeel over de kwaliteit van het boek geenszins zou beïnvloeden.

In de tussentijd publiceerde ze het werk van anderen, en haar scherpte bleef onderwerp van gesprek. Ze wimpelde meerdere baanvoorstellen van andere uitgevers af, gehecht als ze was aan Grasset, de uitgeverij die haar een kans had gegeven.

Soms had Frédéric jaloerse momentjes: 'O? Heb je dat boek uitgegeven? Maar waarom? Het is hartstikke slecht.' Ze diende hem van repliek: 'Word nou niet zo'n verbitterde schrijver die alle anderen slecht vindt schrijven. Ik heb mijn handen vol aan al die egotrippende idioten de hele dag. Als ik thuiskom wil ik een schrijver zien die op zijn werk gefocust is, en alleen daarop. De anderen zijn niet belangrijk. Trouwens, die anderen geef ik uit terwijl ik uitkijk naar jouw *bed*. Alles wat ik doe komt in zekere zin op hetzelfde neer: verlangen naar jouw bed.' Delphine hield er een wonderbaarlijke methode op na om de angsten van Frédéric te doen verdwijnen. Ze was de perfecte mix tussen iemand die kon wegdromen bij een boek en iemand die met beide benen op de grond stond; een evenwicht dat ze te danken had aan haar genen en aan de liefde van haar ouders.

6

Haar ouders, juist. Delphine sprak haar moeder dagelijks via de telefoon, vertelde uitgebreid over haar leven. Ze praatte ook wel met haar vader, maar in geconcentreerde vorm, zonder zinloze details. Sinds kort waren ze allebei met pensioen. 'Ik ben opgevoed door een literatuurdocent en een leraar wiskunde, daar komt mijn schizofrenie vandaan,' grapte Delphine. Haar vader had in Brest gewerkt, haar moeder in Quimper, en iedere avond ontmoetten ze elkaar weer halverwege in hun huis in Morgat, in de gemeente Crozon. Het was een magische plek, overal van afgeschermd, waar de wilde natuur haar gang kon gaan. Je kon je gewoon niet vervelen op zo'n plek; met alleen al uitkijken over de zee zou je een heel leven kunnen vullen.

Delphine bracht de zomer altijd door bij haar ouders, en ook deze zomer vormde geen uitzondering op die regel. Ze vroeg Frédéric of hij met haar mee wilde. Het zou de perfecte gelegenheid zijn om eindelijk Fabienne en Gérard aan hem voor te stellen. Hij deed alsof hij erover na moest denken, of hij iets anders te doen had. Hij vroeg:

'Hoe is jouw bed daar in huis?'

'Een maagd op het gebied van mannen.'

'Zal ik de eerste zijn die daar met jou in slaapt?'

'De eerste, en de laatste, hoop ik.'

'Ik wilde dat ik kon schrijven zoals jij antwoordt. Altijd mooi, doeltreffend, beslist.'

'Jij schrijft beter dan dat. Dat weet ik. Dat weet ik beter dan wie dan ook.'

'Je bent geweldig.'

'Jij bent ook wel oké.'

'...'

'Daar houdt de wereld op. We kunnen over het strand lopen, en alles zal helder zijn.'

'En je ouders? Ik ben niet altijd even sociaal als ik aan het schrijven ben.'

'Dat begrijpen ze wel. Wij praten de hele tijd. Maar we verplichten niemand om hetzelfde te doen. Zo gaat dat in Bretagne...'

'Wat betekent dat, "Zo gaat dat in Bretagne"? Dat zeg je de hele tijd.'

'Dat zul je wel zien.'

'...'

7

Het liep allemaal anders. Vanaf het moment dat ze het huis waren binnengestapt, had Frédéric zich bijzonder welkom gevoeld bij de ouders van Delphine. Het was voor het eerst dat ze een man aan hen voorstelde, dat was duidelijk. Ze wilden alles weten. Tijdens die zogenaamd niet-verplichte gesprekken werd hij flink aan de tand gevoeld. Hoewel hij er weinig voor voelde om zijn hele verleden op tafel te gooien, moest hij meteen allerlei vragen beantwoorden over zijn leven, zijn ouders, zijn kindertijd. Hij probeerde sociaal wenselijke antwoorden te geven, leukte zijn verhalen op met smakelijke anekdotes. Delphine had de terechte indruk dat hij die verzon om zijn verhaal spannender te maken dan de droge realiteit.

Gérard had *De badkuip* aandachtig gelezen. Het is altijd behoorlijk deprimerend voor een schrijver die een boek heeft geschreven dat onopgemerkt is gebleven om een lezer tegen te komen die denkt dat hij hem een plezier doet door er eindeloos over te bomen. Dat gebeurt natuurlijk met de beste bedoelingen. Maar ze zaten nog maar net op het terras aan een aperitiefje, met uitzicht op dat ontwapenend mooie landschap, en Frédéric voelde zich bezwaard om het moment te verpesten met geklets over zijn eigenlijk nogal middelmatige roman. Hij begon er steeds meer afstand van te nemen, zag de missers steeds duidelijker, en ook hoe overdreven goed hij het had willen doen. Alsof iedere zin per se moet bewijzen hoe geniaal je wel niet bent. Elke debuutroman komt uit streberigheid voort. Alleen echte genieën gaan meteen rebelleren. Maar het duurt nu eenmaal even om de lange adem van een werk te doorgronden, wat zich verschuilt achter het vertoon. Frédéric voelde aan zijn water dat zijn tweede boek beter zou worden, hij dacht aan niets anders meer, maar sprak er nooit over. Je moest gevoelens niet als waarheden verkondigen.

'*De badkuip* is een prachtige parabool van de wereld vandaag de dag,' zei Gérard.
'Aha...' antwoordde Frédéric.
'Je hebt gelijk: de overdaad heeft in eerste instantie tot verwarring geleid. En nu zorgt ze ervoor dat we van alles afstand willen doen. Alles hebben staat gelijk aan niets meer willen. Dat is een bijzonder relevant inzicht, vind ik.'
'Dank u. Uw complimenten maken me aan het blozen...'
'Geniet er maar van. Zo gaat het hier niet altijd,' zei hij met een overdreven grijns.
'Je bent beïnvloed door Robert Walser, is het niet?' haakte Fabienne aan.
'Robert Walser... ik... ja... dat klopt, ik vind hem erg goed. Daar had ik zelf niet bij stilgestaan, maar u hebt helemaal gelijk.'
'Je boek deed me vooral denken aan zijn novelle *De wandeling*. Hij heeft een buitengewoon talent voor het beschrijven van slenterpartijen. Zwitserse schrijvers zijn vaak meesters in het schetsen van verveling en eenzaamheid. Dat zie je terug in jouw boek: je maakt de leegte tastbaar.'
'...'

Frédéric kon geen woord meer uitbrengen, overmand door emotie. Die vriendelijke woorden, die aandacht, hoelang had hij dat al niet meer meegemaakt? Met een paar zinnen hadden ze de littekens verzorgd die het onbegrip van de lezers had achtergelaten. Hij keek naar Delphine, die zijn leven had veranderd, zij wierp hem een liefdevolle glimlach toe en opeens kon hij niet wachten om dat fameuze bed te ontdekken waar nooit eerder een man in had gelegen. Hier leek hun liefde tot ongekende hoogtes te stijgen.

8

Na dit spraakzame begin lieten haar ouders Frédéric wat meer met rust. De dagen vergleden en hij genoot ervan om in deze voor hem onbekende regio te schrijven. De ochtenden wijdde hij aan zijn roman; 's middags ging hij wandelen met Delphine, op verkenningstocht in gebieden waar ze nooit iemand tegenkwamen. Het was de perfecte omgeving om jezelf te vergeten. Af en toe vertelde ze hem dingen over haar jeugd. Het verleden kreeg beetje bij beetje kleur, en daardoor kon Frédéric nu van Delphine in al haar facetten houden.

Delphine gebruikte haar vrije tijd om bij te kletsen met jeugdvrienden. Dat is een heel specifiek soort vriendschap: een verwantschap die boven alles plaatsgebonden is. In Parijs zou ze Pierrick of Sophie misschien niets meer te melden hebben, ze waren zo veranderd, maar hier konden ze urenlang praten. Ze praatten elkaar bij over hun levens, jaar na jaar. Ze vroegen aan Delphine met wat voor mensen ze daar allemaal te maken had. 'Er zijn veel oppervlakkige mensen bij,' zei ze zonder het echt te menen. Je zegt zo vaak iets omdat anderen het willen horen. Delphine wist dat haar jeugdvrienden haar graag Parijs hoorden bekritiseren; dat stelde hen gerust. De uren met hen waren aangenaam, maar ze wilde maar één ding: snel naar Frédéric toe. Ze was blij dat hij zich in Bretagne genoeg op zijn gemak voelde om te schrijven. Ze raadde haar vrienden zijn roman aan, en was helaas gedwongen op de vraag: 'Is er ook een pocket van?' 'Nee' te stamelen.

Ondanks haar groeiende invloed had ze er niemand van weten te overtuigen om een nieuwe editie uit te brengen van het totaal geflopte boek. Er was geen enkele reden om aan te nemen dat een lagere prijs iets zou kunnen veranderen aan het commerciële lot van *De badkuip*.

Delphine besloot van onderwerp te veranderen, te praten over de boeken die ze had meegenomen. Dankzij de moderne technologie hoefde ze geen koffers vol manuscripten meer mee te sjouwen op vakantie. Ze had een stuk of twintig boeken te lezen in augustus. Die stonden allemaal op haar e-reader. Men vroeg haar waar al die boeken over gingen, en Delphine moest bekennen dat ze ze in de meeste gevallen niet kon samenvatten. Ze had niets noemenswaardigs gelezen. En toch was ze nog steeds opgewonden als ze aan iets nieuws begon. En als dit nou eens goed was? En als ik nou eens een schrijver ga ontdekken? Haar vak haalde het beste in haar naar boven; ze had een haast kinderlijk plezier in haar werk, alsof ze zocht naar chocolade-eieren die in de tuin verstopt waren. Bovendien vond ze het heerlijk om te werken aan de manuscripten van de schrijvers in haar fonds. Ze had *De badkuip* minstens tien keer herlezen. Als ze een boek goed vond, kon de vraag of een puntkomma wel of niet nodig was haar hart sneller doen kloppen.

9

Die avond was het zulk mooi weer dat ze besloten om buiten te eten. Frédéric dekte de tafel, met een wat onnozele vreugde dat hij zich nuttig kon maken. Schrijvers zijn zo blij als ze een huishoudelijke taak mogen volbrengen. Ze vinden het prettig hun mentale omzwervingen te compenseren met de opwinding van concrete dingen. Delphine praatte veel met haar ouders, wat haar partner fascinerend vond. Ze hebben elkaar altijd iets te vertellen, dacht hij. In hun gesprekken waren er geen witregels. Misschien was het iets wat je kon trainen. Elk woord leidde tot een ander woord. Die constatering onderstreepte eens te meer hoe moeilijk Frédéric met zijn eigen ouders kon communiceren. Hadden ze zijn roman überhaupt gelezen? Waarschijnlijk niet. Zijn moeder probeerde wel een betere band met hem op te bouwen, maar het was moeilijk om het verleden, een dorre vlakte zonder liefde, zomaar opzij te schuiven. Hoe het ook zij, hij dacht weinig aan ze. Hoelang had hij ze al niet meer gesproken? Hij had geen flauw idee. Door zijn mislukte roman was hij alleen nog maar verder van ze verwijderd geraakt. Hij hoefde de afkeurende blik van zijn vader niet te zien, die natuurlijk zou beginnen over al die andere boeken die wel goed verkochten.

Frédéric wist niet eens wat ze deze zomer deden. Hij vond het al onvoorstelbaar genoeg dat ze samen waren. Na twintig jaar gescheiden te zijn geweest, waren ze onlangs weer bij elkaar gekomen. Hoe hadden ze het in hun hoofd gehaald? Het is in ieder geval een goed vertrekpunt om schrijver te worden: je ouders niet begrijpen. Waarschijnlijk was het zo gegaan: ze hadden geprobeerd iets te maken van hun leven zonder de ander, en hadden elkaar bij gebrek aan beter uiteindelijk weer opgezocht. Frédéric had eronder geleden om steeds maar weer, zijn hele jeugd lang, zijn spullen te moeten versjouwen van hot naar her, en nu vormden ze opeens weer een gezinnetje zonder hem erbij. Moest hij zich schuldig voelen? Maar waarschijnlijk was er een veel meer voor de hand liggende reden: ze waren doodsbang geweest om alleen achter te blijven.

Frédéric schudde zijn gedachten van zich af[5] om zijn aandacht weer op het heden te richten:

'Heb je er nou nooit genoeg van om al die manuscripten te lezen?' vroeg Fabienne aan haar dochter.

'Nee, ik vind het heerlijk. Maar de laatste tijd vind ik het inderdaad wel een beetje vermoeiend. Ik heb weinig spannends gelezen.'

'En *De badkuip*? Hoe heb je dat ontdekt?'

'Frédéric had het met de post gestuurd, heel simpel. En ik vond het toen ik snuffelde in de stapel manuscripten op het speciaal daarvoor bestemde bureau. De titel maakte me nieuwsgierig.'

'Eigenlijk,' zei Frédéric, 'heb ik het bij de receptie afgegeven. Ik ben verschillende uitgeverijen afgegaan, zonder er echt iets van te verwachten. Hoe had ik kunnen bedenken dat ze me de volgende ochtend al terug zouden bellen?'

'Dat zal wel niet zo vaak voorkomen, dat het zo snel gaat, toch?' vroeg Gérard, die zich altijd met gesprekken wilde bemoeien, zelfs als ze hem niet echt interesseerden.

'Dat we zo snel reageren niet, nee. En dat het uitgegeven wordt ook niet. Er worden bij Grasset maar drie of vier romans per jaar gepubliceerd die we ongevraagd per post krijgen.'

'Van de hoeveel manuscripten?' vroeg Fabienne.

'Duizenden.'

'Ik neem aan dat jullie iemand hebben die zich bezighoudt met de afwijzingen. Daar heb je een dagtaak aan,' floot Gérard tussen zijn tanden.

---

5 Hoelang volgde hij het gesprek al niet meer? Wie zou het zeggen. De mens is begiftigd met de unieke gave met het hoofd te kunnen knikken en de indruk te geven aandachtig te luisteren naar wat er gezegd wordt, terwijl hij eigenlijk aan iets anders denkt. Daarom moet je nooit de waarheid uit iemands blik willen afleiden.

'Over het algemeen wordt er een standaardbrief gestuurd door een stagiair,' legde Delphine uit.

'Ach ja, de fameuze brief: "Ondanks de kwaliteiten van uw tekst, blablabla... moeten wij u helaas meedelen dat het niet binnen ons fonds past... hierbij ontvangt u... blablabla..." Makkelijk excuus, dat fonds.'

'Klopt,' zei Delphine tegen haar moeder. 'Vooral omdat er geen lijn in ons fonds zit, dat is een smoes. Werp één blik op onze aanbiedingsfolder en je ziet dat we boeken uitgeven die werkelijk niets met elkaar te maken hebben.'

Toen ontstond er toch een korte witregel in het gesprek, een zeldzaamheid bij de familie Despero. Gérard maakte van de gelegenheid gebruik om iedereen nog een glas rode wijn in te schenken. Het was al de derde fles die ze die avond soldaat maakten.

Fabienne kwam met een anekdote over het stadje:

'Een paar jaar geleden bedacht de bibliothecaris van Crozon dat alle boeken die door uitgevers afgewezen werden, verzameld moesten worden.'

'O?' zei Delphine, die verbaasd was dat ze dat verhaal niet kende.

'Ja. Het idee was geïnspireerd op een Amerikaanse bibliotheek, geloof ik. Ik kan me de details niet meer precies herinneren. Ik weet alleen nog dat er toen veel over gepraat werd. De mensen vond het wel grappig. Iemand zei zelfs dat het een soort literaire stortplaats was.'

'Dat is belachelijk, ik vind het een mooi idee,' viel Frédéric haar in de rede. 'Als niemand mijn boek had willen hebben, dan had ik het misschien wel fijn gevonden als het tenminste érgens een plek zou hebben.'

'Bestaat het nog steeds?' vroeg Delphine.

'Ja. Ik heb niet de indruk dat er veel gebeurt, maar een

paar maanden geleden was ik in de bibliotheek en toen zag ik dat de stellages achterin nog altijd gereserveerd waren voor de afgewezen boeken.'

'Wat een prutswerk moet daar tussen zitten!' gnuifde Gérard, maar niemand scheen zijn humor te waarderen.

Frédéric besefte dat hij vaak niet betrokken werd bij de een-tweetjes tussen moeder en dochter. Uit medeleven wierp hij hem een veelbetekenend glimlachje toe, maar hij ging niet zo ver in hun onderonsje door hardop te lachen. Gérard was uitgelachen, en zei dat hij het een idioot initiatief vond. Als wiskundige kon hij zich niets voorstellen bij een plek die bestemd was voor al het wetenschappelijk onderzoek dat mislukt was of voor alle diploma's die net niet behaald waren. Er waren niet voor niets toetsstenen, hordes die genomen moesten worden: ze waren er om de werelden van succes en van mislukking van elkaar te scheiden. Hij kwam nog met een andere, op zijn zachtst gezegd vreemde vergelijking aanzetten: 'Dat is hetzelfde als dat je in je liefdesleven een blauwtje loopt bij een vrouw, maar dat ze dan toch iets met je begint...' Delphine en Fabienne snapten de parallel niet echt, maar ze waardeerden de aandoenlijke poging van een rationele man om zijn gevoelige kant te laten zien. Wetenschappers zijn in hun metaforen soms net zo poëtisch en origineel als een kind van vier in een gedicht (ze moesten maar eens gaan slapen).

10

Eenmaal in bed streelde Frédéric de benen van Delphine, haar dijen, liet zijn vinger toen op dat ene deel van haar lichaam rusten:

'Heb je er bezwaar tegen als ik hem hier neerleg?' fluisterde hij.

11

De volgende ochtend stelde Delphine Frédéric voor om een fietstochtje naar Crozon te maken, om die bibliotheek eens van dichtbij te bekijken. Normaal gesproken werkte hij zeker tot één uur, maar ook hij was gegrepen door een brandend verlangen. Misschien zou het hem goed doen om de mislukkingen van anderen aan den lijve te ondervinden.

Magali werkte nog steeds in de bibliotheek. Ze was dikker geworden. Zonder precies te weten waarom had ze zich laten gaan. Het was niet meteen na de geboorte van haar twee zoons begonnen, maar in de jaren daarna. Misschien vanaf het moment dat ze besefte dat ze haar hele leven hier zou slijten, en ditzelfde beroep zou uitoefenen tot aan haar pensioen. Die volledig uitgestippelde horizon maakte een eind aan haar wil iets aan haar uiterlijk te doen. En toen ze constateerde dat de extra kilo's haar man niet leken te deren, volgde ze het pad dat ertoe zou leiden dat ze zichzelf niet meer herkende. Hij zei dat hij van haar hield, ondanks haar veranderde lichaam, en ze had daaruit kunnen afleiden dat zijn liefde diep zat; in plaats daarvan zag ze het vooral als een teken van onverschilligheid.

Er had nog een andere grote verandering plaatsgevonden: in de loop van de jaren was ze een echte boekenkenner geworden. Zij, die dit vak min of meer toevallig ingerold was, zonder enige interesse in boeken, was nu in staat lezers van advies te voorzien, ze te helpen kiezen. Gaandeweg had ze de bibliotheek naar haar eigen smaak ingericht. Ze had de afdeling voor de allerkleinsten vergroot en speelse activiteiten op de agenda gezet, zoals voorleesuren. Haar inmiddels volwassen zoons kwamen haar af en toe in het weekend helpen. Twee uit de kluiten gewassen kerels waren het, die net als hun vader in de Renaultfabriek werkten en die met hun knieën in hun nek kinderen zaten voor te lezen uit *Over een kleine mol die wil weten wie er op zijn kop gepoept heeft.*

Er kwam bijna niemand meer voor de bibliotheek van de afgewezen boeken, waardoor zelfs Magali er bijna nooit meer aan dacht. Af en toe kwam er een wat dubieuze figuur schuchter naar binnen schuifelen, die dan fluisterde dat niemand zijn boek had willen hebben. Hij had over dit toevluchtsoord gehoord van vrienden van vrienden van niet-gepubliceerde schrijvers. Men deed aan mond-tot-mondreclame in deze gedesillusioneerde gemeenschap.

Het jonge stel kwam de bibliotheek binnen, en Delphine stelde zich voor, zei dat ze uit Morgat kwam.
 'Ben jij de dochter van meneer en mevrouw Despero?' vroeg Magali.
 'Ja.'
 'Ik kan me jou wel herinneren. Je kwam hier als klein kind al...'
 'Dat klopt.'
 'Of nou ja, eigenlijk kwam je moeder boeken voor jou lenen. Werkte jij niet in Parijs, bij een uitgeverij?'
 'Ja, inderdaad.'
 'Zou je misschien wat gratis boeken voor ons kunnen regelen?' vroeg Magali met een commercieel inzicht dat omgekeerd evenredig was aan haar fijngevoeligheid.
 'Eh, natuurlijk, ik zal zien wat ik kan doen.'
 'Dank je.'
 'Ik kan je in elk geval alvast één fantastische roman aanraden, *De badkuip*. En je een paar gratis exemplaren bezorgen.'
 'O ja, daar heb ik over gehoord. Schijnt niks te zijn.'

'Nee hoor, helemaal niet. Trouwens, mag ik je de auteur voorstellen?'

'O, het spijt me. Ik ben ook altijd zo lomp.'

'Geen zorgen,' stelde Frédéric haar gerust. 'Ik zeg ook weleens dat een boek slecht is terwijl ik het niet gelezen heb.'

'Maar ik ga het lezen. En er moeite voor doen. We hebben tenslotte niet iedere dag een beroemdheid op bezoek in Crozon,' probeerde Magali het goed te maken.

'Een beroemdheid, dat lijkt me wat overdreven,' stamelde Frédéric.

'Nou ja, een schrijver die gepubliceerd is, dan.'

'Maar goed,' zei Delphine. 'We zijn hiernaartoe gekomen omdat we iets hebben vernomen over een nogal bijzondere bibliotheek.'

'Ik neem aan dat jullie het hebben over de afgewezen boeken.'

'Ja, precies.'

'Die liggen achterin. Ik heb ze bewaard als eerbetoon aan degene die ermee begonnen is, maar het is niet meer dan een hoop slechte teksten.'

'Ongetwijfeld. Maar we vinden het een mooi idee,' zei Delphine.

'Dat zou Gourvec, de initiatiefnemer ervan, deugd gedaan hebben. Hij vond het fijn als mensen interesse toonden in zijn bibliotheek. Je zou kunnen zeggen dat het zijn levenswerk was. Hij boog het falen van anderen om tot zijn succes.'

'Dat is mooi,' zei Frédéric.

Magali had die zin zomaar gezegd, zonder zich bewust te zijn van de poëzie ervan. Ze liet het jonge stel doorlopen naar de kast met afgewezen boeken. Ze bedacht zich dat het lang geleden was dat ze die planken afgestoft had.

Derde deel

1

Een paar dagen later gingen Delphine en Frédéric weer naar de bibliotheek. Ze waren geënthousiasmeerd door het lezen van al die onwaarschijnlijke teksten. Bij sommige titels waren ze in lachen uitgebarsten, maar ze waren ook geroerd geweest door de dagboeken die weliswaar slecht geschreven waren, maar waarin wel degelijk sprake was van oprechte gevoelens.

Zo brachten ze een hele middag door, terwijl de uren ongemerkt voorbijgleden. Aan het einde van de dag begon de moeder van Delphine zich ongerust te maken en wachtte op hen in de tuin. Uiteindelijk zag ze hen verschijnen, vlak voor zonsondergang. Ze kwamen uit de verte aanfietsen, achter het schijnsel van hun voorlicht aan. Ze wist meteen wie van de twee haar dochter was door haar nauwkeurige en kaarsrechte manier van fietsen. Haar komst diende zich aan met een strakke, stabiele lichtbundel. Het lichtspoor van Frédéric was artistieker, hij fietste schokkerig, zonder duidelijke richting. Hij zat waarschijnlijk de hele tijd om zich heen te kijken. Fabienne dacht bij zichzelf wat een goed koppel ze vormden: een combinatie van nuchterheid en fantasie.

'Sorry, mam, onze telefoons waren leeg. En we waren bezig.'
'Waarmee?'
'Met iets heel bijzonders.'
'Wat dan?'

'Laten we eerst papa erbij roepen. Iedereen moet erbij zijn.'

Dat laatste had ze plechtig gezegd.

2

Even later, bij het aperitief, vertelden Delphine en Frédéric over hun middag in de bibliotheek. Om de beurt vulden ze elkaars verhaal aan met details. Het was duidelijk dat ze het moment zo lang mogelijk wilden rekken, niet te snel met een grote onthulling wilden komen. Ze vertelden hoe lachwekkend sommige manuscripten waren, hoe obsceen en raar ook, zoals *Masturbatie en sushi*, een erotische ode aan rauwe vis. Delphines ouders probeerden hen te laten opschieten met het verhaal, maar het had geen zin, ze sloegen allerlei provinciale weggetjes in, bleven staan om het landschap te bewonderen, maakten van hun verhaal een reis, nee, een tocht vol trage en kleurrijke omwegen. Tot ze bij de clou waren:

'We hebben een meesterwerk ontdekt,' verkondigde Delphine.

'O ja?'

'Eerst dacht ik: oké, sommige stukken zijn best goed, vooruit, en toen werd ik volledig meegesleept door het verhaal. Ik kon het boek niet meer wegleggen. Ik heb het in twee uur uitgelezen. Ik was er totaal van ondersteboven. En dan die bijzondere taal waarin alles geschreven was, simpel en poëtisch tegelijk. Toen ik het uithad, heb ik het meteen aan Frédéric gegeven, en ik heb hem nog nooit zo gezien. Hij was er volledig van in de ban.'

'Nou, inderdaad,' beaamde Frédéric, die er nog steeds van onder de indruk leek.

'Maar waar gaat dat boek over?'

'We hebben het manuscript meegenomen, dus lees het zelf maar.'

'Dus je hebt het zomaar meegenomen?'

'Ja, daar doe ik toch niemand kwaad mee?'

'Maar waar gaat het nou over?'

'Het heet *De laatste uren van een liefdesgeschiedenis*. Het is fantastisch. Het gaat over een verliefdheid waar een eind aan moet komen. Om verschillende redenen kunnen de geliefden niet bij elkaar blijven. Het boek vertelt over hun laatste momenten samen. Maar de echte kracht van de roman is dat de schrijver het vertelt als een echo van Poesjkins lijdensweg.'

'Want Poesjkin raakte gewond in een duel,' ging Frédéric verder, 'en hij heeft in zijn laatste uren flink geleden, voor hij uiteindelijk bezweek. Het is echt een briljant idee om het einde van een relatie te verbinden aan het leed van de grootste Russische dichter aller tijden.'

'De eerste zin van het boek luidt ook: "Het is onmogelijk om Rusland te begrijpen als je Poesjkin niet gelezen hebt",' lichtte Delphine toe.

'Ik zou het wel willen lezen,' zei Gérard.

'Jij? Ik dacht dat je niet van lezen hield,' antwoordde Fabienne.

'Nee, maar dit maakt me wel nieuwsgierig.'

Delphine keek haar vader aan. En ze bekeek hem niet met de ogen van een dochter, maar met die van een redactrice. Onmiddellijk begreep ze dat deze roman aan zou kunnen slaan bij het grote publiek. En de manier waarop ze eraan gekomen waren zou het natuurlijk ook goed doen in de aanbiedingsteksten.

'Wie heeft het geschreven?' vroeg haar moeder.

'Weet ik niet. Ene Henri Pick. Op het manuscript staat dat hij in Crozon woont. Hij zou makkelijk op te sporen moeten zijn.'

'Die naam zegt me wel wat,' zei haar vader. 'Is dat niet die man die zo lang die pizzeria heeft gerund?'

Het jonge stel staarde Gérard aan. Hij kwam maar zelden voor dat hij zich vergiste. Het leek onwaarschijnlijk, maar dat gold voor dit hele avontuur.

De volgende ochtend had ook de moeder van Delphine het boek gelezen. Ze vond het verhaal mooi in zijn eenvoud, en vertelde:

'Die parallel met Poesjkins lijdensweg geeft het inderdaad een extra tragische lading. Ik kende het verhaal eigenlijk helemaal niet.'

'Poesjkin is niet zo bekend in Frankrijk,' zei Delphine.

'Hij is echt bizar aan zijn einde gekomen...'

Fabienne wilde doorgaan over de Russische dichter en de omstandigheden van zijn dood, maar Delphine kapte haar af, want ze wilde het hebben over de schrijver van de roman. Ze had er de hele nacht over liggen piekeren. Wie zou zo'n boek kunnen schrijven en zich dan niet kenbaar maken?

Het bleek niet zo ingewikkeld om erachter te komen wie deze mysterieuze man was. Toen Frédéric zijn naam intikte op Google kwam hij uit bij een overlijdensadvertentie van twee jaar daarvoor. Henri Pick zou dus nooit weten dat er mensen enthousiast zouden zijn over zijn boek, onder wie zelfs een redactrice. Ze zouden in contact moeten komen met zijn naasten, dacht Delphine. In de overlijdensadvertentie werd melding gemaakt van een echtgenote en een dochter. Zijn weduwe woonde in Crozon en haar adres stond in het telefoonboek. Echt ingewikkeld was de zoektocht niet.

3

Madeleine Pick was net tachtig geworden en woonde alleen sinds de dood van haar man. Samen hadden ze meer dan veertig jaar een pizzeria gerund. Henri stond in de keuken, Madeleine deed de bediening. Ze leefden volgens het ritme van het restaurant. Het pensioen was een pijnlijke omschakeling geweest. Maar het lichaam wilde niet meer. Henri had een hartaanval gekregen. Met pijn in het hart had hij het restaurant moeten verkopen. Soms ging hij nog weleens als klant terug naar de pizzeria. Hij had aan Madeleine toevertrouwd dat hij zich dan net een man voelde die zijn ex-vrouw zag met haar nieuwe echtgenoot. De laatste maanden van zijn leven was hij steeds neerslachtiger geworden; hij zonderde zich af, had nergens zin meer in. Zijn vrouw, die altijd wat uitbundiger en opgewekter van aard was geweest dan hij, moest lijdzaam toezien hoe het schip ten onder ging. Hij stierf in zijn bed, nadat hij een paar dagen eerder iets te lang in de regen had gelopen; het was moeilijk te zeggen of het een zelfmoord in de gedaante van onvoorzichtigheid was. Op zijn sterfbed leek hij volledig kalm. Madeleine bracht de meeste dagen nu alleen door, maar ze verveelde zich nooit. Soms ging ze zitten borduren, wat ze eigenlijk een nogal dom tijdverdrijf vond, maar waar ze toch aan verslingerd was geraakt. Ze legde net de laatste hand aan een kleedje toen er werd aangebeld.

Tot Frédérics verbazing deed ze zonder aarzelen open. In deze regio leek angst voor geweld niet te bestaan.

'Goedemiddag. Sorry dat we u storen, maar bent u mevrouw Pick?'

'Tot het tegendeel bewezen wordt, ben ik dat, ja.'

'En het klopt dat uw man Henri heette?'

'Tot op de dag dat hij stierf was dat inderdaad zijn naam.'
'Ik heet Delphine Despero. Ik weet niet of u mijn ouders kent? Ze wonen in Morgat.'
'Misschien. Ik zag zoveel mensen in het restaurant. Maar het zegt me wel iets. Had jij niet altijd twee staartjes en een rood fietsje toen je klein was?'
'...'

Delphine wist niet wat ze moest zeggen. Hoe kon deze vrouw zich zo'n detail herinneren? Inderdaad, dat was zij. Heel even was ze weer het meisje met de staartjes dat op haar rode fietsje reed.

Ze stapten de huiskamer binnen. Er stond een klok die de stilte doorbrak, zich met elke tik kenbaar maakte. Madeleine zou het wel niet meer horen. Het geluid van wegtikkende seconden was haar vaste achtergrondruis. Door de overal uitgestalde spulletjes leek de kamer op een winkel vol Bretonse souvenirs. Het was onmiddellijk duidelijk in welke regio het huis zich bevond. Het ademde Bretagne, van eventuele reizen was niets te zien. Toen Delphine aan de oude dame vroeg of ze weleens in Parijs kwam, kreeg ze een bits antwoord:

'Ik ben er één keer geweest. Wat een hel. Al die mensen, dat gejaag, de stank. En dan de Eiffeltoren, iedereen doet alsof het heel wat voorstelt, maar ik snap het niet hoor.'
'...'
'Kan ik jullie iets te drinken aanbieden?' vervolgde Madeleine.
'Dank u wel, graag.'
'Wat willen jullie?'
'Wat u heeft,' antwoordde Delphine, die had begrepen dat ze haar maar beter niet tegen de schenen kon schoppen. Madeleine liep de keuken in, het bezoek liet ze achter in de

woonkamer. Ongemakkelijk zwijgend keek het stel elkaar aan. Al snel was Madeleine er weer, met twee kopjes karamelthee.

Frédéric dronk zijn thee beleefd op, hoewel hij niets smeriger vond dan de geur van karamel. Hij voelde zich niet op zijn gemak in dit huis, het benauwde hem en beangstigde hem zelfs lichtelijk. Hij had het gevoel dat er zich hier verschrikkelijke dingen afgespeeld hadden. Toen zag hij de foto op de schoorsteenmantel. Erop stond een norse man met een snor dwars over zijn gezicht.
'Is dat uw man?' vroeg hij zacht.
'Ja. Ik vind het een mooie foto van hem. Hij ziet er gelukkig uit. En hij glimlacht, dat gebeurde niet zo vaak. Henri was niet zo uitbundig.'
'...'
Wat ze daar zei was niets minder dan de relativiteitstheorie in de concrete praktijk, want op die foto zag het jonge stel nog niet het minste spoor van een glimlach, laat staan van geluk. In Henri's blik school eerder een intense droefheid. Maar Madeleine bleef doorbabbelen over de levenslust die volgens haar van de foto afspatte.

Delphine wilde hun gastvrouw niet opjagen. Het leek haar beter om haar maar gewoon te laten vertellen over haar leven en haar echtgenoot, voor ze de ware reden van hun bezoek zou onthullen. Madeleine praatte over hun vroegere werk, de lange uren die Henri maakte om alles voor te bereiden. Eigenlijk, verzuchtte ze, viel er niet zoveel te vertellen. De tijd was gewoon voorbijgevlogen, zo simpel was het. Tot dan toe had ze op vrij afstandelijke toon gesproken, maar plots werd ze overvallen door emotie. Ze realiseerde zich dat ze nooit over Henri praatte. Na zijn dood was hij uit de gesprekken verdwenen, uit het dagelijks leven, en misschien zelfs uit ieders gedachten. Dat besef maakte haar openhartig, wat niet vaak gebeurde; waarom de twee onbekenden in de woonkamer met haar wilden praten over haar overleden man, daar dacht ze niet eens over na. Als je iets fijns overkomt, vraag je je niet af wat de reden daarvan is. Langzamerhand ontvouwde zich het beeld van een man die weinig meegemaakt had en een ontzettend teruggetrokken leven had geleid.

'Had hij hobby's?' vroeg Delphine op een gegeven moment, om het gesprek een zetje in de goede richting te geven.

'...'

'Hebt u weleens een typemachine in de pizzeria zien staan?'

'Wat? Een typemachine?'

'Ja.'

'Nee. Nooit.'

'Hield hij van lezen?' probeerde Delphine.

'Lezen? Henri?' zei ze glimlachend. 'Nee, ik heb hem nooit met een boek gezien. Behalve de televisiegids las hij nooit wat.'

Op de gezichten van de twee bezoekers stond iets af te lezen dat het midden hield tussen stomme verbazing en opwinding. Nu haar gasten er het zwijgen toe deden, schoot Madeleine opeens wat te binnen:

'Ik bedenk me nu ineens iets. Nadat we de pizzeria hadden verkocht, zijn we dagen bezig geweest om de boel op te ruimen. Alles wat zich in de loop der jaren had opgestapeld. En ik weet nog dat ik toen in de kelder een doos met boeken tegenkwam.'

'Zou hij, als u er niet was, in het restaurant gelezen hebben, denkt u?'

'Nee. Ik heb hem gevraagd wat dat allemaal te betekenen had, en hij zei dat al die boeken van klanten waren geweest, dat ze die ooit waren vergeten. Hij had ze in een doos bewaard voor het geval dat iemand ervoor terug zou komen. Ik vond het nogal een raar verhaal, want ik kon me niet herinneren dat ik ooit een boek op een tafel had zien slingeren. Maar ik was er natuurlijk ook niet altijd. Als het restaurant sloot, ging ik vaak al naar huis, terwijl hij bleef om op te ruimen. Hij was veel vaker in het restaurant dan ik. Hij was er al om acht, negen uur 's morgens en kwam pas rond middernacht thuis.'

'Dat zijn lange dagen, ja,' merkte Frédéric op.

'Henri was gelukkig zo. Hij hield vooral van de ochtend, als hij in alle rust kon werken. Hij maakte dan het deeg, en verzon nieuwe gerechten voor op het menu, zodat de klanten er niet op uitgekeken zouden raken. Hij vond het leuk om nieuwe pizza's te bedenken. Hij leefde zich uit met namen verzinnen. In herinner me nog de Brigitte Bardot, en de Stalin, met rode pepertjes.'

'Hoezo Stalin?' vroeg Delphine.

'O, dat weet ik ook niet precies. Hij had een nogal levendige fantasie. En hij hield van Rusland. Of nou ja, van de Russen. Hij zei dat het een trots volk was, net als de Bretonnen.'

'...'

'Als u me nu wilt excuseren – ik moet op ziekenbezoek bij een vriendin in het ziekenhuis. Dat zijn tegenwoordig nog mijn enige uitstapjes: het ziekenhuis, het bejaardenhuis of het kerkhof. Het magische trio. Maar waarom wilde u me nu eigenlijk spreken?'

'Moet u meteen weg?'

'Ja.'

'In dat geval,' zei Delphine ietwat teleurgesteld, 'lijkt het me beter dat we een nieuwe afspraak maken, want ik denk dat we iets meer tijd nodig hebben om alles uit te leggen.'

'Hmm... u maakt me nieuwsgierig, maar ik moet er echt vandoor.'

'Ontzettend bedankt dat u de tijd voor ons hebt genomen.'

'Geen dank. Vonden jullie de karamelthee lekker?'

'Ja, hoor,' zeiden Delphine en Frédéric in koor.

'Mooi zo, want ik heb het van iemand gekregen en ik vind er niks aan. Dus ik probeer het te slijten aan mijn gasten.'

Toen ze de verbijsterde blik van de Parijzenaars zag, zei Madeleine dat het maar een grapje was. Ze had gemerkt dat het, nu ze ouder werd, mensen verbaasde dat ze gevoel voor humor bleek te hebben. Alle oude mensen waren toch zwartgallig, onnozel en gespeend van enig karakter?

Bij het afscheid vroeg Delphine wanneer ze weer konden afspreken. Licht ironisch merkte Madeleine op dat ze niet bepaald veel verplichtingen had. Wanneer ze maar wilden, dus. Ze maakten een afspraak voor de dag erop. Toen wendde de bejaarde vrouw zich tot Frédéric:

'Jij ziet er niet goed uit, jij.'

'O?'

'Je zou eens wat vaker strandwandelingen moeten maken.'

'U hebt gelijk. Ik kom inderdaad veel te weinig buiten.'

'Wat doe je eigenlijk?'

'Ik ben schrijver.'

Ze wierp hem daarop een ontstelde blik toe.

4

Zodra ze de kamer van haar vriendin in het ziekenhuis betreden had, begon Madeleine te vertellen over haar bezoek van zojuist. Ze rekte het verhaal over de karamelthee in een poging haar wat op te beuren. Sylviane kneep zachtjes in haar hand, om te laten merken dat ze het verhaal waardeerde. De twee vrouwen kenden elkaar van kinds af aan, ze hadden nog samen touwtjegesprongen op het schoolplein, hadden elkaar alles toevertrouwd, over hun eerste keer met een jongen, problemen die ze ondervonden bij het opvoeden van hun kinderen, en zo was het hun leven lang gegaan, tot aan de vrijwel gelijktijdige dood van hun echtgenoten; en nu zou de een eerder vertrekken dan de ander.

5

Nu hun bezoekje korter bleek dan verwacht, besloten Delphine en Frédéric te gaan eten in het restaurant dat vroeger van de Picks was geweest. In de pizzeria zat nu een crêperie, wat eigenlijk ook logischer was. Wie naar Bretagne komt wil crêpes eten en cider drinken. Je kunt de culinaire gewoontes van een regio niet zomaar negeren. Met de komst van de nieuwe eigenaars was ook de clientèle compleet veranderd; de vaste klanten uit de buurt hadden plaatsgemaakt voor toeristen.

Ze namen hun omgeving goed in zich op, probeerden zich voor te stellen hoe Pick hier zijn roman had zitten schrijven. Het leek Frédéric niet erg waarschijnlijk:

'Het is hier sfeerloos, warm en lawaaiig... Zie je hier al iemand schrijven?'

'Ja. 's Winters is hier niemand. Volgens mij heb jij niet door hoe uitgestorven het hier een groot deel van het jaar is. Precies de deprimerende sfeer die schrijvers zo nodig hebben.'

'Daar heb je een punt. Dat denk ik ook vaak als ik bij jou zit te schrijven: wat een deprimerende sfeer.'
'Ha-ha.'
Ze waren uitgelaten, opgewonden over het avontuur dat zich hier voor hun ogen ontvouwde. Madeleines persoonlijkheid had hen omvergeblazen. Ze konden haast niet wachten tot morgen, als ze Madeleine zouden vertellen over de geheime hobby van haar man.

De serveerster[6] kwam hun bestelling opnemen. Het was altijd hetzelfde liedje.
Delphine wist meteen wat ze wilde eten (in dit geval een zeevruchtensalade), terwijl Frédéric minutenlang zat te treuzelen, de kaart met een frons bestuderend als een schrijver die blijft hangen bij een slecht geformuleerde zin. Om uit die keuze-impasse te komen bekeek hij wat er op de borden van de andere klanten lag. De crêpes zagen er goed uit, maar welke moest hij kiezen? Hij woog de voors en tegens af, terwijl hij maar al te goed wist dat er een vloek op hem rustte. Uiteindelijk koos hij altijd het verkeerde gerecht. Om hem te helpen, suggereerde Delphine:
'Je kiest altijd het verkeerde. Dus neem nou in plaats van de crêpe met eieren en ham maar de boerencrêpe.'
'Ja, je hebt gelijk.'
De bazin hoorde het gesprek stilzwijgend aan, maar toen ze de bestelling doorgaf aan haar man zei ze: 'Ik zweer het je, die mensen zijn niet goed bij hun hoofd.' Even later, toen hij zijn crêpe met smaak zat te verorberen, bedacht Frédéric zich dat zijn vriendin zijn probleem had opgelost: hij moest gewoon tegen zijn gevoel ingaan.

---

6 Ze was tevens de bazin; net als bij de Picks werd ook dit restaurant gerund door een echtpaar.

6

Tijdens de lunch ging het weer over de ontdekking van het manuscript:

'Dit is onze Vivian Maier,' constateerde Delphine.

'Wie?'

'Die beroemde fotografe wier foto's ze pas na haar dood hebben ontdekt.'

'O, op die manier. Pick is onze Vivian...'

'Het is een vergelijkbaar verhaal. En de mensen vinden het prachtig.'

*

HET VERHAAL VAN VIVIAN MAIER
(1926-2009)

In Chicago woonde een vrouw, een Amerikaanse met Franse wortels, die haar hele leven foto's heeft gemaakt zonder ze ooit aan iemand te laten zien, zonder de wil te exposeren, en vaak zelfs zonder voldoende geld om haar rolletjes te kunnen laten ontwikkelen. Ze heeft een groot deel van haar foto's dus nooit kunnen zien, maar ze wist dat ze talent had. Waarom heeft ze dan nooit geprobeerd te leven van haar kunst? Ze verdiende haar brood als gouvernante, droeg wijde jurken en altijd een ouderwets hoedje. Alle kinderen voor wie ze had gezorgd, konden zich haar nog goed herinneren. En het fototoestel dat ze altijd om haar schouder had hangen nog beter. Maar wie had gedacht dat ze zo'n unieke kijk op de wereld had?

De vrouw die krankzinnig en berooid aan haar eind kwam, liet duizenden foto's achter, waarvan de waarde sinds de ontdekking nog elke dag blijft stijgen. Toen Maier aan het einde van haar leven was opgenomen in een ziekenhuis en daardoor de huur voor de box waarin het resultaat van haar hele artistieke leven lag opgeslagen niet meer kon betalen, kwamen de dozen met foto's onder de hamer. Een jonge man, die een film over het Chicago van de jaren zestig wilde maken, kocht de hele partij voor een bespottelijk laag bedrag. Hij tikte de naam van de fotografe in op Google, maar dat leverde geen resultaten op. Toen hij een website begon om de foto's van deze onbekende vrouw te laten zien, kreeg hij honderden lovende reacties. Het werk van Vivian Maier liet geen mens onverschillig. Een paar maanden later tikte hij haar naam opnieuw in een zoekmachine in en nu stuitte hij op een overlijdensadvertentie. Twee broers hadden de begrafenis voor hun vroegere gouvernante geregeld. De man belde hen op en kwam zo tot de ontdekking dat het genie achter de foto's die hij in zijn bezit had, het grootste deel van haar leven als babysitter had gewerkt.

Het is een lichtend voorbeeld van het kunstenaarschap in de schaduw. Vivian Maier hoefde geen erkenning, en al helemaal geen expositie van haar werk. Vandaag de dag reist haar werk de hele wereld over en wordt ze beschouwd als een van de grootste kunstenaars van de twintigste eeuw. Haar foto's zijn indrukwekkend, weten scènes uit het dagelijks leven op een unieke manier te vatten, in bijzondere perspectieven. Dat ze na haar dood zo plotsklaps beroemd werd, heeft natuurlijk ook te maken met haar bijzondere leven. Die twee dingen kun je niet los van elkaar zien.

*

Delphine vond de vergelijking met Pick terecht. In hun geval ging het om een Bretonse pizzapakker die in het diepste geheim een meesterlijke roman had geschreven. Een man die nooit de intentie had gehad om gepubliceerd te worden.

Het zou ieders aandacht trekken, dat kon niet anders. Ze bestookte haar vriend met vragen: 'Op wat voor momenten zou hij hebben zitten schrijven? Hoe voelde hij zich toen? Waarom heeft hij zijn boek nooit aan iemand laten lezen?' Frédéric probeerde de vragen te beantwoorden zoals een schrijver het karakter van een personage probeert te doorgronden.

7

Madeleine had gezegd dat Pick elke dag al vroeg in het restaurant was. Misschien was dat het moment waarop hij schreef, als het pizzadeeg lag te rusten? En ruimde hij zijn typemachine op zodra zijn vrouw arriveerde. Zo zou niemand erachter komen. Iedereen heeft een geheime tuin. Voor hem was dat schrijven. Daarom wilde hij zijn boek natuurlijk ook niet laten uitgeven, redeneerde Frédéric. Geen enkele behoefte om zijn verborgen passie met iemand te delen. Hij kende de bibliotheek van de afgewezen boeken en kon zijn manuscript dus direct daar neerleggen. Maar er was één ding dat Delphine niet kon plaatsen: waarom had hij zijn naam erop gezet? Het had elk moment gelezen en ontdekt kunnen worden. Er klopte iets niet aan dat ondergrondse leven enerzijds en het risico om ontdekt te worden anderzijds. Hij was er vast van overtuigd dat niemand achter in de bibliotheek zou gaan rondsnuffelen. Het was net als flessenpost. Een boek schrijven, het ergens achterlaten. En wie weet? Misschien zou iemand het op een dag vinden.

Er schoot Delphine nog iets anders te binnen. Magali had haar uitgelegd dat schrijvers hun manuscript persoonlijk moesten komen afgeven. Het leek haar niet logisch dat iemand die zich zo graag in het geheim bewoog zich aan die regel had gehouden. Pick moest Gourvec kennen, ze waren immers bijna een halve eeuw buren geweest. Maar hoe goed kenden ze elkaar? Misschien moesten bibliothecarissen ook een eed afleggen, net als artsen, opperde Frédéric. Dat ze zich ook aan een beroepsgeheim moesten houden. Of misschien had Pick, toen hij zijn boek kwam afgeven, wel gezegd: 'Jean-Pierre, ik reken erop dat je hierover zwijgt als je een pizza komt eten...' Dat was misschien wat simpel gezegd voor een verborgen literair wonderkind, maar misschien was het zo gegaan.

Delphine en Frédéric maakten er een sport van om alle mogelijkheden af te gaan, om het verhaal achter het verhaal te reconstrueren. Opeens had de schrijver van *De badkuip* een inval:

'Als ik dát verhaal nou eens zou vertellen? Achter de schermen bij onze ontdekking.'

'Ja! Goed idee.'

'Ik zou het "De ontdekking van het manuscript in Crozon" kunnen noemen.'

'Goeie titel.'

'Of anders "De bibliotheek van de afgewezen boeken". Hoe klinkt dat?'

'Nog beter!' antwoordde Delphine. 'Zolang je je boeken maar bij mij uitgeeft en niet bij Gallimard, vind ik elke titel goed.'

8

Die avond ging het in huize Despero over niets anders dan de befaamde roman. Fabienne vond dat het heel authentiek overkwam: 'Het doet tenminste autobiografisch aan, en het speelt zich hier in de regio af...' Delphine had niet stilgestaan bij het persoonlijke gehalte van de roman. Ze hoopte dat Madeleine er niet op die manier naar zou kijken: dan zou ze zich weleens tegen publicatie kunnen verzetten. Later, als ze in het leven van Pick zouden gaan spitten, was er nog genoeg tijd om uit te zoeken of er wel of geen persoonlijke echo's in zaten. Uiteindelijk besloot de jonge redactrice de gedachte van haar moeder maar als iets positiefs te zien: over een goed boek wil je meer achtergrondinformatie. Wat is echt? Wat heeft de schrijver daadwerkelijk meegemaakt? Meer dan in alle andere figuratieve kunsten wordt er binnen de literatuur onophoudelijk jacht gemaakt op de waarheid. Leonardo da Vinci zou, in tegenstelling tot Gustave Flaubert met Emma, nooit hebben kunnen zeggen: 'De Mona Lisa, dat ben ik.'

Ze moest natuurlijk niet op de zaken vooruitlopen, maar Delphine zag de lezers al graven in het leven van Pick. Dit boek kon het ver schoppen, ze voelde het gewoon, al wist je het natuurlijk nooit helemaal zeker. Hoeveel uitgevers waren er niet het schip in gegaan terwijl ze zeker wisten dat ze een bestseller in handen hadden? Aan de andere kant komt succes soms ook zonder dat daar rekening mee gehouden was. Voor nu was het vooral zaak om de weduwe van Henri te overtuigen.

Frédéric vond het geestig om haar mevrouw Pik te noemen, maar Delphine vond er niets grappigs aan. Dit was een serieuze zaak. Ze moest dat contract tekenen. Frédéric probeerde haar gerust te stellen:

'Waarom zou ze weigeren? Het is toch leuk om tot de ontdekking te komen dat je je hele leven met de Fitzgerald onder de pizzabakkers hebt samengewoond...'

'Zeker. Maar ze komt er ook achter dat ze met een onbekende getrouwd was.'
Delphine vermoedde dat het een schok voor haar zou zijn. Madeleine had duidelijk gezegd dat haar man nooit las. Maar misschien had Frédéric gelijk; ze hadden bijzonder nieuws voor haar. Er was immers geen sprake van een andere vrouw, maar van een roman.[7]

9

Aan het eind van de ochtend belden Delphine en Frédéric aan bij mevrouw Pick. Ze deed vlot open en liet hen binnen. Om haar niet te overrompelen praatten ze wat over het weer, en over de zieke vriendin bij wie Madeleine de dag ervoor op bezoek was geweest. Frédéric, die naar haar had geïnformeerd, had er geen talent voor om interesse te tonen in iets wat hem niet echt boeide en dus vroeg ze:
'Kan het je eigenlijk wel wat schelen?'
'...'
'Ik ga thee zetten.'
Madeleine verdween in de keuken, wat Delphine in de gelegenheid stelde haar metgezel een vernietigende blik toe te werpen. Binnen een relatie stop je elkaar in een hokje. Zo was Frédéric in de ogen van Delphine het toonbeeld van sociale onhandigheid; en hij zag haar als overdreven ambitieus. Fluisterend beet ze hem toe:
'Dit is niet het moment om te slijmen. Van vleierij moet ze niks hebben, dat is overduidelijk.'
'Ik probeer haar op haar gemak te stellen. En doe maar niet zo schijnheilig. Ik wed dat je het contract al hebt uitgeprint.'

7 Voor sommige mensen komt dat op hetzelfde neer.

'Hoezo? Nee, hoor. Het staat alleen op mijn computer.'
'Ik wist het, ik ken je door en door. Welk percentage aan auteursrechten ga je haar bieden?'
'Acht procent,' gaf ze met enige schaamte toe.
'En de audiovisuele rechten?'
'50/50. Standaardverdeling. Wat denk je, zou er een verfilming in zitten?'
'Ja, en een fantastische film ook. En misschien zelfs een Amerikaanse remake. Het zou zich kunnen afspelen in de buurt van San Francisco, in zo'n mistig landschap daar.'
'Kijk eens aan, de karamelthee,' zei Madeleine, die opeens weer in de woonkamer stond en daarmee het enthousiaste gesprek over het contract tussen hen onderbrak. Had ze door dat haar twee gasten in hun fantaseerdrift George Clooney al voor zich zagen om de rol van haar man op zich te nemen?

Even geobsedeerd door de klok als de dag ervoor, vroeg Frédéric zich af hoe een mens helder kon nadenken in een ruimte die werd geregeerd door zo'n dwingend geluid. Hij probeerde tussen de tikken door na te denken, wat even onmogelijk was als tussen de druppels door lopen op een regenachtige dag. Hij bedacht dat hij Delphine maar beter het woord kon laten voeren; zij wist wat ze deed.

'Kent u de bibliotheek van Crozon?' begon ze.
'Jawel. Ik kende Gourvec ook vrij goed, de vroegere bibliothecaris. Het was een sympathieke man, met liefde voor zijn vak. Maar waarom wil je dat weten? Moet ik soms een boek gaan lenen?'
'Nee, nee. Ik begin erover, omdat er iets speciaals met de bibliotheek aan de hand is. Misschien weet u wat ik bedoel?'
'Nee, dat weet ik niet. Draai er maar niet langer omheen en zeg me nu eindelijk wat u van me wilt. Het is niet alsof ik

mijn hele leven nog voor me heb...' zei ze op dat sarcastische toontje dat haar gasten uit het lood sloeg en ze hun glimlach deed wegslikken.

En dus begon Delphine aan een verhaal en draaide zo behoorlijk om de kern heen. Waarom was deze jonge vrouw naar haar toegekomen met een verhaal over de plaatselijke bibliotheek? vroeg Madeleine zich af. Het verbaasde haar niets van Gourvec, dat project met die afgewezen boeken. Uit beleefdheid en respect voor de ziel van de overledene had ze hem sympathiek genoemd. Maar eigenlijk had ze hem een beetje raar gevonden. De mensen vonden hem een intellectueel, maar Madeleine had hem altijd gezien als een eeuwige jongere, die niet in staat was een volwassen leven te leiden. Elke keer als ze hem tegenkwam, deed hij haar denken aan een ontspoorde trein. Bovendien *wist* ze dingen. Ze had zijn vrouw gekend. Iedereen had gespeculeerd over de reden van haar vertrek, maar Madeleine kende de waarheid. Zij wist waarom de vrouw van Gourvec ervandoor was gegaan.

Als ze iets gedaan wilde krijgen, moest ze het gesprek op gang zien te houden, dacht Delphine. En dus omkleedde ze haar verhaal over de bibliotheek met details die sommigen als verzinsels zouden zien. Frédéric keek naar haar met een zweem bewondering, en vroeg zich af of zíj geen schrijfster had moeten worden. Met een ongekend gemak vertelde ze over een tijdperk dat ze zelf niet bewust had meegemaakt. Ze werd gedreven door oprechte passie. Ten slotte kwam Delphine tot de kern van de zaak door vragen over Henri te stellen. De weduwe sprak over hem alsof hij nog leefde. Met een blik op Frédéric zei ze: 'Die stoel waar je in zit, dat was zijn stoel. Niemand anders mocht erin zitten. Als hij 's avonds laat thuiskwam, installeerde hij zich daar altijd. Dat was zijn rustmoment. Ik keek graag naar hem als hij daar zo zat te soezen, hij knapte er echt van op. Hij was altijd aan het werk, zie je. Een keer heb ik geprobeerd uit te rekenen hoeveel pizza's hij gebakken had. Ik geloof wel meer dan tienduizend. Dat is niet niks. Maar goed, hij zat graag in zijn stoel...' Frédéric wilde ergens anders gaan zitten, maar Madeleine hield hem tegen: 'Doe geen moeite, hij komt toch niet terug.'

Deze vrouw, die zo kordaat en sarcastisch overkwam, liet zich nu van een andere – menselijkere en zachtere – kant zien. Het was hetzelfde gegaan als gisteren. Zodra er werd gesproken over haar man, liet ze haar waarheid toe, het verdriet om weduwe te zijn. Delphine begon te twijfelen; zou hun ontdekking haar niet te erg uit het lood slaan? Even, en ze communiceerde die gedachte via een blik met Frédéric, overwoog ze overal van af te zien.

'Maar waarom stel je me al die vragen over vroeger?' wilde Madeleine weten.

Haar vraag bleef onbeantwoord. Een ongemakkelijke stilte daalde neer, zelfs het getik van de klok klonk Frédéric minder dwingend in de oren, of begon hij eraan te wennen?

Uiteindelijk gaf Delphine antwoord:
'In die bibliotheek van de afgewezenen hebben we een boek gevonden dat door uw man is geschreven.'

'Door mijn man? Neem je me in de maling?'

'Er staat Henri Pick op het manuscript, en voor zover wij weten bestaat er geen andere Henri Pick. Bovendien woonde hij in Crozon, dus het moet hem wel zijn geweest.'

'Mijn Henri zou een boek geschreven hebben? Dat zou me eerlijk gezegd verbazen. Hij heeft me nog geen brief geschreven. Geen gedicht. Dat kan niet. Ik kan me niet voorstellen dat hij een schrijver was!'

'Toch is het zo. Misschien schreef hij iedere ochtend een stukje, in het restaurant.'

'En hij heeft nooit bloemen voor me gekocht.'

'Wat heeft dat ermee te maken?' vroeg Delphine verbaasd.

'Ik weet niet... Zomaar...'

Frédéric vond de gedachtesprong naar de bloemen erg mooi. Het was een bijzondere associatie in het hoofd van Madeleine, alsof bloemblaadjes de visuele uitdrukking waren van het vermogen te schrijven.

10

De oude dame praatte verder, maar was nog steeds niet bepaald geneigd hen te geloven. Misschien had iemand anders zijn naam op het boek gezet, zijn identiteit gebruikt?

'Dat is onmogelijk. Gourvec nam alleen manuscripten aan die persoonlijk bij hem werden afgeleverd. En de datum waarop dit is ingeleverd valt rond de tijd dat de bibliotheek net geopend was.'

'Waarom zou ik Gourvec vertrouwen? Wie zegt dat hij de naam van mijn man niet gebruikt heeft?'

'...'

Delphine wist niet wat ze moest zeggen. Madeleine had immers een punt. Op het moment hadden ze, behalve zijn naam op het manuscript, geen enkel bewijs dat de roman inderdaad door Pick geschreven was.

'Uw man hield van Rusland...' herinnerde Frédéric zich opeens. 'Dat vertelde u ons, toch?'

'Ja, en wat dan nog?'

'Zijn boek gaat over de grootste Russische dichter aller tijden. Poesjkin.'

'Hoe zeg je?'

'Poesjkin. Hij wordt weinig gelezen in Frankrijk. Je moet de Russische cultuur echt kennen, wil je daarover schrijven...'

'Nou moet je niet overdrijven. Dat hij nou toevallig een Stalin-pizza had, wil niet zeggen dat hij iets van Poeksjin afwist. Ik vind jullie allebei maar raar.'

'Misschien kunt u het beste de roman lezen,' opperde Delphine. 'Ik weet zeker dat u uw man zult horen spreken. Weet u, het komt heel vaak voor dat mensen een geheime hobby hebben en dat ze het daar niet over hebben. Misschien heeft u die ook wel?'

'Nee. Ik hou van borduren. En ik zie niet in waarom ik dat voor Henri verborgen had moeten houden.'

'Of andere geheimen?' probeerde Frédéric. 'U hebt vast weleens iets verborgen gehouden voor uw man tijdens uw leven. Iedereen heeft geheimen, toch?'

De wending die het gesprek nam beviel Madeleine maar niks. Wie dachten ze wel dat ze waren? En dat hele gebeuren met dat boek, ze kon het maar moeilijk geloven. Henri... schrijver? Kom nou... Zelfs het dagmenu op de krijtborden in het restaurant werd door haar geschreven. Hoe had hij dan kunnen filosoferen over een of andere Russische dichter? Een liefdesverhaal ook. Dat hadden ze toch allebei gezegd net. Een liefdesverhaal, Henri? Hij had haar nooit iets liefs geschreven. En dan een hele roman die aan zijn fantasie ontsproten was, toe nou, dat was onmogelijk. De enige briefjes die hij haar ooit had geschreven, gingen zonder uitzondering over het reilen en zeilen binnen de pizzeria; 'Niet vergeten meel te kopen; meubelmaker bellen over de nieuwe stoelen; chianti bijbestellen.' En die man zou een roman geschreven hebben? Ze geloofde er niks van; maar uit ervaring wist ze dat mensen je konden verrassen. Ze had verhalen over soortgelijke gevallen zo vaak gehoord.

Ze zette alle dingen die Henri niet over haar geweten had eens op een rijtje. Haar verborgen en onbereikbare kant. Alles wat ze mogelijkerwijs voor hem had achtergehouden of de keren dat ze de waarheid verdraaid had; hij kende haar voorkeuren en haar verleden, haar antipathieën en haar familie, maar de rest was hem onbekend. Hij wist niets over haar nachtmerries of haar toekomstdromen, hij wist niets over de minnaar die ze in 1972 had gehad en hoe verdrietig ze was geweest dat ze hem daarna nooit meer had gezien, hij wist niet dat ze nog een kind had gewild, ondanks dat ze zei van niet; de waarheid lag anders: ze kon geen kinderen meer krijgen. Hoe langer ze erover nadacht, hoe meer ze moest toegeven dat haar man haar slechts ten dele had gekend. En dus moest ze toegeven dat dat hele gedoe met die roman weleens waar kon zijn. Ze had een karikatuur van Henri gemaakt; hij las dan misschien wel nooit en leek zich voor literatuur niet te interesseren, maar ze had altijd gevonden dat hij een bijzondere kijk op het leven had gehad. Ze noemde hem een verheven geest; hij veroordeelde mensen nooit, nam altijd de tijd voor hij zich een mening vormde over iemand. Hij was een buitengewoon gematigd mens, die de wereld graag van een afstandje mocht bekijken om haar te begrijpen. Terwijl ze zo zijn portret schetste, moest ze de onmogelijkheid dat haar man schrijver was toch relativeren.

Even later achtte ze het zelfs mogelijk. Onwaarschijnlijk, vooruit, maar mogelijk. En er was nog iets anders wat meespeelde: ze was blij met deze manifestatie van het verleden.

Ze was bereid alles te geloven dat haar weer in contact kon brengen met Henri, zoals anderen hun heil zoeken in spiritisme. Misschien had hij die roman voor haar achtergelaten? Als verrassing. Om haar te laten weten dat hij er nog was; die roman was er om haar zijn aanwezigheid in te fluisteren; hij was er om hun verleden levend te houden. En dus vroeg ze: 'Mag ik zijn boek lezen?'

11

Op de weg terug naar Morgat probeerde Frédéric de teleurstelling van zijn vriendin te temperen. Zo erg was het niet dat ze het nog niet over publicatie hadden gehad. Ze moesten voorzichtig te werk gaan, haar de kans geven om een onthulling van zo'n omvang geleidelijk te verwerken. Als ze de roman eenmaal had gelezen, zou ze nergens meer aan twijfelen. Zo'n boek mocht niet langer verborgen blijven. Ze zou natuurlijk hartstikke trots zijn dat ze de man die deze roman had geschreven altijd had bijgestaan; ze kon altijd zeggen dat zij de inspiratiebron was. Je bent nooit te oud om een carrière als muze te beginnen.

12

Lezers herkennen altijd wel iets van zichzelf in een boek. Lezen is volledig egocentrisch. Onbewust zoeken we naar datgene wat ons aanspreekt. Een auteur kan nog zo'n absurd of ongeloofwaardig verhaal schrijven, er zullen altijd lezers zijn die zeggen: 'Ik kan het niet geloven, het is mijn leven dat hier beschreven staat!'

In het geval van Madeleine was dat een begrijpelijk gevoel. Haar man had die roman misschien wel geschreven. En dus ging zij, meer nog dan ieder ander, op zoek naar de echo's van hun leven. Ze werd aan het twijfelen gebracht door de manier waarop hij de Bretonse kust beschreef: nogal summier voor iemand die deze regio in zijn bloed had. Maar dat was vast een manier om aan te geven dat de omgeving niet zo belangrijk was. Wat telde was de liefdesrelatie, het onder woorden brengen van gevoelens. En daar was geen gebrek aan. Ze verbaasde zich over de sensuele beschrijvingen – om niet te zeggen erotische. Zoals Madeleine het zag was haar man altijd belangstellend geweest, maar ook een beetje onbeholpen; een goedzak, maar niet bepaald een romanticus. Er sprak verfijning uit de gevoelens tussen de personages in de roman. En het was zo droevig. Eerst naar elkaar toegroeien en dan uit elkaar moeten. Zich wanhopig aan elkaar vastklampend. Om de laatste uren van een liefdesgeschiedenis te beschrijven gebruikte de schrijver de metafoor van een kaars die langzaam opbrandt, de doodsstrijd van het licht. Het vlammetje houdt op magnifieke wijze stand, je denkt dat het gedaan is, maar nee, ze blijft zo mooi volharden, uren houdt ze het vol en zo houdt ze de hoop levend.

Wat had haar man ertoe gebracht om zulke intense gevoelens te beschrijven? Eerlijk gezegd deed het boek Madeleine denken aan hoe hun eigen relatie begonnen was. Het kwam allemaal weer terug. Ze dacht terug aan hoe ze op haar zeventiende in de zomer twee maanden met haar ouders naar Noord-Frankrijk had gemoeten voor een familiebezoek. Ze hadden toen al verkering en het had veel pijn gedaan om elkaar niet te zien. En dus hadden ze een hele middag in een innige omhelzing doorgebracht, in een poging ieder stukje van de ander in te prenten, elkaar belovend om de hele dag aan hun liefde voor elkaar te denken. Ze was het voorval helemaal vergeten. En dat terwijl het zo fundamenteel was. Die langdurige, gedwongen scheiding had hun liefde sterker gemaakt. Toen ze elkaar in september weer terugzagen hadden ze elkaar beloofd om nooit meer uit elkaar te gaan.

Madeleine was diep geroerd. Haar man was diep vanbinnen bang geweest om haar te verliezen, en had daar later via woorden uitdrukking aan gegeven. Ze snapte niet waarom hij haar daar nooit iets van had laten merken, maar hij had er ongetwijfeld zijn redenen voor. Zoveel stond nu wel vast. Henri had een boek geschreven. Madeleine liet haar aanvankelijke ongeloof varen om deze nieuwe waarheid te omarmen.

13

Zodra ze klaar was met lezen, belde Madeleine Delphine op. Haar stem was veranderd, er klonk emotie in door. Ze wilde zeggen dat het een mooi boek was, maar het lukte haar niet. In plaats daarvan nodigde ze het jonge koppel de dag erna bij haar thuis uit.

's Nachts was ze opgestaan om her en der wat passages te herlezen. Henri was via de roman weer bij haar teruggekomen, bijna twee jaar na zijn dood, alsof hij haar wilde zeggen: 'Vergeet me niet.' Maar dat had ze wel gedaan. Niet helemaal natuurlijk; ze dacht vaak aan hem. Maar ze had er stiekem makkelijk aan kunnen wennen om alleen te wonen. De mensen waren onder de indruk van haar kracht en moed, maar zo zwaar was het niet geweest. Ze was voorbereid op de genadeklap, en had die bijna kalm verwelkomd. Het bleek makkelijker dan verwacht om te wennen aan wat onverdraaglijk leek. En nu was hij in de vermomming van een roman bij haar teruggekomen.

Madeleine, die tegenover het jonge koppel zat, probeerde onder woorden te brengen wat ze voelde:
'Toch is het raar dat Henri zomaar weer van zich laat horen. Ik heb het gevoel dat ik hem nu pas leer kennen.'
'Nee, dat mag u niet zeggen,' zei Delphine. 'Het was zijn geheim. Hij had waarschijnlijk weinig vertrouwen in zijn kunnen.'
'Denk je?'
'Ja. Of hij heeft u nooit iets verteld, omdat hij u wilde verrassen. Maar toen niemand zijn boek wilde publiceren, heeft hij het ergens in een hoekje weggestopt. En later, toen Gourvec zijn bibliotheek van de afgewezen boeken opende, moet hij dat als de perfecte oplossing hebben gezien.'
'Misschien. Nou goed, ik weet er niet veel vanaf, maar ik vond het mooi. En dat verhaal met die dichter is ook heel interessant.'
'Ja, het is echt een bijzondere roman,' beaamde Delphine.
'Ik denk dat hij zich heeft laten inspireren door de twee maanden dat we van elkaar gescheiden waren, op ons zeventiende,' zei Madeleine toen.
'O?' vroeg Frédéric.
'Ja. Nou ja, hij heeft wel veel dingen veranderd.'
'Dat is normaal,' zei Delphine. 'Het is een roman. Maar als u zegt dat u zichzelf erin herkent, dan hoeven we niet meer te twijfelen.'
'Waarschijnlijk niet.'
'U lijkt nog te twijfelen?'
'Ik weet het niet. Ik ben de weg een beetje kwijt.'

'Dat snap ik,' zei Delphine, terwijl ze haar hand op die van Madeleine legde.

Even later begon de oude dame weer te praten:
'Er staan een heleboel dozen van mijn man op zolder. Ik kan niet meer naar boven. Maar toen hij stierf heeft Joséphine er even naar gekeken.'
'Is dat uw dochter?' vroeg Delphine.
'Ja.'
'En is ze iets interessants tegengekomen?'
'Nee. Ze zei dat er vooral kasboeken en administratieve papieren van het restaurant lagen. Maar er moet nog een keer goed naar gekeken worden. Ze is er maar vluchtig doorheen gegaan. Misschien heeft hij ergens een aanwijzing of een ander boek achtergelaten.'
'Ja, daar moeten we eens naar kijken,' zei Frédéric, waarna hij naar het toilet ging. Eigenlijk wilde hij Delphine alleen laten met Madeleine, want hij voelde aan dat ze nu over de publicatie zou gaan praten.

Frédéric dwaalde wat door het huis, snuffelde in de slaapkamer. Daar zag hij een paar mannenpantoffels staan, ongetwijfeld die van Henri.[8] Hij staarde er even naar, en daardoor ontstond als vanzelf een beeld van Pick. Hij was een soort Bartleby, het boekpersonage van Herman Melville, de kantoorklerk die alsmaar riep dat hij 'dat liever niet deed', vastberaden om zich verre van enige activiteit te houden. Dit personage is hét symbool van ledigheid geworden. Frédéric had altijd sympathie gehad voor deze man, die zich verzette tegen de maatschappij, en die als inspiratiebron had gediend

---

8 Zou er na zijn dood een vrouw zijn die zíjn pantoffels bewaarde? vroeg hij zich af.

voor *De badkuip*. Voor Pick gold hetzelfde. Ook in zijn houding zat een soort verzet tegen de wereld, zoals hij werd gedreven door een voorliefde voor de schaduw, in een tijdperk waarin verder iedereen op zoek was naar het licht.

Vierde deel

1

In de wandelgangen van de uitgeverij gingen geruchten over een schijnbaar heel bijzonder boek. Het was voor Delphine duidelijk dat ze het er in de aanloop naar de uitgave zo min mogelijk over moest hebben, dat ze een mysterie moest laten ontstaan en waarom niet ook een paar onwaarheden. Ze vroegen haar wat voor iets het was, en zij zei droogjes: een dode schrijver uit Bretagne. Sommige zinnen weten een gesprek meteen te beëindigen.

2

Frédéric deed alsof hij jaloers was: 'Je hebt het de laatste tijd alleen nog maar over Pick. En mijn *bed*, kan dat je niks meer schelen?' Delphine gebruikte soms woorden om hem gerust te stellen, soms haar lichaam. Zij kleedde zich zoals hij wilde, zodat hij haar uitkleedde zoals zij wilde. Ze hadden geen kunstgrepen nodig om hun passie levend te houden; de lichamelijke liefde bleef voor hen de makkelijkste manier van communiceren. Sinds hun ontmoeting vloog de tijd voorbij; een stroomversnelling waarin de minuten soms niet eens de kans kregen om adem te halen. Vermoeidheid leek een onbereikbare bestemming.

Maar er waren ook momenten dat ze naar woorden zochten. Frédérics jaloezie ten opzichte van Pick kwam vaak bovendrijven. Delphine kon niet goed tegen die kinderachtige nukken van haar vriend. Te veel schrijven kan iemand egoïstisch maken. Als hij de onbegrepen figuur uithing, wilde ze hem het liefst door elkaar schudden. Maar diep vanbinnen hield ze van zijn angsten. Ze voelde dat deze man haar nodig had; ze zag zijn momenten van zwakte niet als onpeilbaar diepe wonden, maar eerder als oppervlakkige schaafwondjes. Frédéric was niet echt zwak; achter zijn twijfel ging daadkracht schuil. Hij had allebei die emoties nodig om te kunnen schrijven. Hij voelde zich verloren en depressief, maar had ook een heel concrete ambitie.

En dan nog iets: Frédéric haatte afspraken. Niets stond hem meer tegen dan het idee om met iemand af te spreken en in een café te zitten praten. Hij vond het een rare gewoonte van mensen: bij elkaar gaan zitten om een uur of twee over jezelf te kletsen. Hij converseerde liever met de stad, oftewel: hij liep. Nadat hij 's morgens had zitten schrijven, slenterde hij door de straten, probeerde niets te missen, vooral de vrouwen niet. Soms kwam hij langs een boekhandel, en altijd was dat even pijnlijk. Hij betrad de plek waar iedereen die een roman had geschreven depressief zou worden, pijnigde zichzelf door naar zijn boek te zoeken. *De badkuip* was – natuurlijk – nergens meer te vinden; maar misschien had een boekhandelaar vergeten het terug te sturen naar de uitgever of had hij het graag in zijn assortiment willen houden? Hij zocht gewoon naar bewijs dat het bestond, verteerd als hij werd door onzekerheid. Had hij echt een boek gepubliceerd? Hij had een oplawaai van de realiteit nodig om daar zeker van te zijn.

Op een dag kwam hij toevallig een ex-vriendin tegen, Agathe. Hij had haar al meer dan vijf jaar niet meer gezien.

Het was een eeuwigheid geleden. Toen hij haar zag, werd hij mentaal teruggeworpen in een tijd waarin hij niet dezelfde man was. Agathe had de onaffe Frédéric gekend; een soort kladversie van hemzelf. Ze zag er nu mooier uit, alsof ze aan zijn zijde nooit tot bloei was gekomen. Hun breuk was geen drama geweest, maar eerder het resultaat van een onderlinge overeenstemming. Een emotieloze uitdrukking die hun relatie tot een contract reduceerde, en die uiteindelijk leidde tot het gezamenlijke besluit dat er te weinig liefde was. Ze hadden het goed met elkaar kunnen vinden, maar hadden elkaar nooit meer gezien nadat ze uit elkaar waren gegaan. Ze belden elkaar niet meer, lieten niets meer van zich horen. Er was niets meer te zeggen. Ze hielden van elkaar en toen hielden ze niet meer van elkaar.

Dan komt dat onvermijdelijke moment waarop naar het heden wordt gevraagd: 'Wat doe jij tegenwoordig?' vroeg Agathe. Frédéric wilde 'niets' zeggen, maar besloot uiteindelijk te vertellen dat hij bezig was aan zijn tweede roman. Haar gezicht lichtte op: 'O? Heb je een boek gepubliceerd?' Ze leek blij dat hij eindelijk zijn droom gerealiseerd had, niet beseffend dat ze die net doorgeprikt had. Als zelfs deze vrouw, van wie hij had gehouden, met wie hij bijna drie jaar samen was geweest, van wie hij zich de geur van haar oksels nog precies kon herinneren, niet wist dat hij *De badkuip* had geschreven, was de mislukking compleet. Hij deed alsof hun onverwachte weerzien hem goed had gedaan, en vertrok zonder haar ook maar iets te vragen. Ze dacht bij zichzelf dat hij niets was veranderd, dat alles altijd om hem draaide. Ze had er geen idee van dat ze hem net zo'n pijn had gedaan.

Dit was een aanval op zijn ego van een geheel andere orde; zij behoorde tot wat je zijn 'directe kring' zou kunnen noemen. Op de een of andere manier accepteerde hij niet dat Agathe niet wist dat hij een roman had gepubliceerd. Hij was zelf verbijsterd dat hij zoveel waarde hechtte aan die informatie dat hij het gesprek liever had afgekapt. Toen kwam het ineens in hem op dat hij achter haar aan moest. Gelukkig liep ze langzaam; dat was niet veranderd. Agathe had altijd gelopen zoals je een roman leest waarin je niets overslaat. Toen hij ter hoogte van haar was, bleef hij even naar haar kijken voor hij haar voornaam in haar oor fluisterde. Ze draaide zich geschrokken om:

'O, jij bent het! Je liet me schrikken.'

'Ja, sorry. Ik vond het veel te kort. Je hebt me niks over jezelf verteld. Heb je toevallig zin in een kop koffie?'

3

Madeleine had er toch wel moeite mee om te accepteren dat haar man haar nooit iets had verteld over zijn literaire hobby. Zijn verleden had een andere nuance gekregen, alsof je een schilderij of een landschap vanuit een ander oogpunt bekijkt. Ze vond het gênant, en twijfelde of ze moest liegen. Ze kon per slot van rekening gewoon zeggen dat ze wist dat Henri een boek had geschreven. Wie zou haar tegenspreken? Maar nee, dat kon ze niet maken. Ze moest zijn stiltewens respecteren. Maar waarom had hij dat allemaal voor haar verborgen gehouden? Die paar bladzijden hadden een kloof tussen hen veroorzaakt. Dat hij zo'n boek niet in twee weken geschreven kon hebben, zag ze ook wel in. Het ging hier om maanden, misschien wel om jaren werk. Elke dag had hij met dat verhaal in zijn achterhoofd gezeten. En 's avonds, als ze naast elkaar in bed lagen, had hij vast nog steeds aan zijn roman gedacht. Maar als hij met haar praatte ging het altijd over problemen met klanten of leveranciers.

Een andere vraag spookte door haar hoofd: zou Henri gewild hebben dat zijn roman gepubliceerd werd? Hij had het immers in die bibliotheek neergelegd en niet weggegooid. Hij had vast gehoopt dat iemand het zou lezen, maar zeker was dat niet. Hoe moest zij weten wat hij wel of niet wilde? Het was allemaal een grote warboel. Uiteindelijk kwam ze tot de conclusie dat het een manier was om hem te doen herleven. En dat was het enige wat telde. Er zou over hem gepraat worden, en hij zou weer levend zijn. Dat is het voorrecht van de kunstenaar: sterker zijn dan de dood door een oeuvre achter te laten. Wat als dit pas het begin was? Had hij andere kruimels gestrooid die ze pas later zouden ontdekken? Misschien was hij zo iemand die pas tot volle wasdom komt als hij er niet meer is.

Na zijn dood had ze niet meer op zolder willen komen. Henri had daar wat dozen opgeslagen, spullen die hij in de loop der jaren verzameld had. Ze wist niet eens wat er precies stond. Joséphine was er de laatste keer te vluchtig doorheen gegaan; er moest eens goed gezocht worden. Misschien zou ze wel een andere roman tegenkomen? Maar het was een hele klus om naar boven te gaan. Je moest een trapje opklimmen, en dat kon ze niet. Ze dacht na; dat was vast precies zijn bedoeling geweest; hij had er alles wat hij wilde neer kunnen zetten, wetend dat zij er toch niet zou komen. Ze moest haar dochter inschakelen. Ze zou meteen van de gelegenheid gebruikmaken om haar eindelijk te vertellen over het boek van haar vader. Tot nu toe had Madeleine zich niet in staat gevoeld om het onderwerp aan te snijden. Ze spraken elkaar misschien niet zo vaak, maar een onthulling van deze omvang had ze eerder moeten delen. Het zat zo: dat hele gedoe met die roman had de relatie tussen Madeleine en haar man veranderd, een relatie tussen alleen hen twee, waarin geen plek was voor het bestaan van hun dochter. Maar ze kon haar niet veel langer meer op afstand houden. Het boek zou binnenkort gepubliceerd worden. Joséphine zou waarschijnlijk hetzelfde als zij reageren, met stomheid geslagen zijn. Er was nog een reden dat Madeleine niet uitkeek naar dat moment: haar dochter was dodelijk vermoeiend.

4

Ze was begin vijftig, had een scheiding achter de rug en was de weg totaal kwijt. Joséphine kon geen twee zinnen na elkaar zeggen zonder te zuchten. Een paar jaar eerder hadden haar twee dochters en haar man vrijwel gelijktijdig het huis verlaten. Die eerste twee om op eigen benen te gaan staan, die laatste om zonder haar te leven. Ze had alles gedaan wat ze kon, had voor iedereen een fijne thuishaven gecreëerd – en nu bleef ze alleen achter. De emotionele shock uitte zich afwisselend in depressiviteit en woede. Het had iets triests om deze vrouw, die iedereen als energiek en onbevangen kende, te zien wegzakken in zwartgalligheid. Het had een inzinking van voorbijgaande aard kunnen zijn, een beproeving die ze moest doorstaan, maar het verdriet wortelde zich, legde een nieuwe huid over haar lichaam, zwaarmoedig en bitter. Gelukkig haalde ze plezier uit haar werk. Ze had een lingeriewinkel en bracht daar al haar dagen door, in een bubbel die haar tegen de bitterheid beschermde.

Haar twee dochters waren naar Berlijn gegaan om daar samen een restaurant te openen, en Joséphine ging af en toe bij ze langs. Tijdens haar wandelingen door de stad, die zowel modern was als getekend door het verleden, had ze ingezien dat rampen overwonnen konden worden, niet door ze te vergeten, maar door ze te accepteren. Je kon geluk oogsten op een akker waar leed gezaaid was. Maar dat was makkelijker gezegd dan gedaan, en mensen hadden minder tijd voor wederopbouw dan steden. Joséphine sprak haar dochters vaak via de telefoon, maar dat was niet genoeg; ze wilde hen zien. Af en toe belde haar ex-man om te horen hoe het met haar ging, maar hij leek het alleen uit verplichting te doen, als een soort *after sales*-service na de breuk. Hij bagatelliseerde hoe blij hij was met zijn nieuwe leven, hoewel hij enorm gelukkig was zonder haar. Hij wilde liever niet denken aan de schade die hij had aangericht, maar er komt een moment waarop de hang naar plezier zo sterk wordt dat je die niet meer kunt negeren.

Toen begon er steeds meer tijd tussen hun gesprekken te zitten, tot die uiteindelijk helemaal niet meer plaatsvonden. Inmiddels was het een paar maanden geleden dat Joséphine Marc had gesproken. Zijn voornaam alleen al weigerde ze uit te spreken. Ze wilde die niet meer in de mond nemen; het was voor haar een kleine overwinning op haar eigen lichaam. Maar hij was nog niet verdwenen uit haar gedachten. En ook niet uit Rennes, waar ze altijd hadden gewoond, en waar hij nu met zijn nieuwe vriendin woonde. Degene die de ander verlaat zou op zijn minst het fatsoen moeten hebben om te verhuizen. Joséphine hield de stad ook verantwoordelijk voor haar emotionele crisis. De omgeving staat altijd aan de kant van de winnaar. Joséphine leefde in de constante angst dat ze haar ex-man tegen zou komen, per ongeluk getuige zou zijn van zijn geluk, dus bleef ze in haar eigen wijk, het hoofdkwartier van haar verdriet.

Boven op dit verlies kwam nog de dood van haar vader. Of ze echt een goede band hadden gehad was moeilijk te zeggen, want hij was spaarzaam in het uiten van liefde. Maar hij was altijd een beschermende factor geweest. Als kind had ze uren naar hem zitten kijken als hij pizza's maakte. Hij had er zelfs één speciaal voor haar bedacht, met chocola, en die had hij de Joséphine genoemd. Ze was onder de indruk van haar vader, die zo dapper het gigantische fornuis trotseerde. En Henri voelde graag de bewonderende blik van zijn dochter op zich gericht. In de ogen van een kind ben je al gauw een held. Joséphine dacht vaak terug aan die verloren tijd; ze zou nooit meer zomaar een pizzeria binnen kunnen lopen. Ze vond het een mooi idee dat haar dochters de horecafakkel hadden overgenomen door Bretonse crêpes te bakken voor de Duitsers. Dat zorgde voor een mooie continuïteit in de familie. Maar wat had zij nu nog? Haar liefdesverdriet had het gemis van haar vader verergerd. Misschien was het allemaal goed gekomen als ze haar hoofd op zijn schouder had kunnen leggen, zoals vroeger. Zijn lijf als pantser tegen alles. Zijn lijf dat soms voorbijkwam in haar dromen, die zo echt leken; hij sprak echter nooit tijdens zijn nachtelijke bezoekjes. Hij kwam langs in haar dromen zoals hij zijn leven had geleefd, in geruststellende stilte.

Joséphine vond het een mooie eigenschap van haar vader dat hij zijn tijd niet verdeed met het veroordelen van mensen. Hij dacht er vast weleens over na, maar hij verspilde er geen kostbare energie aan. Je zou kunnen zeggen dat hij introvert was, maar zijn dochter had hem altijd meer beschouwd als een soort wijze man die niet op één lijn zat met de wereld. En nu was hij er niet meer. Hij lag op het kerkhof van Crozon te ontbinden. Dat was ook haar lot. Ze leefde, maar waar ze voor had geleefd lag onder de zoden. Marc wilde haar niet meer. Natuurlijk vond Madeleine de breuk verdrietig, maar ze snapte niet waarom haar dochter niet verderging. Als iemand die uit een eenvoudige familie kwam en de oorlog had meegemaakt, zag ze dat gesnotter om de liefde als een modern privilege. Je moest doorgaan met je leven in plaats van te grienen. Die opvatting irriteerde Joséphine. Wat deed ze dan verkeerd, dat iedereen tegen haar zei dat ze het anders aan moest pakken?

Sinds kort ging ze naar de kerk in haar wijk; ze vond enige troost in het geloof. Eigenlijk was het niet zozeer het geloof dat haar aantrok, maar het gebouw. Het was een plek die losstond van de tijd, die niet blootstond aan de wreedheden van het leven. Ze geloofde niet zozeer in God als wel in het huis van God. Haar twee dochters maakten zich zorgen over deze verandering, omdat ze het maar moeilijk konden rijmen met de vroegere uitgesproken nuchterheid van hun moeder. Op afstand spoorden ze haar aan om naar buiten te gaan, een sociaal leven te onderhouden, maar ze bleef uitgeblust. Waarom willen je naasten toch zo graag dat je heelt? Het is je goed recht om liefdesverdriet niet te boven te komen.

Om haar vriendinnen een plezier te doen had ze toch ingestemd met een paar blind dates. Het waren stuk voor stuk rare snuiters geweest. Zo had je die man die zijn hand tussen haar dijen had laten glijden toen hij haar met de auto thuisbracht, onhandig zoekend naar haar clitoris voor hij haar zelfs maar gekust had. Overdonderd door deze op zijn zachtst gezegd onverwachte aanval, had ze hem ruw weggeduwd. Maar dat had hem niet ontmoedigd, en hij had haar toen allerlei ongepaste, ja zelfs ranzige woorden in haar oor gefluisterd, in de veronderstelling dat dat haar op zou winden. Joséphine was in lachen uitgebarsten. Ze had niet verwacht dat het op deze manier zou gebeuren, maar wat een geluk: het was lang geleden dat ze zo hard had gelachen. Nog steeds lachend was ze uit de auto gestapt. De man had zich waarschijnlijk wel voor zijn kop kunnen slaan dat hij zo ongeduldig was geweest, baalde er vast van dat hij haar meteen op de eerste avond had proberen te verleiden, maar hij had gelezen dat vrouwen daar gek op waren.

5

Onderweg dacht Joséphine weer aan de woorden van haar moeder: 'Je moet langskomen, het is dringend.' Ze had niets willen loslaten over de telefoon. Ze had alleen gezegd dat er niks ergs gebeurd was. Zo'n situatie kwam zelden voor, of eigenlijk nooit. Madeleine vroeg nooit iets aan haar dochter; ze praatten sowieso allebei niet zoveel. Dat was ook de beste manier om hun verschillen niet aan de oppervlakte te laten komen en ruzie te voorkomen. Stilte is nog steeds de beste remedie tegen onenigheid. Terwijl Madeleine het geklaag van haar dochter zat was, had Joséphine gewoon behoefte aan een teken van genegenheid, een omhelzing van haar moeder. Toch moest je die schijnbare afstandelijkheid niet zien als afwijzing. Ze was gewoon van een andere generatie. Die was niet per se minder liefdevol, maar liet dat minder zien.

Altijd als Joséphine in Crozon was, sliep ze in haar vroegere kamer. Elke keer kwamen de herinneringen weer terug; ze zag zichzelf als ondeugend klein meisje, als chagrijnige puber of als rebellerende jonge vrouw. Alle Joséphines waren er, alsof ze terugblikte op haar hele oeuvre. Er veranderde hier nooit iets. Zelfs haar moeder bleef altijd die leeftijdsloze vrouw. En zo was het ook vandaag weer.

Joséphine kuste haar moeder en vroeg haar meteen wat er zo dringend was. Maar haar moeder nam de tijd, zette thee en ging er rustig voor zitten.

'Ik ben iets te weten gekomen over je vader.'

'Wat? Je gaat me toch niet vertellen dat hij nog een kind heeft.'

'Welnee, helemaal niet.'

'Wat dan?'

'Ze hebben ontdekt dat hij een roman heeft geschreven.'

'Papa? Een roman? Hou toch op.'

'En toch is het waar. Ik heb 'm gelezen.'

'Hij schreef nooit wat. Zelfs op alle verjaardagskaarten staat jouw handschrift. Nog geen ansichtkaart, niets. En nu wil jij me wijsmaken dat hij een boek heeft geschreven?'

'Het is echt waar.'

'Ja, ja, ik ken die methode. Je denkt dat ik enorm depressief ben, dus roep je maar wat om een reactie uit te lokken. Daar heb ik een artikel over gelezen, het heet "mythotherapie", toch?'

'...'

'Ik begrijp niet wat het jou interesseert dat ik het leven somber inzie. Het is mijn leven, het is niet anders. Jij bent altijd vrolijk. Iedereen houdt van je, met je opgewekte karakter. Nou sorry hoor, dat ik niet ben zoals jij. Ik ben zwak, angstig en zwartgallig.'

Bij wijze van antwoord stond Madeleine op om het manuscript te pakken, en gaf het aan haar dochter.

'Zo kan-ie wel weer... Ben je klaar met je toneelstukje? Hier is het boek.'

'Maar... wat is het? Recepten?'

'Nee. Het is een roman. Een liefdesverhaal.'

'Een liefdesverhaal?'

'En ze gaan het uitgeven.'
'Wat?'
'Ja, de rest vertel ik je later wel.'
'...'
'Ik heb je gevraagd om te komen omdat je naar de zolder moet. Je hebt er al eens gekeken, maar alleen vluchtig. Misschien vinden we nog andere dingen als we beter zoeken.'

Joséphine gaf geen antwoord, gebiologeerd door de eerste bladzijde van het manuscript. Bovenaan de naam van haar vader: Henri Pick. En in het midden de titel van het boek:

De laatste uren van een liefdesgeschiedenis

6

Joséphine wist een hele tijd geen woord uit te brengen, laverend tussen ongeloof en verbijstering. Madeleine besefte dat de zoektocht op zolder zou moeten wachten. Zeker nu haar dochter was begonnen aan de eerste pagina's van het boek. Zij die zo weinig las, of beter gezegd: nooit. Ze was meer van de vrouwentijdschriften of de roddelbladen. Het laatste boek dat ze had gelezen was dat van Valérie Trierweiler, *Merci pour ce moment*. Dat onderwerp had haar natuurlijk wel aangesproken. Ze had zich volledig kunnen vinden in de strijdlust van deze bedrogen vrouw. Als ze het had gekund, had ze een boek geschreven over Marc. Maar die klootzak kon niemand wat schelen. Natuurlijk vond ze dat François Hollandes ex veel te ver ging; maar die vrouw liet zich niet meer tegenhouden door wat ze van haar zouden vinden. Uitdrukking geven aan haar verdriet, een gevoel dat verdacht veel weg had van wraak, was belangrijker geworden dan haar imago. De liefde had van haar een kamikaze gemaakt; ze wilde alle schepen achter zich verbranden. Alleen pijn kon je daartoe drijven. Joséphine begreep haar. Ook zij begaf zich soms op glad ijs, in de manier waarop ze zich naar andere vrouwen toe gedroeg, of als ze haar naaste omgeving verveelde met een eindeloze tirade over al haar persoonlijke tegenslagen. Met zoveel gevoelens kun je de dingen niet meer helder zien. De gehate man verandert in een donkere entiteit die met de werkelijkheid weinig meer te maken heeft, een monster dat zich aanpast aan de omvang van het verdriet van de gekwetste vrouw; een man die niet meer echt bestaat, zoveel is er over hem gezegd of gedacht.

Joséphine las ademloos verder. Ze herkende er haar vader niet per se in, maar had ze zich ooit kunnen voorstellen dat hij in staat was een boek te schrijven? Nee. En toch ervoer ze iets wat ze eerder ervaren leek te hebben, maar nooit had kunnen benoemen. Ze had vaak het gevoel gehad dat ze niet tot hem doordrong. Ze kon hem niet peilen, en dat was de laatste jaren, nadat hij met pensioen was gegaan, alleen maar erger geworden. Urenlang staarde hij naar de zee, volledig in zichzelf gekeerd. Aan het eind van de dag dronk hij bier met de mannen uit de buurt, maar hij leek nooit dronken. Als hij op straat een kennis tegen het lijf liep, viel het Joséphine op dat ze elkaar nooit veel te vertellen hadden, halve zinnen die naadloos in elkaar overgingen, en ze was ervan overtuigd geweest dat die namiddagen in het café er vooral toe dienden om de tijd te doden. Maar nu bedacht ze zich dat achter die stiltes, achter die manier waarop hij zich steeds meer terugtrok uit de wereld, misschien wel een poëtisch karakter verborgen had gezeten.

Joséphine zei dat het verhaal haar deed denken aan die film met Clint Eastwood, *The Bridges of Madison County*.

'Wie? De bruggen van wat?' vroeg haar moeder.
'Laat maar.'
'Zullen we naar de zolder gaan?'
'Ja.'
'In de benen dan.'
'Ik ben echt met stomheid geslagen door dit gebeuren.'
'Anders ik wel.'
'Je kent iemand nooit écht, en mannen zeker niet,' zei Joséphine, die om de paar minuten weer over haar eigen leven moest beginnen.

Eindelijk ging ze dan op zoek naar het trappetje dat je nodig had om de zolder op te klimmen. Ze zette het laddertje neer en dubbelgevouwen betrad ze deze stoffige uithoek van het huis. Haar blik werd meteen naar het kleine houten hobbelpaard getrokken waar ze als kind op had gezeten. Toen zag ze een schoolbord. Ze was vergeten dat haar ouders alles van vroeger bewaard hadden. Weggooien kwam niet in hun woordenboek voor. Ze vond ook al haar poppen weer terug, die opvallend genoeg geen van alle kleren droegen; ze hadden alleen een onderbroekje aan. Bizar, dacht Joséphine, zelfs toen had ik al een obsessie voor ondergoed. Iets verderop zag ze een stapel keukenschorten van haar vader liggen. Een hele loopbaan gereduceerd tot een paar stukjes stof. Ten slotte vond ze de dozen waar haar moeder het over had gehad. Ze trok de eerste doos open en het duurde niet langer dan een paar seconden voor ze een belangrijke ontdekking deed.

Vijfde deel

1

Delphine legde het project voor aan de vertegenwoordigers van Grasset. Deze mannen en vrouwen zouden heel Frankrijk af reizen om de boekhandelaren alvast op de hoogte te stellen van het heel bijzondere boek dat eraan zat te komen. Voor de jonge redactrice was deze eerste publieke presentatie de ultieme test. Zij hadden het boek nog niet gelezen; wat zouden ze vinden van het verhaal erachter? Ze had aan Olivier Nora, de directeur van de uitgeverij, gevraagd of ze iets meer tijd mocht nemen dan gewoonlijk om de inhoud tot in detail te kunnen vertellen. Het verhaal achter het verhaal zou meteen een belangrijke rol innemen. Hij had daar natuurlijk mee ingestemd, aangezien hij zelf ook enthousiast was over het project, wat niet vaak voorkwam. Vol verbazing had hij een paar keer herhaald: 'Je was dus op vakantie bij je ouders, en je hebt een bibliotheek van afgewezen boeken ontdekt? Ongelooflijk...' Hoewel hij normaal gesproken de elegantie zelve was en over een soort Britse zelfbeheersing beschikte, zat hij nu in zijn handen te wrijven met de vreugde van een kind dat net een potje knikkeren had gewonnen.

Door het plezier waarmee ze de roman van Pick presenteerde straalde Delphine nog meer dan anders. Op haar hoge hakken had ze de vergaderzaal in haar zak, maar zonder dominant te worden. Ze sprak vol zelfvertrouwen en beheersing. Ze was ervan overtuigd dat ze een bijzondere auteur had ontdekt met deze dode pizzabakker. Iedereen leek vastberaden om van dit boek een succes te maken. Al snel was duidelijk dat het flink in de spotlights gezet zou worden, wat bij een debuutroman zelden gebeurt. 'De hele uitgeverij staat erachter,' zei Olivier Nora. Een vertegenwoordiger merkte op dat hij weleens van die bibliotheek in Bretagne had gehoord. Een hele tijd geleden had hij een artikel gelezen over dit onderwerp. Sabine Richer, die de centrumdepartementen onder haar hoede had en een groot liefhebster was van Amerikaanse literatuur, vertelde over de roman van Richard Brautigan die aan het idee ten grondslag lag. Ze was gek op dat boek, een lofzang op Mexico, een *road novel* die de schrijver de mogelijkheid geeft met een ironische blik naar het Californië van de jaren zestig te kijken. Jean-Paul Enthoven, uitgever en schrijver bij Grasset, prees Sabine met haar eruditie de hemel in. Ze moest ervan blozen.

Zo'n aanbiedingsvergadering had Delphine nog nooit meegemaakt. Meestal regen de werkuren zich ongemerkt aaneen, terwijl iedereen de belangrijkste details opschreef van de boeken die eraan kwamen. Dit keer gebeurde er iets. Ze werd bestookt met vragen. Een man die zich in een te klein pak had gehesen vroeg:

'Wat wil je aan promotie doen?'

'Zijn vrouw leeft nog. Een oude Bretonse dame van tachtig met veel humor. Ze wist niets van het geheime leven van haar man en geloof me als ik zeg dat ze een indruk achterlaat als ze daarover vertelt.'

'Heeft hij nog andere boeken geschreven?' vroeg dezelfde man.

'Voor zover bekend is niet. Zijn vrouw en zijn dochter hebben al zijn dozen doorgespit. Er was geen ander manuscript.'

'Maar,' onderbrak Olivier Nora haar, 'ze hebben wel een andere belangrijke ontdekking gedaan, toch, Delphine?'

'Ja. Ze hebben een boek van Poesjkin gevonden: *Jevgeni Onegin*.'

'Waarom is dat van belang?' vroeg een andere vertegenwoordiger.

'Omdat Poesjkin de rode draad vormt van zijn roman. En in het boek dat zijn vrouw heeft gevonden, had Pick wat zinnen onderstreept. Ik moet het nog ophalen. Misschien heeft hij aanwijzingen achtergelaten of wilde hij iets zeggen met die onderstreepte passages.'

'Ik heb zo'n gevoel dat we nog weleens voor verrassingen zouden kunnen komen te staan,' zei Olivier Nora toen, alsof hij nog even wilde benadrukken hoe belangrijk dit voor iedereen was.

'*Jevgeni Onegin* is een subliem prozagedicht,' zei Jean-Paul Enthoven. 'Een paar jaar geleden heb ik het van een Russin cadeau gekregen. Een prachtige vrouw, die ook nog eens heel intelligent was. Ze heeft geprobeerd me uit te leggen hoe mooi de taal van Poesjkin is. Dat kan geen enkele vertaling overbrengen.'

'Sprak die Pick van je ook Russisch?' wilde een andere vertegenwoordiger weten.

'Niet dat ik weet, maar hij had een zwak voor Rusland. Hij had zelfs een Stalin-pizza bedacht,' zei Delphine.

'En je wil dat we het boek met dat argument aan de boekhandels verkopen?' grapte dezelfde man, waarmee hij een schaterlach bij de hele groep ontketende.

En zo ging het bij de vergadering nog een hele tijd over die bijzondere roman. Er was maar weinig ruimte voor de andere boeken die rond diezelfde periode zouden verschijnen. Vaak wordt zo de levensloop van een boek bepaald; boeken hebben van meet af aan al ongelijke kansen. Het enthousiasme van de uitgever is bepalend, hij heeft lievelingetjes. Pick zou de grote roman van het voorjaar worden bij Grasset, waarbij het succes dan hopelijk in de zomer voortgezet zou worden. Olivier Nora wilde niet wachten met de publicatie tot september, de start van het nieuwe literaire jaar, en dan in de herfst in een strijd verwikkeld raken om de grote literaire prijzen. Die periode was te heftig en te turbulent, en het zou heel goed kunnen dat niemand het als een mooi verhaal beschouwde, maar eerder als een onthulling à la Romain Gary.[9] Iedereen zou zich afvragen wie er schuilging achter Pick, terwijl er niets te ontdekken viel. Het was echt puur toeval geweest dat ze op zo'n manier een boek ontdekt hadden. Maar soms moest je gewoon geloven in puur toeval.

2

Toen het even stilviel, zag Hervé Maroutou zijn kans schoon om een voor hem belangrijk punt ter sprake te brengen. Al jaren reed hij drie dagen per week door het oosten van Frankrijk en hij had met verschillende boekhandelaren een vriendschappelijke band opgebouwd. Hij kende ieders voorkeuren, waardoor hij zijn aanbiedingsgesprekken aan de

[9] Noot van de vertaler: Romain Gary was een beroemd Litouws-Franse schrijver en filmregisseur. Hij ontving in 1956 de Prix Goncourt voor zijn werk *Les racines du ciel* (*De laatste kudden van Afrika*). Na zijn dood bleek uit een nagelaten tekst dat hij één en dezelfde persoon was als de schrijver Emile Ajar, die in 1975 eveneens de Goncourt had ontvangen voor *La vie devant soi* (*Een heel leven voor je*). Volgens de regels mag een auteur slechts één keer deze prijs ontvangen.

persoon kon aanpassen. De vertegenwoordiger is een onmisbare schakel in de boekenketen, de menselijke link met de – vaak niet zo rooskleurige – realiteit. Ieder jaar, naarmate er meer boekhandels moesten sluiten, werd zijn ronde korter; alles werd alsmaar minder. Wat zou er binnenkort nog van over zijn?

Maroutou had bewondering voor deze strijders voor het boek. Tezamen vormden ze een bolwerk tegen de wereld van morgen, een wereld die niet beter of slechter was, maar wel één die het boek niet langer leek te beschouwen als cultureel betekenisvol. Hervé kwam zijn concurrenten vaak tegen en had een nogal bijzondere band opgebouwd met Bernard Jean, zijn collega bij Hachette. Ze overnachtten vaak in dezelfde hotels en namen dan allebei een 'vertegenwoordigersmenu' dat sommige Ibis-hotels aanboden. Toen ze op een keer aan het dessert zaten,[10] was Hervé over Pick begonnen. Bernard Jean had gevraagd: 'Is het niet een beetje vreemd om een afgewezen auteur uit te geven?' Die vraag, precies op het moment dat de één een hap nam van zijn Normandische appeltaart en de ander van zijn chocolademousse, had Hervé Maroutou ook gesteld tijdens de vergadering bij Grasset. Hij was hem altijd een stap voor.

Hij had dus aan Delphine gevraagd:
'Is het niet wat gewaagd om een boek uit te geven waarvan we zeggen dat het uit een stapel met afgewezen teksten gevist is?'
'Natuurlijk niet,' antwoordde de redactrice. 'De lijst met meesterwerken die zijn afgewezen door uitgeverijen is lang.

---

10 Op de menukaart werd deze categorie heel overdreven 'Toetjesparade' genoemd.

Ik zal een lijstje maken, daarmee is alles gezegd.'

'Daar zit wat in,' verzuchtte een stem.

'En trouwens, we weten helemaal niet of Pick zijn manuscript wel heeft opgestuurd. Ik ben er eerlijk gezegd van overtuigd dat hij het direct is komen afleveren.'

Die laatste zin maakte nogal een verschil. Het was misschien helemaal niet de bedoeling geweest het boek uit te geven, en het was dus misschien ook niet afgewezen. Het was niet waarschijnlijk dat ze dat zouden kunnen achterhalen: uitgeverijen houden in hun archief geen lijst bij van de manuscripten die ze aan de schrijver geretourneerd hebben. Delphine had zich voorgenomen alle vragen gedecideerd en kernachtig te beantwoorden. Ze wilde geen enkele ruimte laten voor twijfel. Ze betoogde hoe mooi het was om niet gepubliceerd te willen worden, om een leven te leiden waarin erkenning geen rol speelde. 'Een genie in de schaduw, zo moeten we hem noemen,' zei ze tot besluit. In een tijdperk waarin iedereen verlangde naar erkenning voor het een of het ander, bestond er nog een man die waarschijnlijk maanden had gespendeerd aan het perfectioneren van een tekst die onherroepelijk onder een laag stof terecht zou komen.

3

Na die vergadering had Delphine besloten om een paar voorbeelden te zoeken die het idee zouden ondersteunen dat afwijzing niet als waardeoordeel gezien mag worden. *Swanns kant op* van Marcel Proust is waarschijnlijk een van de beroemdste afgewezen gevallen. Er zijn zó veel pagina's en analyses gewijd aan deze mislukking dat je er een boek over zou kunnen schrijven dat langer is dan het eigenlijke werk. In 1912 staat Marcel Proust vooral bekend als man van het goede leven. Wordt hij daarom niet serieus genomen? Kluizenaars worden altijd hoger ingeschat. Men heeft eerder oog voor het talent van zwijgzame en gekwelde geesten. Maar kun je niet tegelijkertijd een genie en een dandy zijn? Je hoeft maar één paragraaf uit het eerste deel van *Op zoek naar de verloren tijd* te lezen om er de literaire waarde van in te zien. De beoordelingscommissie bij Gallimard bestond in die tijd uit beroemde schrijvers, onder wie ook André Gide. Later zouden ze zeggen dat hij het boek alleen had doorgebladerd en niet had gelezen, en dat hij, pretentieus als hij was, alleen de kromme[11] formuleringen zag en zinnen zo lang als een slapeloze nacht. Proust, die zich afgewezen en niet serieus genomen voelt, ziet zich genoodzaakt om zijn roman dan maar zelf uit te geven, in eigen beheer. Achteraf zou André Gide toegeven dat de afwijzing van dat boek 'de grootste fout van de NRF' was. Gallimard maakte het al

---

11 Bijvoorbeeld in de beschrijving van een personage met 'een voorhoofd waar de ribben doorheen schenen' (prachtig beeld dat daar voorbijkomt).
Noot van de vertaler: Proust beschrijft in het eerste deel van *Du côté de chez Swann* (*Swanns kant op*), 'Combray', een herinnering van Marcel aan zijn tante Léonie, waar hij als kind op bezoek ging. Deze tante droeg altijd een pruik, maar Marcel herinnert zich een ochtend waarop ze die nog niet had opgezet: 'Ze stak mijn lippen haar trieste, vaalbleke voorhoofd toe, dat ze op dit vroege tijdstip nog niet had bedekt met haar pruik, en waar de ribben doorheen schenen als de punten van een doornenkroon of de kralen van een rozenkrans.' André Gide stuitte al snel op deze ribben in het voorhoofd en zag in Proust een incapabele schrijver. De *vertèbres* zijn menigmaal onderwerp van discussie geweest: maakt Proust hier een fout – een schedel bevat immers geen ribben of ruggengraat – of is dit een bewust vervreemdend beeld dat hij oproept?

snel daarna goed door Proust toch uit te geven. In 1919 zou het tweede deel van de cyclus, *In de schaduw van de bloeiende meisjes*, de Prix Goncourt krijgen, en nu wordt de in eerste instantie afgewezen auteur al zo'n honderd jaar beschouwd als een van de allergrootsten ooit.

Er is nog een ander lichtend voorbeeld: *Een samenzwering van idioten* van John Kennedy Toole. Deze schrijver, die de niet-aflatende martelgang van afwijzingen niet langer aankon, pleegde in 1969 op eenendertigjarige leeftijd zelfmoord. Als motto had hij in zijn roman, als een soort ironische voorspelling, de volgende zin van Jonathan Swift opgenomen: 'Als een waar genie het licht ziet op deze aardkloot, kun je hem herkennen aan het feit dat alle idioten tegen hem samenspannen.' Hoe kon een boek dat zo grappig en origineel is, geen uitgever vinden? Na zijn dood heeft de moeder van de schrijver er jarenlang voor gevochten om de droom van haar zoon – uitgegeven worden – uit te laten komen. Haar volharding werd beloond en uiteindelijk verwierf het boek in 1980 grote bekendheid en werd het een enorm internationaal succes. Inmiddels behoort de roman tot de klassiekers van de Amerikaanse literatuur. De zelfmoord van de schrijver, diep teleurgesteld over het feit dat niemand hem wilde lezen, heeft absoluut bijgedragen aan zijn postume beroemdheid. Meesterwerken hebben vaak een verhaal achter het verhaal.

Delphine had deze voorbeelden opgeschreven voor het geval er te veel gehamerd zou worden op alle mogelijke afwijzingen van Pick. Ook had ze meteen haar kennis over Richard Brautigan uitgediept. Ze had andere schrijvers, zoals Philippe Jaenada[12] vaak naar hem zien verwijzen, maar ze had nog nooit iets van hem gelezen. Soms vorm je je op basis van een titel een beeld van een schrijver. Door *Dromen in Babylon* zag Delphine Brautigan voor zich als de hippieversie van de privédetective Philip Marlowe. Een mix tussen Bogart en Kerouac. Maar toen ze Brautigan was gaan lezen, had ze zijn kwetsbaarheid, humor en ironie ontdekt; de melancholische ondertoon. Ze vond hem eerder lijken op een andere Amerikaanse auteur die ze net had ontdekt, Steve Tesich, en zijn roman *Karoo*. Brautigans fascinatie voor Japan, een land dat als een rode draad door zijn werk en leven loopt, had ze nog niet meegekregen. In zijn dagboek had hij op 28 mei 1976 de volgende zin geschreven, die Delphine onderstreepte:

'De vrouwen zijn allemaal zo mooi in Japan
dat ze de rest wel verdronken zullen hebben bij de geboorte.'

Wat betreft die afwijzingen – ook Brautigan had zitten tobben toen de negatieve reacties maar bleven komen. Voor hij de stem van een hele generatie werd, vóór de hippiegroupies zich op hem stortten, had hij een paar jaar behoorlijk diep in de misère gezeten. Omdat hij geen geld had voor de bus gebeurde het weleens dat hij drie uur moest lopen voor een afspraak; en aangezien hij amper te eten had sloeg hij een door een vriend aangeboden broodje niet af. Al die moeilijke jaren werden geregeerd door de afwijzingen van uitgevers. Niemand geloofde in hem. De teksten die daarna zoveel succes zouden kennen, werden slechts vluchtig en afkeurend

---

[12] Ze was weg van de stijl en het woeste uiterlijk van deze schrijver, maar ze zag hem niet vaak meer sinds hij Grasset had ingeruild voor Julliard, zijn vroegere uitgever.

bekeken. Dat hij die bibliotheek voor afgewezen boeken bedacht, had natuurlijk alles te maken met deze periode waarin zijn woorden door iedereen uitgekotst werden. Hij wist maar al te goed wat het betekende om een onbegrepen kunstenaar te zijn.[13]

4

Naarmate de verschijningsdatum naderde, raakte Delphine, ondanks de enthousiaste reacties van boekhandelaren en recensenten, steeds gestrester. Het was voor het eerst dat ze zo gespannen was. Ze was altijd nauw betrokken bij haar projecten, maar het boek van Pick maakte haar bloednerveus; ze had het gevoel dat ze aan de vooravond stond van iets heel belangrijks.

Elke avond belde ze Madeleine om te vragen hoe het met haar ging. Ze vond het sowieso belangrijk om contact te onderhouden met haar auteurs, maar bij de weduwe van deze schrijver had ze dat gevoel nog sterker. Misschien voelde ze aan wat er ging gebeuren? Ze moest deze vrouw op leeftijd erop voorbereiden dat ze vol in de schijnwerpers zou komen te staan. Delphine was bang dat het haar leven overhoop zou gooien; daar had ze van tevoren niet over nagedacht. Soms voelde ze zich schuldig dat ze haar had overgehaald om het boek van haar man te laten uitgeven. Dat was eigenlijk niet de taak van een uitgever; je zou in dit geval kunnen spreken

---

13 Alsof erkenning iets te maken had met *begrepen worden*. Niemand wordt ooit begrepen, en schrijvers zeker niet. Ze zijn verstrikt in een wereld vol tegenstrijdige emoties, en meestal begrijpen ze zichzelf niet eens.

van een ruwe verstoring van het lot, en misschien zelfs van een gebrek aan respect voor de wil van de schrijver.

Ondertussen worstelde Frédéric met zijn eigen roman. In zulke periodes van literaire tegenslag had hij moeite met woorden in het algemeen: hij had geen idee wat hij moest zeggen om Delphine gerust te stellen. Zijn gebrek aan inspiratie had invloed op alles, waardoor ook hun relatie op een lege bladzijde was aanbeland. Het avontuur dat in Crozon zo opwindend en vrolijk was begonnen, veranderde in een hectisch en tijdrovend project. Ze vreeën niet meer zo vaak, hadden vaker ruzie. Frédéric voelde zich ellendig, bracht hele dagen door in het appartement waar de muren op hem afkwamen, wachtend tot zijn vriendin weer thuis zou komen, als het bewijs dat er nog andere mensen bestonden. De laatste tijd vond hij het nodig om de aandacht op zichzelf te vestigen, als een klein kind dat domme streken uithaalt. Zo zei hij koeltjes:

'Ik wilde je nog zeggen dat ik mijn ex weer heb gezien.'
'O ja?'
'Ja, ik kwam haar toevallig op straat tegen. En we zijn koffie gaan drinken.'
'...'

Delphine wist niet wat ze daarop moest antwoorden. Niet dat ze jaloers was, maar het triomfantelijke toontje waarop Frédéric het feit had meegedeeld verbaasde haar. Doordat hij het zo plompverloren had gezegd, gaf hij de boodschap extra nadruk. Wat was er gebeurd? Niets, eigenlijk. Toen hij haar was achternagerend en had voorgesteld om een kop koffie te gaan drinken, had zij gezegd dat ze niet kon. Het had voor hem aangevoeld als een tweede vernedering. Wat nergens op sloeg: ze had alleen maar vriendelijke woorden voor hem over gehad. Frédéric verdraaide de realiteit, zag twee onschuldige voorvallen als tekenen van minachting. Misschien had Agathe wel een afspraak, en het was niet haar schuld dat het boek van haar ex-vriend niet genoeg invloed had gehad om haar te bereiken. Frédéric weigerde dat in te zien; dat was misschien een eerste stap richting lichte paranoia.

'En, was het gezellig?' vroeg Delphine.

'Ja, we hebben twee uur zitten praten, ik heb geen moment op de klok gekeken.'

'Waarom kom je daar nu ineens mee?'

'Ik hou je alleen maar op de hoogte.'

'Prima. Maar ik heb momenteel genoeg aan mijn hoofd. En je weet heel goed dat ik daar alle reden toe heb. Dus je zou wel wat aardiger mogen doen.'

'Relax, er is niks aan de hand. Ik ben een ex tegengekomen, ik ben niet met haar naar bed geweest.'

'Nou, ik ga slapen.'

'Nu al?'

'Ja, ik ben doodop.'

'Zie je, ik wist het wel.'

'Wat?'

'Je houdt niet meer van me, Delphine. Je houdt niet meer van me.'

'Waarom zeg je dat?'

'Zelfs een ruzie gun je me niet.'

'Aha. Is dat wat liefde is voor jou?'

'Ja. Ik sta hier van alles te verzinnen om erachter te komen...'

'Pardon? Sta je dingen te verzinnen?'

'Ja. Ik ben haar wel tegengekomen. Maar ik ben geen koffie met haar gaan drinken.'

'Ik snap jou niet. Ik weet niet meer wat ik kan geloven.'

'Ik wilde gewoon ruzie.'
'Ruzie? Jij wil dat ik een vaas kapotsmijt omdat jij daar zin in hebt?'
'Nou... ja.'

Delphine deed een stap richting Frédéric: 'Je bent gek.' Het drong elke dag meer tot haar door. Ze wist dat het niet makkelijk zou zijn om met een schrijver samen te wonen, maar ze hield van hem, ze hield zoveel van hem, en dat vanaf het allereerste moment. En dus zei ze:
'Dus jij wil ruzie, lieverd?'
'Ja.'
'Vanavond niet, want ik ben afgepeigerd. Maar binnenkort, lieverd. Binnenkort...'

En ze wisten allebei dat ze altijd haar beloftes nakwam.

5

De jonge redactrice had gehoopt dat het boek een succes zou zijn, ze had het zo graag gewild dat ze er wakker van lag, maar of ze zo'n hype verwacht had? Nee, totaal niet. Zelfs haar verbeeldingskracht, die toch tot de wildste dromen in staat was, had al het onwaarschijnlijks dat te gebeuren stond nooit kunnen bedenken.

Alles begon met wat reuring in de media. Die stortten zich op het verhaal, dat ze 'buitengewoon' vonden. Dat was nogal overdreven, maar tegenwoordig moet alles extra nadruk krijgen. Het duurde slechts een paar dagen voor het boek van Pick zich in het centrum van de literaire wereld bevond. De roman én het hele verhaal achter het boek natuurlijk. De kranten hadden iets spannends om over te vertellen, een goed verhaal. Een journalist, een vriend van Delphine, durfde de volgende gewaagde vergelijking te maken:

'Het is net die laatste Houellebecq.'

'O? Waarom vind je dat?' vroeg ze.

'*Onderworpen* is zijn bestverkochte boek. Beter nog dan het boek waar hij de Goncourt voor kreeg. Maar het is zijn minste boek. Ik heb het weggelegd. Eerlijk gezegd is dit, als je Houellebecq een beetje kent, ver beneden het niveau van de rest van zijn werk. Voor iemand met zo'n buitengewoon verteltalent zit er amper verhaal in. En die paar goede bladzijden over seksualiteit en eenzaamheid zijn een herhaling van wat hij al eerder heeft geschreven, maar dan minder goed.'

'Ik vind je wel erg fel.'

'Maar iedereen wilde het lezen, want er zit natuurlijk een briljant idee achter. Binnen twee dagen ging het in heel Frankrijk nergens anders meer over. Zelfs aan de president vroegen ze in een interview: "Bent u van plan het boek van Houellebecq te gaan lezen?" Veel betere reclame kun je niet krijgen. Het is een roman die het volledig van de controverse moet hebben, dat is opmerkelijk.'

'Zo gaat het altijd als hij een nieuw boek uitbrengt. Iedereen heeft wel een mening over de inhoud van zijn boeken, of het nou klopt of niet. Maar dat is niet belangrijk, hij is een fantastische schrijver.'

'Daar gaat het helemaal niet om. Met *Onderworpen* is hij het stadium van de roman voorbij. Hij heeft als allereerste een nieuw tijdperk betreden. De tekst is niet meer belangrijk. Wat er wel toe doet is één enkel groots idee naar voren brengen. Een idee dat de tongen losmaakt.'

'Wat heeft dat met Pick te maken?'

'Het is niet zo uitgekookt en niet zo briljant, en er is geen geniaal redenaar aan het woord, maar iedereen heeft het over je boek, zonder dat de tekst er ook maar iets toe doet. Je had evengoed een Ikea-gids kunnen uitgeven, dan was het nog een succes geworden. Het boek is ook niet zo goed. Het is soms langdradig en ook een beetje cliché. Alleen als het over die doodsstrijd van Poesjkin gaat wordt het interessant. Eigenlijk gaat het boek over de bizarre dood van een dichter.'

Delphine was het niet met hem eens. Het was inderdaad zo dat de vliegende start van Picks roman te maken had met de context, maar ze geloofde niet dat dat het enige was. Ze had veel reacties gehad van lezers die geraakt waren door het boek. Zelf vond ze het prachtig geschreven. Maar wat één ding betreft had hij wel gelijk: er werd meer gepraat over Picks geheime leven dan over zijn boek. Hele hordes journalisten belden haar voor meer informatie over de pizzabakker. Een paar stelden een heel onderzoek in naar zijn leven. Wie was hij? Wanneer had hij zijn boek geschreven? En waarom wilde hij niet gepubliceerd worden? Ze wilden een antwoord op al die vragen. En het kon natuurlijk niet lang duren voor ze meer te weten zouden komen over de schrijver van *De laatste uren van een liefdesgeschiedenis*.

6

Succes genereert succes. Toen er meer dan 100.000 exemplaren van de roman verkocht waren, haalde het boek de kranten weer, en dit keer onder de noemer 'fenomeen'. Allemaal wilden ze het eerste interview met 'de weduwe' versieren. Tot op dat moment had het Delphine verstandiger geleken haar buiten beeld te laten. De mensen laten fantaseren over het verhaal zonder al te veel informatie te geven. Nu iedereen van het boek had gehoord, konden ze het weer een commerciële boost geven met de onthulling van degene die haar leven met Pick had gedeeld.

Delphine besloot in zee te gaan met het programma *La Grande Librairie*. De presentator, François Busnel, had zijn exclusieve recht verkregen op één voorwaarde: dat het interview in Crozon opgenomen zou worden. Madeleine voelde er niets voor om naar Parijs te komen. De journalist was gewend aan interviews ver van huis, maar dat was dan voor een gesprek met Paul Auster of Philip Roth in de Verenigde Staten. Hij was blij met de scoop die hij hiermee in handen had; althans – hij ging ervan uit dat het meer informatie op zou leveren. Menig schrijver laat zich immers inspireren door een vrouw.

De nacht voor ze naar Bretagne zou gaan, sliep Delphine bijzonder slecht. Midden in de nacht was het alsof het heftig knagende gevoel vanbinnen haar wakker schudde. Met een ruk schoot ze overeind en vroeg aan Frédéric wat er was gebeurd. Hij antwoordde: 'Niets, lieverd. Er is niets gebeurd.' Ze kon de slaap niet meer vatten en bleef op de bank in de woonkamer zitten wachten tot het ochtend werd.

7

Een paar uur later belde ze aan bij Madeleine, een televisieploeg in haar kielzog. De oude dame had niet verwacht dat er zoveel mensen voor háár op de been zouden zijn: er was zelfs een visagist. Ze vond het belachelijk. 'Ik ben Catherine Deneuve niet,' zei ze. Delphine legde haar uit dat iedereen op tv opgemaakt was, maar dat haalde niets uit. Ze wilde au naturel, en misschien was het maar beter zo. Ze begrepen allemaal dat deze Bretonse zich niets liet opleggen. François Busnel probeerde bij haar in het gevlei te komen door wat complimenten te maken over de inrichting van haar woonkamer – en daarvoor moest hij echt graven in zijn fantasie. Uiteindelijk bedacht hij zich dat praten over de mooie regio, Bretagne, de veiligste keuze was. Hij refereerde aan een paar Bretonse auteurs die Madeleine vrij weinig zeiden.

Het filmen begon. Ter introductie herhaalde Busnel nog eens het verhaal achter de roman. Zijn enthousiasme was echt, maar niet overdreven. Als presentator van een literair programma moet je het midden zien te vinden tussen het amicale dat hoort bij oprechte interesse en de afstandelijkheid die past bij een publiek dat liever iets serieus ziet dan branie. Toen wendde hij zich tot Madeleine:
'Dag, mevrouw.'
'Noem me maar Madeleine.'
'Dag, Madeleine. Kunt u mij vertellen waar we zijn?'
'Maar dat weet u donders goed. Wat een rare vraag.'
'Dat is voor de kijker. Ik vroeg u de locatie toe te lichten omdat de uitzending normaal gesproken vanuit Parijs plaatsvindt.'
'Ja natuurlijk, in Parijs gebeurt het allemaal. Althans, dat denken de Parijzenaars.'
'We zijn dus...'
'Bij mij thuis. In Bretagne. In Crozon.'
Dat laatste zei Madeleine iets harder dan de rest, alsof de trots zichzelf per ongeluk verraadde door de extra inspanning van haar stembanden.

Delphine, die zich achter de camera's bevond, bekeek het begin van het gesprek met verwondering. Madeleine leek verrassend goed op haar gemak, zich er misschien niet helemaal van bewust dat er duizenden mensen naar haar keken. Hoe kun je je ook achter één man die met je zit te praten zoveel mensen voorstellen? Busnel kwam meteen ter zake:

'Ze zeggen dat u helemaal niet wist dat uw man een roman had geschreven.'

'Dat klopt.'

'Was u erg verbaasd?'

'In het begin wel, heel erg zelfs. Ik kon het niet geloven. Maar Henri was een aparte.'

'Hoezo?'

'Hij praatte niet zoveel. Misschien spaarde hij zijn woorden op voor zijn boek.'

'Hij had een pizzeria, toch?'

'Ja. Nou ja, wij samen.'

'Ja, excuus, de pizzeria van jullie beiden. Jullie waren dus elke dag samen? Wanneer had hij tijd om te schrijven?'

'Waarschijnlijk 's morgens. Henri ging graag vroeg weg. Hij maakte alles in orde voor de lunch, maar dan bleef er vast nog wel wat tijd over.'

'Er staat geen datum op het manuscript. We weten alleen in welk jaar het bij de bibliotheek is afgegeven. Misschien heeft hij er een hele tijd over gedaan om het te schrijven?'

'Misschien. Ik zou het niet weten.'

'En het boek, wat vond u daarvan?'

'Het is een mooi verhaal.'

'Weet u of er bepaalde schrijvers waren van wie hij hield?'

'Ik heb hem nooit een boek zien lezen.'

'Werkelijk? Nooit?'

'Op mijn leeftijd ga ik niet opeens liegen, hoor.'

'En Poesjkin? Jullie hebben een boek van die dichter gevonden, toch?'

'Ja. Op zolder.'

'Belangrijk om te herhalen is dat het boek van uw man over de laatste uren van een liefdesrelatie gaat, een koppel dat besluit uit elkaar te gaan, en dat alles parallel aan de doodsstrijd van Poesjkin. Een werkelijk adembenemende doodsstrijd, waarbij de dichter heftig te lijden heeft.'

'Hij jammert inderdaad veel.'

'Het is 27 januari 1837 en hij heeft, als ik dat mag zeggen, niet het geluk meteen te sterven: "Het leven wil hem niet verlaten, wil liever in het lichaam blijven om het te doen lijden", ik citeer uw man. Hij vertelt dat het bloed klontert. Dat is een beeld dat steeds weer terugkomt, net als die liefde die doodbloedt. Erg mooi.'

'Dank u.'

'U hebt dus een boek van Poesjkin gevonden?'

'Ja, dat zei ik al. Boven op zolder. In een doos.'

'Had u dat boek hier al eens eerder gezien?'

'Nee. Henri las niet. Zelfs de krant bladerde hij vluchtig door. Hij vond dat er altijd alleen maar slecht nieuws in stond.'

'Wat deed hij dan in zijn vrije tijd?'

'Die hadden we niet veel. We gingen niet op vakantie. Hij hield veel van wielrennen, van de Tour de France. Vooral van de Bretonse renners. Eén keer heeft hij zelfs Bernard Hinault in het echt gezien en dat deed iets met hem. Ik had hem nog nooit zo gezien. Je moest vroeg opstaan om indruk op hem te maken.'

'Dat geloof ik... Maar laten we nog even terugkomen op *Jevgeni Onegin*, als u dat goed vindt, het boek van Poesjkin dat bij u is gevonden. Uw man heeft een passage onderstreept. Ik zou deze graag voorlezen, als u mij toestaat?'

'Ga uw gang,' zei Madeleine.

François Busnel sloeg het boek open en las de volgende verzen voor:[14]

> *Wie heeft geleefd en nagedacht kan*
> *de mens met weerzin gadeslaan;*
> *wie heeft gevoeld – de schimmenmacht van*
> *'t vervlogene blijft rond hem staan.*
> *De toverglans is weg, de slang van*
> *'t geheugen bijt, de martelgang van*
> *de wroeging nijpt. – 't Heeft nóg een kant:*
> *gesprekken worden interessant.*

'Zegt dit u iets?' vroeg de presentator, na een stilte die voor een televisieprogramma vrij lang en vrij zeldzaam was.

'Nee,' antwoordde Madeleine meteen.

'Deze passage gaat over weerzin voor de mens. Uw man heeft een zeer teruggetrokken leven geleid. En hij heeft geen moeite gedaan om zijn boek gepubliceerd te krijgen. Was dat omdat hij niks met anderen te maken wilde hebben?'

'Hij was inderdaad teruggetrokken. En hij bleef het liefste thuis als we niet hoefden te werken. Maar dat hij niet van mensen hield gaat te ver. Hij heeft nooit een hekel gehad aan wie dan ook.'

'En dat stuk over die wroeging? Heeft hij ergens spijt van gehad in zijn leven?'

'...'

Terwijl ze normaal zo spraakzaam en rap van tong was, leek Madeleine nu even te aarzelen, maar deed er toen het zwijgen toe en liet de stilte duren. Dus nam Busnel het woord weer:

---

14 Hij las het zowel langzaam als krachtig voor, zó mooi dat je zou kunnen denken dat hij in zijn jeugd aan toneel had gedaan.

'Denkt u aan een specifiek moment in zijn leven of wilt u geen antwoord geven?'

'Dat is persoonlijk. U stelt wel veel vragen. Is dit een tv-programma of een verhoor?'

'Een tv-programma, echt. We willen u gewoon wat beter leren kennen, en uw man ook. We willen graag weten wie er achter de schrijver schuilt.'

'Ik heb de indruk dat hij niet wilde dat we erachter zouden komen.'

'Denkt u dat het boek persoonlijk is? Dat het verhaal voor een deel autobiografisch is?'

'Het is duidelijk geïnspireerd op onze scheiding, toen we zeventien waren. Maar daarna is het verhaal heel anders. Misschien heeft hij dat verhaal wel gehoord in het restaurant. Sommige klanten bleven de hele middag om te drinken en hun levensverhaal op te dissen. Ik vertrouw mijn kapper ook weleens wat toe. Dus ik snap dat wel. Trouwens, ik zal hem de groeten doen, dat zal hij leuk vinden.'

'Ja hoor.'

'Nou ja, ik weet eigenlijk niet of hij hier naar kijkt. Hij houdt van kookprogramma's.'

'Dat geeft niet, we doen hem toch de groeten,' zei Busnel met een samenzweerderig lachje, in de veronderstelling dat hij de kijker zo bij het luchtige moment zou betrekken; in tegenstelling tot de uitzendingen waarbij publiek aanwezig was, kon hij nu moeilijk inschatten of hij die connectie had kunnen maken of dat zijn knipoog dood zou slaan. Maar hij wilde niet dat het gesprek zou uitmonden in gebabbel, waarbij de oude vrouw in het wilde weg zou zitten praten. Hij wilde op zijn onderwerp gefocust blijven, en hij hoopte nog steeds dat hij iets nieuws of verrassends over Pick te weten zou komen. Je kon die roman onmogelijk uitlezen zonder gegrepen te worden door een enorme nieuwsgierigheid naar het verhaal erachter. We willen tegenwoordig de waarheid achter alles kennen, zeker achter fictie.

8

Om de aandacht tot het einde van het programma vast te houden, werd er een pauze ingelast. Normaal gesproken zonden ze een portret uit van een boekhandelaar die in een korte rubriek zijn favoriete boeken liet zien; maar omdat dit een speciale aflevering was had een journalist Magali Croze geïnterviewd voor wat extra informatie over die beroemde afdeling in de bibliotheek die gewijd was aan afgewezen boeken.

Vanaf het moment dat ze had ingestemd met de filmopname, was Magali de wanhoop nabij. Ze had bij de drogist zelfbruiningspillen gekocht die haar een kleur gaven die ergens tussen verwassen geel en worteltjesoranje in lag. Tot drie keer toe was ze naar haar kapper gegaan (dezelfde als aan wie Madeleine de groeten had gedaan) voor een nieuw kapsel waar ze dan later weer spijt van had. Uiteindelijk koos ze voor een rare pony die haar voorhoofd absurd lang deed lijken. De kapper vond het 'buitengewoon', en hij benadrukte dat woord door zijn beide handen tegen zijn wangen te drukken, alsof hij er zelf versteld van stond dat hij zo'n haarkunstwerk had kunnen creëren. Terecht ook: in de hele kappersgeschiedenis was zo'n coupe ongekend: barok en klassiek tegelijk, futuristisch en oubollig.

Nu haar kleding nog. Haar keuze viel al snel (eigenlijk was het haar enige kledingstuk dat voor zo'n gelegenheid geschikt was) op haar lichtroze mantelpakje. Het verbaasde haar dat het haar zoveel moeite kostte om zich erin te wurmen, maar het lukte haar – al stikte ze bijna. Met haar nieuwe teint, haar nieuwe kapsel en het mantelpakje dat ze uit de krochten van haar kast had opgediept herkende ze zichzelf amper. Zo voor de spiegel had ze zichzelf bijna met 'u' aangesproken. José, haar man, die magerder en magerder werd naarmate zij dikker en dikker werd (alsof ze een gezamenlijk gewicht hadden gekregen en zelf maar uit moesten zoeken hoe ze het over hun twee lijven zouden verdelen), stond als aan de grond genageld bij deze absurde aanblik van zijn vrouw. Ze deed hem denken aan een gigantische roze ballon met daarop een hoofd dat veel weg had van een kool.

'Wat vind je ervan?' vroeg ze.
'Ik weet 't niet. Het is... bizar.'
'O, waarom vraag ik dat ook aan jou? Je weet er niks van!'

De echtgenoot ging weer naar de keuken, weg van de razende tornado. Zo deed zijn vrouw altijd tegen hem. Tussen hen was er ofwel stilte ofwel ruzie, maar de volumeknop in hun huwelijk was zelden normaal afgesteld. Hoelang ging het al zo? Het is moeilijk om de datum aan te wijzen waarop de liefde begint te tanen. Het gaat geleidelijk, ongemerkt, gemakzucht walst over het knagende gevoel heen. Met de geboorte van hun twee zoons draaide hun leven opeens om logistiek. De afstand tussen hen beiden weten ze aan de dagelijkse sleur. Het zou beter worden als de kinderen groot waren, dan zouden ze weer aan elkaar toekomen, dachten ze. Maar het tegenovergestelde gebeurde. Hun vertrek liet een enorme leegte achter; er was een soort afgrond geslagen in de woonkamer. Een gemis dat een uitgebluste liefde niet opvullen kan. De jongens zorgden voor leven in de brouwerij, hadden altijd iets om over te praten, gaven hun commentaar op de wereld. Dat was nu allemaal voorbij.

José besloot om toch maar weer naar zijn vrouw toe te gaan om haar gerust te stellen:
'Het komt allemaal wel goed.'
'Denk je?'
'Ja, ik weet zeker dat je het fantastisch zult doen.'
Zijn plotselinge zachtmoedigheid raakte Magali. Ze kwam tot de conclusie dat relaties niet te begrijpen waren, dat ze van links naar rechts schoten, en ze wist eigenlijk niet meer wat ze ervan moest denken. In een vlaag van woede sta je op het punt overal een punt achter te zetten; en dan blijk je tot je grote verbazing toch nog van elkaar te houden.

Ook over de reportage was Magali nogal in de war. Ze had het niet helemaal goed begrepen. Aan de hand van haar voorbereidingen zou je denken dat ze voor het achtuurjournaal was uitgenodigd. Voor haar kwam 'op televisie komen' neer op 'iedereen gaat me zien'. Ze had niet in de gaten dat ze onderdeel uit zou maken van een item van twee minuten, dat grotendeels zou bestaan uit shots van de bibliotheek en commentaar van lezers. Al die moeite voor zeventien seconden in een boekenprogramma dat zelfs als het kijkcijferrecord verbroken zou worden relatief weinig mensen zou bereiken. De verslaggeefster vroeg haar om uit te leggen hoe ze op het idee waren gekomen voor de bibliotheek. Ze vertelde kort iets over Jean-Pierre Gourvec en hoe enthousiast zij dit briljante project had toegejuicht:[15]

'Helaas werd het niet zo succesvol als we hoopten. Maar door het boek van meneer Pick is dat veranderd. Het is veel drukker in de bibliotheek. Iedereen is heel nieuwsgierig. Ik pik ze er zó uit als ze binnenkomen, degenen die hun ma-

---

[15] Een vrije interpretatie van de werkelijkheid, zoals de oplettende lezer eerder in het verhaal heeft gezien.

nuscript komen afleveren. Het bezorgt me natuurlijk wel wat extra werk...'

Ze had best nog verder willen vertellen, maar ze bedankten haar al voor haar 'waardevolle bijdrage'. De verslaggeefster wist dat het een kort item zou worden; ze hadden niets aan een hele berg materiaal, dat zou de montage alleen maar moeilijker maken. Teleurgesteld bleef Magali doorpraten, met of zonder camera: 'Het is echt absurd. Soms heb ik hier meer dan tien man tegelijk staan. Dat heb ik nog nooit meegemaakt. Als het zo doorgaat stopt er hier nog eens een buslading Japanners!' riep ze lachend uit, maar er luisterde al niemand meer naar haar. Ze had wel gelijk, er zou alleen maar meer aandacht komen voor de plek. Maar op dat moment verdween Magali in haar kantoortje en haalde haar make-up eraf, met dezelfde weemoed als een oude toneelspeelster in de kleedkamer na een laatste voorstelling.

9

Ze hadden het item over de bibliotheek razendsnel gemonteerd, zodat Madeleine het nog tijdens het interview kon bekijken. François Busnel vroeg haar om commentaar te geven:

'Het is bizar wat er allemaal gebeurt. Ik heb gehoord dat er mensen naar onze pizzeria komen, alleen maar om te zien waar mijn man misschien heeft zitten schrijven. Ze moeten alleen geen trek hebben in pizza, want er zit nu een crêperie in.'

'Wat vindt u daar nou van, van die toestroom van mensen?'

'Ik snap het niet zo goed. Het is maar een boek.'

'U kunt de lezers hun nieuwsgierigheid moeilijk kwalijk nemen. Daarom gaan journalisten ook op zoek naar het verleden van uw man.'

'Ja, dat weet ik, iedereen wil met me praten. Ze snuffelen in ons leven, dat vind ik maar niks. Ze hebben me aangeraden om met u in gesprek te gaan. Ik hoop dat u daar blij mee bent. Want als ik eerlijk ben, heb ik liever dat iedereen me met rust laat. Sommige mensen gaan zelfs naar zijn graf, terwijl ze hem niet kennen. Het is niet netjes om dat te doen. Het is mijn man. Ik ben blij dat ze zijn boek lezen, maar... zo is het wel genoeg.'

Madeleine had die laatste woorden vol overtuiging uitgesproken. Niemand had dit zien aankomen, maar zo dacht ze er diep vanbinnen over. Ze vond dat hele circus rondom haar man, dat alsmaar groter werd, helemaal niks. François Busnel had het gehad over journalisten die in het leven van de Picks zaten te graven; zouden ze dingen ontdekken? Sommigen hadden een heel ander voorgevoel. Een paar journalisten[16] dachten dat de pizzabakker nooit een roman geschreven kon hebben. Ze wisten niet wie hem dan wel had geschreven en waarom diegene de naam van Pick had gebruikt, maar er zat ongetwijfeld iets achter. Het interview met Madeleine, dat het teruggetrokken en niet bepaald culturele leven van haar man bevestigde, sterkte hen in hun

---

16 Onder hen Jean-Michel Rouche, oud-medewerker van *Le Figaro littéraire*, gespecialiseerd in Duitse literatuur (in het bijzonder de familie Mann), die van de ene op de andere dag ontslagen was en sindsdien zijn brood probeerde te verdienen als freelancer, afwisselend als schrijver van stukjes waarin hij mensen naar de mond schreef en als gespreksleider bij literaire debatten. Nu staat hij nog in een voetnoot, maar het zal niet lang meer duren voor hij een belangrijke rol gaat spelen in het verhaal.

voorgevoel. Ze moesten alles op alles zetten om het raadsel te ontrafelen. En als het even kon natuurlijk als eerste.

10

De dag na de uitzending verbaasde iedereen zich over de kijkcijfers. Er gingen geruchten over een record. Dat hadden ze sinds de tijd dat Bernard Pivot *Apostrophes* presenteerde niet meer meegemaakt. Een paar dagen later stond het boek boven aan de bestsellerlijst. En zelfs van Poesjkin, die tot dan toe vrij weinig gelezen werd in Frankrijk, steeg de verkoop licht. De hype spreidde zich uit naar het buitenland, met biedingen die hoger en hoger opliepen en die vooral uit Duitsland kwamen. In een economisch zware tijd en met een onstabiele politieke situatie bleek Madeleines oprechtheid in combinatie met het wonderlijke verhaal rondom het manuscript hét recept voor succes.

In Crozon was men door die plotselinge media-aandacht anders naar Madeleine gaan kijken. Ze voelde heus wel dat ze haar op de markt anders behandelden. Ze keken naar haar alsof ze bij een freakshow hoorde, en ze betrapte zich erop dat ze verontschuldigend om zich heen lachte, naar links en naar rechts, om haar schaamte te verbergen. De burgemeester van het plaatsje stelde voor om een kleinschalige receptie ter ere van haar te organiseren, maar dat weigerde ze pertinent. Ze had ingestemd met de publicatie van het boek van haar man en met een televisie-uitzending, maar daar zou het bij blijven. Ze wilde absoluut geen verandering in haar leven (maar of je daar zelf over kunt beslissen is maar de vraag).

Nu Madeleine zich in stilzwijgen hulde, besloten de journalisten zich op de dochter van de schrijver te storten. Na jaren van neerslachtigheid en eenzaamheid beschouwde Joséphine deze plotselinge aandacht voor haar persoon als een geschenk uit de hemel. Het leven gaf haar een tweede kans. Toen Marc haar had verlaten had ze het gevoel gehad dat niemand zich om haar bekommerde en nu werd ze vol in de schijnwerpers gezet. Ze wilden weten wat voor iemand haar vader was geweest, of hij haar verhaaltjes vertelde toen ze klein was, nog even en ze zouden haar vragen of ze liever broccoli of aubergine at. Zoals het een reality-ster-voor-een-dag betaamt begon ze het gevoel te krijgen dat ze bijzonder was. *Ouest France* stuurde een journalist langs voor een uitgebreid interview. Joséphine had het nergens anders meer over: 'De best gelezen krant van Frankrijk...' verzuchtte ze. Voor de foto vroeg ze natuurlijk of ze bij haar winkel mocht poseren. De dag erop kwamen er al twee keer zoveel mensen. Ze stonden in de rij om een bh te kopen bij de dochter van de pizzabakker die in het diepste geheim een roman had geschreven (een van de bizarre wendingen die deze bijzondere nalatenschap tot gevolg had).

Joséphine leerde haar lachspieren weer gebruiken. De mensen zagen haar voor haar winkel paraderen met de lach van iemand die net de loterij gewonnen heeft. De mensen die haar spraken zeiden dat ze haar eigen geschiedenis herschreef; ze praatte over de hechte band met haar vader, loog wanneer ze zei dat ze altijd al had geweten hoe gevoelig hij was. Uiteindelijk biechtte ze zelfs op wat iedereen wilde horen: hun ontdekking had haar niet verrast. Ze verzweeg haar eerste reactie, of was die totaal vergeten. Ze begon verslaafd te raken aan de drug van beroemdheid, wilde zich iedere dag verder onderdompelen in dit fonkelnieuwe licht; tot ze erin zou verdrinken.

Tot haar grote verbazing kreeg ze ook een telefoontje van Marc. Na hun scheiding had hij nog een paar keer gevraagd hoe het met haar ging, om vervolgens helemaal uit beeld te verdwijnen. Maandenlang had ze aan haar telefoon vastgeplakt gezeten, hopend dat hij zou bellen om te zeggen dat hij haar miste. Er waren dagen dat ze haar telefoon steeds maar weer had aan- en uitgezet om te controleren of hij het wel deed, waarbij ze het ding debiel in de lucht hield om het signaal beter op te vangen. Maar hij had nooit meer gebeld. Hoe kon je een band die ooit zo sterk was geweest zomaar verbreken? Goed, hun laatste ruzies waren alleen maar een chaotische aaneenschakeling van verwijten (zij) en pogingen zich te verdedigen (hij) geweest, en het was duidelijk dat praten gelijkstond aan elkaar kwetsen.

Ze zeggen weleens dat alles over gaat, maar er is verdriet dat niet slijt. Ze miste Marc nog steeds, ze miste hem natuurlijk 's morgens in bed, maar ook zijn onvolkomenheden: zoals hij over alles en niets kon zitten zeuren, en zelfs over alles daartussenin. Joséphine begon te waarderen wat ze vroeger had gehaat. Ze dacht aan hun eerste ontmoeting en de geboorte van hun dochters. Alle gelukkige momenten werden overschaduwd door dat einde. Toen hij tegen haar had gezegd: 'We moeten praten.' Die beruchte zin waar geen hoop uit spreekt, maar juist het feit dat er niets meer te zeggen valt. Het was dus over. Maar zojuist was de telefoon in de winkel gegaan. Marc wilde weten hoe het met haar was. Van stomme verbazing wist ze niet wat ze moest zeggen. Hij praatte verder: 'Ik wil je zien, koffie met je gaan drinken, als jij dat ook wil.' Ja, het was echt Marc die tegen haar praatte. Marc die haar vroeg of ze hem weer wilde zien. Ze raapte alle losse gedachten bij elkaar om er één geheel van te maken, zodat ze kon antwoorden: 'Ja.' Ze noteerde het tijdstip en de plaats van de afspraak, en hing toen op. Ze bleef een paar minuten naar de telefoon staren.

Zesde deel

1

Het boek vervolgde zijn zegetocht boven aan alle lijstjes en werd een waar fenomeen, met meerdere onverwachte gebeurtenissen tot gevolg. Het werd natuurlijk door verschillende landen aangekocht en was zijn carrière al goed gestart in Duitsland, waar al een spoedvertaling van de tekst was verschenen. Het tijdschrift *Der Spiegel* wijdde een bijzonder lang artikel aan de roman; er stond een hele theorie in waarbij Pick werd genoemd in het rijtje van verborgen schrijvers als J.D. Salinger of Thomas Pynchon. Er werd zelfs een vergelijking gemaakt met Julien Gracq, die in 1951 de prix Goncourt had afgewezen voor *De kust van de Syrten*. Hun situatie was niet helemaal vergelijkbaar, maar via Pynchon kon er wel een link gelegd worden tussen de Breton en de uitgebreide familie van schrijvers die wel gelezen maar niet gekend willen worden. In de Verenigde Staten verscheen het boek onder de titel *Unwanted Book*. Een verrassende keuze, omdat het eerder sloeg op het verhaal achter het boek dan op de roman zelf. Maar het was een tastbaar bewijs voor het feit dat onze maatschappij richting een totale overheersing van vorm op inhoud ging.

Daarnaast hadden verschillende partijen interesse in een verfilming, maar er was nog niets getekend. Thomas Langmann, de producer van *The Artist*, zat te denken aan een film die niet over het boek, maar over het leven van de schrijver ging; hij vertelde zijn woordgrap aan wie het maar wilde horen: 'Het wordt een *biopick*!' Maar op dat moment was een scenario over het leven van Pick moeilijk voorstelbaar, omdat er nog zoveel dingen onduidelijk waren, vooral omtrent de omstandigheden waarin hij zijn boek had geschreven. Ze konden moeilijk twee uur vullen met een man die pizza's bakt en 's morgens stiekem zit te schrijven. 'Er zitten grenzen aan de contemplatieve cinematografie. Het zou echt iets zijn geweest voor Antonioni, met Alain Delon en Monica Vitti...' mijmerde hij. Uiteindelijk besloot hij het ervan af te zien. Degene die bij Grasset op de rechtenafdeling zat, Heidi Warneke, een Duitse met een warme stem, hoorde alle biedingen aan, maar besliste nog niets. Je kon beter een echt goed bod afwachten dan gehaast te werk gaan; en met het stijgende succes van het boek was het slechts een kwestie van tijd. Ze sprak het niet uit, maar ze hoopte op Roman Polanski, want ze wist dat hij de enige was die gevoel zou kunnen leggen in beelden van een man die de muren op zich af zag komen. Dit boek was het relaas van een blokkade, het onvermogen om de liefde te beleven, en de regisseur van *The Pianist* wist als geen ander hoe je lichamelijke en mentale uitputting op film kon vatten. Maar hij was net begonnen met de opnames voor zijn nieuwe film; het verhaal van een jonge Duitse kunstenares die was omgekomen in Auschwitz.

2

Maar er gebeurden ook andere, echt onverwachte dingen. Mensen begonnen het als iets moois te zien om afgewezen te worden. De uitgevers hadden niet altijd gelijk; dat bleek wel weer uit Pick. Voor het gemak werd even vergeten dat er geen enkel bewijs was waaruit bleek dat hij zijn manuscript daadwerkelijk naar een uitgeverij had opgestuurd. Maar het was een boei waar de mensen zich aan konden vastklampen. Met alle digitale mogelijkheden zetten steeds meer schrijvers hun boeken online nadat ze door de traditionele uitgevers afgewezen waren. En de lezers konden het groot maken, zoals het was gegaan met de *After*-reeks.

Het eerste slimme marketingidee kwam van Richard Ducousset van uitgeverij Albin Michel. Hij vroeg aan zijn assistente om een paar 'niet al te slechte' boeken uit de stapel van recent afgewezen werk te halen. Het komt immers weleens voor dat een uitgever aarzelt en uiteindelijk toch besluit af te zien van de publicatie van een roman, ondanks enkele kwaliteiten. De assistente belde de uitverkoren schrijver om te vragen hoe vaak hij afgewezen was:

'U belt me om te vragen hoeveel uitgevers mijn boek hebben afgewezen?'

'Ja.'

'U bent niet goed wijs.'

'Ik ben gewoon benieuwd.'

'Een stuk of tien, denk ik.'

'Heel erg bedankt,' zei ze, en hing op.

Dat was niet genoeg. Ze moesten de kampioen van de afwijzingen zien te vinden. En die vonden ze in *De roem van mijn broer*, de roman van ene Gustave Horn, die 32 keer was afgewezen. Richard Ducousset liet de schrijver meteen een contract tekenen; die dacht dat het een grap was, hing er soms ergens een verborgen camera? Nee, het contract was wel degelijk echt.

'Ik begrijp het niet. Een paar maanden geleden wilde u mijn boek niet hebben. Ik heb een standaardbrief gekregen.'

'We zijn van gedachten veranderd. Iedereen vergist zich weleens...' verklaarde de uitgever.

Een paar weken later verscheen het boek met het volgende buikbandje om de kaft gevouwen:

'Een roman die 32 keer afgewezen werd'

Het boek was niet zo succesvol als dat van Pick, maar kwam toch boven de 20.000 exemplaren uit, wat lang geen slechte score is. De lezers waren geïntrigeerd door een roman die zo vaak afgewezen was. Die aantrekkingskracht gaf wel aan hoezeer de mensen van leedvermaak hielden. Gustave Horn, die de ironie van de hele situatie niet inzag, had het gevoel dat zijn talent eindelijk onderkend was. Vol hernieuwd zelfvertrouwen begreep hij niet waarom zijn uitgever zijn volgende manuscript niet wilde hebben.

3

De onvermoeibare Jack Lang, de voormalige minister van Cultuur, kwam met het idee om de 'Dag van de ongepubliceerde schrijver'[17] in het leven te roepen. Op die dag zouden alle schrijvers zonder uitgever onder de aandacht gebracht worden. Meteen vanaf het eerste jaar was het een groot succes. In navolging van het Fête de la musique, dat ook door Lang was bedacht, gingen schrijvers en dichters in de dop massaal de straten op om hun verhalen voor te lezen of hun woorden te delen met wie er maar naar wilde luisteren. Uit een enquête van de krant *Le Parisien* bleek dat

---

[17] Hij had getwijfeld over een neutralere naam als de 'Dag van het schrijven' of het 'Schrijversfeest'. Maar hij wilde toch liever de ongepubliceerde schrijvers voor het voetlicht brengen: daarmee wilde hij niet zozeer het amateurisme vieren, als wel zijn waardering uitspreken voor degenen die zich miskend voelden in hun talent.

één op de drie Fransen schreef of wilde schrijven: 'We kunnen wel stellen dat er vandaag de dag meer schrijvers dan lezers zijn,' concludeerde Pierre Vavasseur in zijn artikel. Bernard Lehut, van RTL, legde het succes van de openbaring zo uit: 'Er schuilt in ons allemaal een Pick.' Het succes van het boek, dat tussen het afgewezen werk was gevonden, sprak hele volksstammen aan die ook graag gelezen wilden worden. Augustin Trapenard greep de gelegenheid aan om een Hongaarse filosoof in zijn radioprogramma uit te nodigen, een specialist op het gebied van de vergetelheid in het algemeen, en van het werk van Maurice Blanchot in het bijzonder. Er was slechts één probleem: deze man was zo begaan met zijn onderwerp dat hij eindeloze stiltes liet vallen tussen zijn zinnen; alsof hij zelf beetje bij beetje wilde verdwijnen van de radio.

En zo had Pick op ieders lippen gelegen, incarneerde hij de droom om op een dag erkend te worden in je talent. Hoe kun je de mensen geloven die zeggen dat ze alleen maar voor zichzelf schrijven? Woorden zijn altijd ergens op gericht, verlangen naar andermans ogen. Schrijven voor jezelf is als je koffer pakken en dan thuisblijven. Dat de roman van Pick aansloeg, was vooral te danken aan zijn leven, dat de mensen ontroerde. Daar klonk de fantasie om iemand anders te zijn in door, de superheld van wie niemand weet dat hij geheime krachten bezit, de zo teruggetrokken man die over een geheim, onzichtbaar literair talent beschikt. En hoe minder men over hem wist, des te interessanter hij werd. Zijn biografie liet niets dan een alledaags, voorspelbaar leven zien. Dat voedde de bewondering, om niet te zeggen de mythe. Alsmaar meer lezers wilden in zijn voetsporen treden en zich rond zijn graf verzamelen. Zijn fanatiekste fans kwamen naar het kerkhof van Crozon. Madeleine kwam ze weleens tegen. Ze kon geen begrip opbrengen voor hun bedevaart en aarzelde niet om ze te vragen weg te gaan en haar man met rust te laten. Was ze zo iemand die geloofde dat je de doden kon wekken? Haar geheimen werden in elk geval wél overhoopgehaald.

Die bewuste bezoekers gingen ook langs de pizzeria van de Picks. Ze waren teleurgesteld als ze zagen dat er een crêperie voor in de plaats was gekomen. De nieuwe eigenaars, Gérard Misson en zijn vrouw Nicole, besloten met het oog op deze even verbazingwekkende als lucratieve mensenstroom ook pizza's op het menu te zetten. De eerste dagen waren een ramp; de crêpebakker vond het moeilijk om met de verandering om te gaan. 'Sta ik hier ineens pizza's te bakken... En dat allemaal door een boek,' stamelde hij steeds ongelovig, terwijl hij probeerde iets van de nieuwe oven te snappen. Binnenkort zou de crêperie totaal vergeten zijn. Er waren ook steeds meer klanten die de kelder waar Pick zijn roman had geschreven wilden bezoeken. Misson leidde de pelgrims graag rond, en verzon in een paar maanden schaamteloos een heel verhaal, dat nergens op gebaseerd was. En zo ontstond het verhaal achter het verhaal.

Op een ochtend, toen hij zijn voorraad in de kelder aan het aanvullen was, besloot Gérard Misson een tafeltje uit het restaurant naar beneden te halen. Hij pakte een stoel en ging zitten. Hoewel hij nog nooit één enkele regel had geschreven, dacht hij dat de magische plek hem misschien zou inspireren, en dat hij alleen maar aan een tafeltje hoefde te gaan zitten met een vel papier en een pen – en dat het wonder zich dan vanzelf zou voltrekken. Maar er gebeurde niets. Geen ideeën, niks. Nog niet de schijn van een zinnetje.

Crêpes (en zelfs pizza's) bakken was een stuk makkelijker. Hij was verschrikkelijk teleurgesteld, want hij had een paar dagen in de waan geleefd dat ook hij een succesvol schrijver zou kunnen worden.

Zijn vrouw betrapte hem in deze ongebruikelijke setting.
'Wat ben je aan het doen?'
'Het... het is echt niet wat je denkt.'
'Ben je nou aan het schrijven? Jij?'
Nicole liep schaterend weg en vertrok weer naar het restaurant boven. Het was niet onaardig bedoeld, maar Gérard voelde zich vernederd. Zijn vrouw achtte hem niet tot schrijven in staat, of zelfs tot een moment van overpeinzing. Ze spraken niet meer over het incident, maar het zou het eerste scheurtje in hun huwelijk zijn. Soms moet je uit de band springen, je als het ware losscheuren van het normale, om erachter te komen wat de ander écht van je vindt.

4

Dit scheurtje in het huwelijk van de Missons was slechts een van de ontelbare gevolgen die de publicatie van Picks roman had. De roman veranderde levens. En doordat het boek zo bekend was werd de bibliotheek van afgewezen boeken dat natuurlijk ook.

Magali, die er al jaren niet echt meer naar had omgekeken, moest weer plek maken voor de weesjes van de uitgeverswereld. In het begin ging het maar om een paar mensen, maar al snel werd de bibliotheek overspoeld. Het leek wel of iedere Fransman nog ergens een manuscript had liggen. Veel mensen wisten niet dat je het zelf moest komen afgeven; en dus begonnen er elke dag tientallen manuscripten binnen te komen, net als bij een grote uitgeverij in Parijs. Omdat de situatie haar boven het hoofd groeide, vroeg Magali om hulp bij de gemeente, die een dependance van de bibliotheek opende, speciaal bedoeld voor afgewezen boeken. Crozon werd het centrum van de niet-gepubliceerde schrijver.

Het was gek om te zien hoe dat kleine stadje aan de rand van de wereld, waar het normaal zo rustig was, werd bevolkt door menselijke schimmen, mannen en vrouwen die de talige smaak te pakken hadden gekregen. Je pikte degenen die hun manuscript kwamen afgeven er meteen uit. Maar ze maakten niet allemaal een verslagen indruk. Sommigen vonden het *stylish* om hier een tekst achter te laten, al was het maar een dagboek. De stad liet ieders woorden als een barokke golf over zich heen komen. Soms kwamen schrijvers van heel ver weg; zo waren er twee Polen die speciaal uit Krakau waren gekomen om wat zij beschouwden als een onbegrepen meesterwerk af te geven.

Jérémie, een jonge kerel uit het zuidwesten van Frankrijk, kwam zijn verzamelde novellen en poëziefragmenten brengen, het resultaat van zijn harde werk van de afgelopen maanden. Hij was rond de twintig en leek op Kurt Cobain, een smalle en slungelachtige jongen met lang, viezig blond haar; maar achter dat onverzorgde uiterlijk ging een innemende persoonlijkheid schuil. Jérémie leek in het verkeerde tijdperk geboren, leek regelrecht van een albumhoes uit de jaren zeventig gestapt. Zijn teksten droegen sporen van René Char en Henri Michaux. Zijn verzen, waaruit engagement en intellect moest spreken, waren vooral onbegrijpelijk voor ieder ander dan hemzelf. Jérémie had de kwetsbaarheid over zich van iemand die zijn draai niet kon vinden, die eeuwig bleef dwalen, op zoek naar een plek waar hij zijn hoofd te ruste kon leggen.

Magali had er genoeg van om al die manuscriptbrengers te ontvangen, en vervloekte Gourvec soms om zijn krankzinnige idee. Ze vond het project belachelijker dan ooit, zag alleen maar de berg extra werk die het opleverde. Toen ze Jérémie zag, dacht ze met de zoveelste ongelukkige, miskende schrijver van doen te hebben, die haar net als de rest met een langdradig verhaal zou vervelen. Vrij opgewekt legde hij zijn tekst neer. Zijn zachtaardige manier van doen stond in schril contrast met zijn woeste, ruige uiterlijk. Uiteindelijk kon ze zijn aandacht toch wel waarderen, en zag ze het mooie in hem.

'Ik vertrouw erop dat u mijn manuscript niet zult lezen,' zei hij bijna fluisterend. 'Want het is heel persoonlijk.'

'Maakt u zich geen zorgen...' antwoordde Magali met een lichte blos.

Jérémie wist dat deze vrouw zou gaan lezen wat hij had opgeschreven, precies door wat hij zojuist had gezegd. Het deed er niet toe. Deze plek was als een eiland waar het gevoel veroordeeld te worden niet bestond. Hier voelde hij zich rustig. Hoewel hij normaal gesproken heel verlegen was – ondanks de zelfverzekerdheid die hij uitstraalde – bleef hij even in de bibliotheek staan kijken naar Magali. Zich maar al te bewust van die blauwe ogen die op haar gericht waren, probeerde ze zich een houding te geven. Maar het was overduidelijk dat ze vanaf het moment dat hij was binnengekomen niet wist wat ze met zichzelf aan moest. Waarom keek hij zo naar haar? Was hij soms een psychopaat? Nee, hij leek aardig, ongevaarlijk. Je zag het in zijn manier van lopen, praten, ademhalen; hij leek zich te verontschuldigen voor het feit dat hij bestond. Toch had hij absoluut iets charmants over zich. Je kon je ogen niet van deze man afhouden, die zoveel zijnskracht uitstraalde.[18]

Hij bleef nog even staan zonder iets tegen haar te zeggen. Soms wisselden ze een glimlach uit. Ten slotte boog hij zich naar Magali toe:
'Zullen we misschien iets gaan drinken? Na je werk?'
'Iets drinken?'
'Ja, ik ben hier alleen. Ik heb een heel eind gereisd om mijn manuscript hier af te geven. Ik ken niemand... dus het zou gezellig zijn als je kon.'
'Goed...' zei Magali, zelf verbaasd over haar spontane antwoord waar geen verstand aan te pas was gekomen. Maar ze had ja gezegd... Dus zou ze iets met hem gaan drinken. Het was puur uit beleefdheid, hij kende niemand. Daarom wilde hij ook iets met haar drinken, verder niets. Hij wil niet alleen zijn, dat is logisch, daarom wil hij iets met me gaan drinken, dacht Magali, die nog lang bleef nadenken over het voorval.

5

Even later stuurde ze een berichtje naar haar man: ze had veel achterstallig werk. Het was de eerste keer dat ze tegen hem loog; niet uit principe, maar omdat ze tot nu toe nooit iets bezijden de waarheid had hoeven zeggen. Maar Crozon is een klein stadje en alles kwam uit. Misschien was het be-

---

[18] Als Magali bekend was geweest met Pasolini, had ze misschien moeten denken aan de film *Teorema*, waarin de hoofdpersoon levens verandert door de simpele kracht die uitgaat van zijn spookachtige verschijning.

ter om na sluitingstijd in de bibliotheek te blijven. Ze had een kantoortje waar ze iets konden drinken. Waarom had ze ja gezegd? Ze werd als een magneet naar deze kans om iets te beleven getrokken. Als ze nee zei, zou er nooit meer wat gebeuren in haar leven. Had ze hier niet van gedroomd? Ze wist niet wat ze precies voelde. Over haar verlangens of haar seksuele driften dacht ze al lang niet meer na. Haar man raakte haar bijna nooit meer aan, soms kwam hij in een werktuigelijke sessie boven op haar klaar, wat echt niet onplezierig hoefde te zijn, maar het was niet veel meer dan enkel een bevrediging van de lusten, zonder ook maar het minste beetje sensualiteit. En nu was daar die jongeman die iets met haar wilde gaan drinken. Hoe oud was hij? Hij leek jonger dan haar zoons. Twintig misschien? Ze hoopte dat hij niet nog jonger was. Dat zou gewoon smerig zijn. Maar ze zou het hem niet vragen. Ze wilde eigenlijk niets over hem weten, het moment in nevelen gehuld laten, een illusie die geen enkele invloed zou hebben op haar verdere leven. Bovendien gingen ze alleen maar wat drinken, ja, alleen maar wat drinken.

Daar zat hij nu, dronk zijn laatste slok bier terwijl hij haar indringend aankeek. Zij wendde haar gezicht af, probeerde zich een houding te geven, stamelde twee of drie zinnen die nergens over gingen om de ongemakkelijke stilte te doorbreken. Jérémie zei dat ze zich kon ontspannen: ze hoefden niet per se te praten. Ze konden gewoon hier zitten, dat vond hij prima. Hij moest niets hebben van gedragsregels tussen mensen, vooral niet van dat zogenaamd verplichte praten als je met z'n tweeën bent. Toch bracht hij het gesprek weer op gang:
'Vreemde bibliotheek is het.'
'Vreemd?'

'Ja, het heeft toch iets geks, dat hoekje met die afgewezen boeken. Een vervloekte hoek of zo.'
'Ik heb het niet bedacht.'
'Nou en. Wat vind jij ervan?'
'Voor mij bestond het al niet meer. En toen kwam dat boek van Pick.'
'Denk je echt dat hij degene is die het geschreven heeft?'
'Ja, natuurlijk. Waarom zou hij dat niet zijn?'
'Nou, gewoon. Je bakt pizza's, leest nooit een boek, en na je dood komen ze erachter dat je een grootse roman hebt geschreven. Dat is toch raar?'
'Ik weet het niet.'
'En jij, heb jij dingen waar niemand iets van afweet?'
'Nee...'
'En deze bibliotheek, wiens idee was dat?'
'Degene die mij heeft aangenomen. Jean-Pierre Gourvec.'
'En schreef hij?'
'Dat weet ik niet. Zo goed kende ik hem niet.'
'Hoelang heb je met hem gewerkt?'
'Iets meer dan tien jaar.'
'Je zat hier elke dag met hem, tien jaar lang, in deze kleine ruimte, en dan zeg je dat je hem niet kende?'
'Ja, nou ja... We praatten wel. Maar wat hij dacht, geen idee.'
'Ga je mijn boek lezen, denk je?'
'Ik denk het niet. Tenzij je dat wil. Ik snuffel nooit in de manuscripten die hier neergelegd worden. Nou moet ik erbij zeggen dat het vaak niet zo best is. Iedereen denkt tegenwoordig dat hij kan schrijven. En sinds het succes van Pick is het alleen maar erger geworden. Als je die mensen geloven moet, zijn ze allemaal onbegrepen genieën. Dat zeggen ze tenminste. Ik voel me net een sociaal werker.'
'En ik?'

'Wat jij?'
'Wat dacht je van mij toen je me zag?'
'...'
'Heb je daar geen antwoord op?'
'Ik vond je knap.'

Magali snapte niet dat ze zo kon praten. Vrijuit. Dat het gesprek wel wat weg had van een verhoor had haar kunnen hinderen, maar nee, ze wilde nog veel langer met hem praten, en drinken tot de ochtend; ze hoopte zelfs dat deze nacht niet zou overgaan in een nieuwe dag, maar dat ze ergens in een gat van de tijd verdwaald zou raken. Zelfs als ze open en eerlijk was, liet ze nooit iets los over haar gevoelens en emoties. Waarom had ze toegegeven dat ze hem knap vond? Dat was het enige waar ze aan kon denken, waarbij de rest in het niets viel. Al vond ze het nog zo fijn om met hem te praten, het was ondergeschikt aan het verlangen dat zich van haar meester maakte. Hoelang had ze dat al niet meer gevoeld? Ze wist het echt niet. Misschien was het zelfs wel voor het eerst. Dit verlangen was even diep als de seksuele leegte die eraan vooraf was gegaan. Jérémie keek haar indringend aan, een lachje rond zijn lippen; je zou haast denken dat hij er plezier in schepte de tijd te vertragen, niets te overhaasten.

Ten slotte stond hij op en kwam dichterbij. Hij legde zijn hoofd op haar schouder. Ze probeerde haar adem onder controle te houden, hoopte dat ze niet zou verraden hoe hevig haar hart tekeerging. Jérémie liet zijn hand over Magali's hele lichaam gaan, stroopte haar jurk op; voor hij haar zelfs maar zoende, liet hij zijn vinger in haar glijden. Zonder erbij na te denken pakte ze hem vast, het simpele feit dat iemand haar aanraakte zorgde ervoor dat ze werd teruggeworpen in een vergeten wereld. Toen kuste hij haar vol vuur, waarbij hij haar hoofd stevig vastpakte; ze boog achterover, vederlicht, alsof haar lichaam in het genot opgelost was. Hij nam haar hand en leidde die naar zijn geslacht; ze deed het zonder te kijken, en ging onhandig te werk, maar hij was opgewonden genoeg. Hij zei tegen haar dat ze op moest staan en zich om moest draaien, en hij nam haar direct van achteren. Magali had geen idee hoelang dit alles duurde, elke seconde wiste de vorige uit met zo'n fysieke kracht dat het heden er niet meer toe deed.

6

Nu lagen ze samen in het halfduister uitgestrekt op de vloer. Magali met een opgestroopte jurk, Jérémie met zijn broek naar beneden. Ze hoorde haar telefoon rinkelen, hoogstwaarschijnlijk haar man, maar dat maakte niet uit. Ze hoopte dat ze diezelfde avond nog een keer zouden vrijen, en opeens snapte ze niet hoe ze zonder de warmte van een ander lijf had gekund. Maar ze kleedde zich aan, schaamde zich dat ze daar zo naakt lag. Hoe had hij naar haar kunnen verlangen? En waarom zij? Hij kon vast elke vrouw krijgen. Het was net een fata morgana, of een ontmoeting die alleen in films voorkomt. Ze moest daar niet over nadenken, maar gewoon genieten van de schoonheid van het moment; hij zou weer weggaan, en dat was ook het beste; zo kon ze iedere seconde van de herinnering in gedachten beleven en herbeleven, en mocht ze er steeds opnieuw induiken.

'Waarom kleed je je aan?'
'Weet ik niet.'
'Moet je naar huis? Wacht je man op je?'
'Nee. Of eigenlijk, ja.'
'Ik zou het fijn vinden als je bleef, als dat kan. Ik ga hier

denk ik maar slapen, als je dat goed vindt. Ik heb geen hotel geregeld.'

'Natuurlijk, prima.'

'Ik heb nog steeds zin in je.'

'Vind je me niet...'

'Wat?'

'Vind je me niet te dik?'

'Nee, helemaal niet. Ik hou van vrouwen met rondingen, daar vind ik troost in.'

'Moest je dan zó erg getroost worden?'

'...'

7

Ongerust stuurde José nog een bericht; hij was op weg naar de bibliotheek. Magali antwoordde dat het haar speet dat ze zo in beslag was genomen door de inventarisatie, dat ze er meteen aankwam. Ze begon haar spullen lukraak bij elkaar te graaien, terwijl ze maar bleef kijken naar de man met wie ze zojuist gevreeën had.

'Ik maak dus onderdeel uit van de inventaris,' zei hij zacht.

'Ik moet naar huis, ik kan niet anders.'

'Geen zorgen, ik snap het.'

'Ben je er morgenvroeg nog?' vroeg Magali, die dondersgoed wist wat het antwoord zou zijn. Hij zou weggaan; hij was zo'n man die weg zou gaan. Maar hij zei dat hij er zou zijn, met echte overtuigingskracht in zijn stem; het leek een voldongen feit. Hij kuste haar een laatste keer, zonder iets te zeggen. Toch meende Magali iets te horen. Had hij iets gezegd? Door de zintuiglijke verwarring viel het moment uiteen in die kleine zinsbegoochelingen waarbij je de ander stevig vast moet pakken om zeker te weten dat het wel allemaal echt is. Toen fluisterde hij nog een keer: 'Kom morgenvroeg, voor de bibliotheek opengaat, en wek me met je mond...' Magali dacht niet eens na over wat dat erotische verzoek precies inhield, totaal in de wolken over deze lijfelijke ontmoeting; over een paar uur zouden ze weer samen zijn.

Ondanks haar haast om thuis te komen, bleef ze in haar auto even perplex zitten voor ze wegreed. Ze zette haar lampen aan, toen de motor. Ieder klein gebaar nam welhaast mythische proporties aan, alsof wat er zojuist was gebeurd invloed zou hebben op de rest van haar leven. Zelfs de weg die ze elke dag reed, al decennialang, zag er anders uit.

Zevende deel

1

Een paar jaar geleden had Michel Rouche een wezenlijke invloed in de literaire wereld. Men vreesde zijn artikelen, en dan met name zijn vaste bijdrage in de *Figaro littéraire*. Hij hield van die macht, liet persattachés lang wachten bij zakendiners, wachtte altijd even af voor hij zijn mening gaf over de een of andere roman, een mening die dan insloeg als een bom. Hij was de prins van een luchtkasteel dat hij onverwoestbaar achtte. Maar voor zijn ontslag was niet meer nodig dan de aanstelling van een nieuwe directeur. Een andere redacteur zou zich het prestige van de functie laten welgevallen, tot ook hij op zijn beurt een paar jaar later ontslagen zou worden; de eeuwigdurende wals van deze breekbare machtspositie.

Zonder het te beseffen had Rouche veel vijanden gemaakt in zijn glorietijd. Hij vond dat hij nooit gemeen of onrechtvaardig was geweest, alleen beredeneerd eerlijk over wat hij voelde; arrogantie en overschatte schrijvers hekelde hij. Nooit had hij iets puur gedaan omdat het zijn carrière ten goede zou komen; dat kon je hem niet verwijten.

Maar het lukte hem maar niet om een andere plek te vinden waar hij zich kon uiten; niet op de radio, niet op tv, en zeker niet in de geschreven pers. Langzaamaan zouden ze hem vergeten; hij zou een naam worden die op het puntje van je tong ligt.

Toch had de moeilijke periode waar hij doorheen ging hem niet bitter gemaakt, maar juist bijna zachtaardig. Hij zat aan bij literaire avonden in provinciestadjes, waardoor hij besefte dat er in iedere schrijver, ook in de allerslechtste, een enorme werklust school en de droom een oeuvre op te bouwen. Hij deelde koude buffetten en eigenhandig gerolde sigaretten met de getuigen van zijn neergang. 's Avonds op zijn hotelkamer bestudeerde hij zijn haar grondig en kwam tot de huiveringwekkende conclusie dat de onvermijdelijke verdwijning had ingezet. Vooral boven op zijn hoofd. Hij zag een parallel tussen zijn sociale toestand en de toestand van zijn haar; het was heel duidelijk: hij was haar gaan verliezen vanaf het moment dat hij ontslagen was.

Sinds het boek van Pick was verschenen, had hij een soort obsessie voor het verhaal ontwikkeld. Brigitte, met wie hij sinds drie jaar een relatie had, snapte niet waarom hij het zo vaak over dat boek had, waar volgens hem iets mee was. Het riekte naar literaire enscenering, vond hij.

'Jij ziet overal complotten,' antwoordde Brigitte.

'Ik geloof gewoon niet dat een kunstenaar onzichtbaar wil blijven. Goed, het komt voor, maar niet vaak.'

'Dat is niet waar. Heel veel mensen hebben een talent dat ze liever voor zichzelf houden. Neem mij nou, wist je dat ik onder de douche zing?' onthulde Brigitte, trots op haar klaterende antwoord.

'Nee, dat wist ik niet. En ik wil je niet boos maken, maar ik denk niet dat dat helemaal hetzelfde is.'

'...'

'Luister, ik voel het gewoon, het is zo. Als de waarheid boven tafel komt zullen ze allemaal versteld staan, ik zweer het je.'

'Ik vind het een mooi verhaal en geloof erin. Jij bent gewoon een snob, zielig is het.'

Jean-Michel wist niet wat hij op haar laatste sneer moest zeggen. Het was het zoveelste verwijt. Hij voelde heus wel dat Brigitte van hem aan het wegdrijven was. Het kwam niet als een schok. Hij verloor zijn haar, werd dikker, had een niet-bestaand sociaal leven, en verdiende steeds minder geld; hij kon haar niet meer spontaan mee uit eten nemen. Zelfs over de kleinste uitgave moest hij nadenken.

Eigenlijk maakte dat Brigitte allemaal weinig uit. Ze wilde vooral dat hij het vuur terugvond dat hij in het begin had gehad; die manier waarop hij verhalen kon vertellen, ergens enthousiast over was. Hoewel hij meestal vriendelijk en belangstellend was, voelde ze dat zijn sombere kant terrein won. Hij liet de bitterheid in zich toe. Het verbaasde haar niet echt dat hij zo wantrouwig was ten aanzien van die Bretonse schrijver. Toch had ze het mis. Het was precies het tegenovergestelde van wat zij dacht. Er ontwaakte iets in Jean-Michel. Het was lang geleden dat hij ergens zo enthousiast over was geraakt. Hij wilde op onderzoek uit, omdat hij ervan overtuigd was dat de uitkomst beslissend voor hem zou zijn. Dankzij Pick zou hij weer voor het voetlicht treden op het literaire toneel. Om dat te bereiken moest hij zijn intuïtie volgen en aanwijzingen vinden voor het bedrog. Hij moest eerst maar eens naar Bretagne gaan.

Hij smeekte Brigitte om hem haar auto te lenen. Hij had alle reden om te aarzelen met zijn vraag: ze wist wat een slechte chauffeur hij was. Maar ze vond het helemaal geen slecht idee als hij een paar dagen weg zou gaan. Dat zou hun misschien allebei goeddoen. Dus ging ze akkoord, en drukte hem op het hart dat hij heel voorzichtig moest zijn, want ze had geen geld meer om een overbodige verzekering af te sluiten. Snel pakte hij zijn tas in en nam plaats achter het stuur. Amper tweehonderd meter verderop maakte hij bij het verkeerd insturen van de eerste bocht een grote kras op de Volvo.

2

Nadat hij Madeleine op televisie had gezien, was Rouche ervan overtuigd dat hij uit haar geen nieuwe informatie zou loskrijgen. Hij moest zijn pijlen meteen op de dochter richten, die graag uitweidde in interviews. Tot nu toe hadden ze haar alleen nog maar gevraagd om wat anekdotes van vroeger te vertellen, niks schokkends, maar Rouche zou er alles aan doen om haar zover te krijgen dat ze hem allerlei documenten liet inzien. Hij wist zeker dat hij ergens het bewijs zou vinden dat zijn intuïtie klopte. Joséphine kreeg maar geen genoeg van alle media-aandacht. Ze profiteerde ervan door over haar winkel te praten, en dat leverde haar toch aardig wat publiciteit op. De journalist had de artikelen op internet gelezen en hij kon er niets aan doen, maar hij had geen positief beeld van haar, vond haar zelfs een beetje dom.

Toen hij op de snelweg richting Rennes reed, kon hij aan niets anders denken dan de kras. Brigitte zou *not amused* zijn. Hij zou kunnen doen alsof het niet zijn schuld was. Dat kon immers. Hij had de auto in deze staat aangetroffen; de vandaal had niet eens een telefoonnummer achtergelaten, zo simpel was het. Maar hij wist zeker dat ze hem niet zou geloven. Het was typisch iets voor hem om een kras te maken op een geleende auto. Hij zou kunnen beloven om de auto te laten repareren, maar met welk geld? Zijn geldnood compliceerde al zijn relaties met anderen. Te beginnen bij het feit dat hij een auto had moeten lenen. Als hij er de middelen voor had gehad, had hij er gewoon een gehuurd, met inbegrip van alle verzekeringen, waarbij krassen ook gedekt waren.

Onder het rijden dacht hij ook na over de afgelopen maanden. Hij vroeg zich af hoe ver deze spiraal van mislukkingen hem nog drijven zou. Hij had zijn ruime appartement verruild voor een kamer op de bovenste verdieping van een statig, typisch Parijs gebouw; met zo'n adres kon hij zijn reputatie nog hoog houden. Niemand wist dat hij in plaats van de lift nu de diensttrap nam. De enige aan wie hij uiteindelijk had opgebiecht hoe het echt zat, was Brigitte. Toen ze een paar weken een relatie hadden, kon hij de waarheid niet langer verbergen. Al die weken had hij haar niet bij hem thuis uit willen nodigen; het werd zelfs zo erg dat zij ervan overtuigd was dat hij getrouwd was. Ze was opgelucht toen ze uiteindelijk een heel ander verhaal te horen kreeg: Jean-Michel zat aan de grond. Dat maakte haar niets uit. Ze had altijd in haar eentje de zorg voor haar zoon gedragen en was nooit van iemand afhankelijk geweest. Toen ze de waarheid hoorde, had Brigitte geglimlacht; ze werd altijd verliefd op mannen die platzak waren. Maar na een paar maanden begon het toch vervelend te worden.

Toen hij Rennes naderde probeerde Rouche de kras te vergeten, evenals alle gedachten over wat er allemaal mis was met zijn leven, zodat hij zich kon concentreren op zijn onderzoek. Achter het stuur voelde hij dat hij leefde. Soms moet je het landschap aan je voorbij laten razen om te weten dat je bestaat. Hij onderzocht dan misschien geen moordzaak of een reeks verdwijningen in Mexico,[19] maar hij moest deze

---

19 Hij zat midden in *2666* van Roberto Bolaño.

literaire leugen ontmaskeren. Omdat hij al lang niet meer had autogereden, leek het hem verstandig om een pauze in te lassen. Hij voelde zich sinds lange tijd weer gelukkig, dus dronk hij een biertje bij het tankstation, en zat te dubben over welke chocoladereep hij zou nemen. Liever wilde hij nog een biertje. Hij had met zichzelf afgesproken dat hij minder zou drinken, maar dit was geen gewone dag.

Halverwege de middag kwam Rouche in Rennes aan. Zonder navigatiesysteem kostte het hem nog eens een uur om de winkel van Joséphine te vinden. Hij trof een parkeerplek recht voor de deur: in plaats van als een simpel feit, zag hij het als een teken. Hij kon het niet geloven, was buiten zichzelf van vreugde. Het was al jaren zo dat hij, als hij weer eens een keer achter het stuur zat, eindeloos rondjes bleef rijden, tot hij uiteindelijk maar parkeerde op een plek voor laden en lossen, waardoor hij de hele avond op hete kolen zat. Vandaag was alles anders. Geroerd door dit besef lette hij niet op bij het achteruitrijden en maakte nog een kras op de auto.

Het blije gevoel had amper een kans gekregen of de wrange realiteit had hem alweer ingehaald. Het ergste: hij zou Brigitte niet langer kunnen wijsmaken dat hij er niks mee te maken had. Het was niet erg waarschijnlijk dat er twee keer op een dag iemand tegen hem aan was gereden. Behalve als het een wraakactie zou zijn. Iemand die hem te grazen wilde nemen vanwege zijn onderzoek. Hij kon niet helemaal inschatten hoe geloofwaardig dat verhaal zou zijn. Wie zou hem te grazen willen nemen omdat hij op zoek was naar een eventuele ghostwriter achter een Bretonse pizzabakker?

3

Omdat hij baalde en wat moed moest verzamelen om de eerste stap te zetten in zijn onderzoek, besloot hij een biertje te drinken bij de bar aan de overkant. Hij bestelde uiteindelijk een 'hartversterkertje', zoals doorgewinterde drinkers het zo graag zeggen, omdat die lieve en licht ironische term de waarheid – aan de lopende band drinken – verhulde.

Even later ging hij de winkel binnen. Hij zag er eerder uit als een oude viezerik die zich kwam verlekkeren aan het ondergoed dan als een man die zijn vrouw smaakvolle lingerie cadeau wilde doen. Mathilde, de nieuwe verkoopster, kwam naar hem toe. Na haar master aan een businessschool was het moeilijk geweest om een vaste baan te vinden. Na een hele rits bijbaantjes had ze eindelijk een vast contract gekregen. Dat geluk had ze te danken aan het boek van Henri Pick. De interviews hadden zoveel reclame voor de winkel opgeleverd dat Joséphine een assistente had moeten aannemen. Mathilde had *De laatste uren van een liefdesgeschiedenis* daarom maar gelezen en ze vond het heel ontroerend, maar ze was dan ook heel gevoelig.

'Goedemiddag, kan ik u helpen?' vroeg ze aan Rouche.
  'Ik zou Joséphine graag willen spreken. Ik ben journalist.'
  'Het spijt me, ze is er niet.'
  'Wanneer komt ze terug?'
  'Dat weet ik niet. Maar vandaag niet meer, denk ik.'
  'Denkt u dat of weet u dat?'
  'Ze heeft gezegd dat ze er even tussenuit ging.'
  'Dat zegt weinig. Kunnen we haar misschien bellen?'
  'Dat heb ik al geprobeerd, ze is niet te bereiken.'
  'En toch is het raar. Een paar dagen geleden stond ze vol in de kijker.'

'Dat is helemaal niet raar. Ze heeft het van tevoren aangegeven. Ze had misschien gewoon even een pauze nodig, meer niet.'

'Een pauze,' herhaalde hij zachtjes, en hij bleef die plotselinge verdwijning gek vinden.

Op dat moment kwam er een vrouw van rond de vijftig binnen. De verkoopster vroeg of ze haar kon helpen, maar ze gaf geen antwoord. Ongemakkelijk knikte ze naar Rouche. Hij begreep dat hij de oorzaak van haar zwijgen was. Die vrouw had er duidelijk geen behoefte aan haar lingeriewensen in zijn bijzijn prijs te geven. Vlug bedankte hij Mathilde en verliet de winkel. Omdat hij niet wist wat hij moest doen ging hij maar weer op het terras aan de overkant zitten.

4

Op hetzelfde moment gingen Delphine en Frédéric na een uitgebreide lunch van tafel. Ze had de laatste maanden zoveel gewerkt dat ze nu eindelijk wat tijd voor zichzelf en haar favoriete schrijver wilde nemen. Hij had haar verweten dat hij haar steeds minder zag, wat niet wilde zeggen dat hij die eenzame momenten niet waardeerde (een van zijn vele tegenstrijdigheden). Een koppel was je, zo vond hij, niet alleen als je fysiek samen was.

Delphine was gefocust op haar carrière. Er waren steeds meer mensen die iets van haar wilden, of het nou was om haar te feliciteren of haar een baan aan te bieden. Andere uitgevers zagen in haar een van de toekomstige pleitbezorgers van de literatuur, die vóór alle anderen roken waar de kansen lagen. Soms voelde ze zich opgelaten dat ze in het middelpunt van de belangstelling stond; op een dag zouden ze beseffen dat ze nog een kind was, zouden ze haar ontmaskeren. Maar op dit moment ging het boek van Henri Pick richting de 300.000 exemplaren, een score die alle verwachtingen ver te boven ging.

'Over anderhalve week is er een borrel bij Grasset om het succes te vieren,' zei Delphine.
'Het is in ieder geval niet om míjn verkoopcijfers met een cocktail te vieren.'
'Dat komt wel. Ik weet zeker dat je met je volgende boek een prijs zult winnen.'
'Lief dat je dat zegt. Maar ik kom niet uit Bretagne, ik bak geen pizza's, en wat nog het ergste is: ik leef nog.'
'Hou op...'
'Ik heb twee jaar gewerkt aan mijn laatste boek. Er zijn er een stuk of 1200 van verkocht, en dan tel ik mijn familie, vrienden en de boeken die ik zelf heb gekocht om cadeau te geven al mee. Dan heb je nog de mensen die het per ongeluk gekocht hebben. En degenen die medelijden met me kregen tijdens een signeersessie in de boekhandel. Dus eigenlijk heb ik, als je alleen de échte aankopen meetelt, ongeveer twee boeken verkocht,' concludeerde hij met een glimlach.

Ze kon haar lach niet langer inhouden. Delphine had altijd van Frédérics zelfspot gehouden, maar soms ging het richting bitterheid. Hij vervolgde:
'Die hele schijnvertoning loopt uit de hand. Wist je dat allerlei uitgevers stagiaires naar Crozon sturen? Ze hopen nog een pareltje te vinden. Als je je bedenkt wat voor boeken we daar hebben gezien, met kop noch staart – echt, wat een onzin.'
'Laat ze. Het is niet belangrijk. Wat er voor mij toe doet is jouw volgende boek.'

'Daarover gesproken: ik wilde je nog zeggen dat ik een titel heb.'
'O? En dat zeg je me zomaar? Dat is fantastisch!'
'...'
'Nou? Vertel op!'
'Het gaat *De man die de waarheid spreekt* heten.'
Delphine keek Frédéric recht in de ogen zonder iets te zeggen. Vond ze het niks? Uiteindelijk stamelde ze dat het moeilijk was om een titel te beoordelen zonder iets van de tekst af te weten. Frédéric zei dat ze die binnenkort kon lezen.

Even later vroeg hij haar om een middag vrij te nemen. Net als tijdens hun eerste afspraakje wilde hij met haar wandelen, met haar vrijen. Delphine deed alsof ze het in overweging nam (en dat vond hij nog wel het allerergste), maar zei dat ze te veel werk had, zeker nu ze die borrel moest organiseren. Hij drong niet aan (en dat had ze nog wel zo graag gewild) en ze namen midden op straat afscheid van elkaar met een laffe kus, die eigenlijk de belofte van een veel intiemer moment in zich had moeten dragen. Frédéric keek hoe ze wegliep, staarde geconcentreerd naar de contouren van haar rug, in de hoop dat ze zich zou omdraaien. Hij wilde dat ze hem een teken ter afscheid zou geven, een gebaar dat hij kon koesteren in de tijd tot hun volgende samenzijn. Maar ze draaide zich niet om.

5

Rouche was de hele middag blijven plakken op het terras, sloeg de biertjes in een gestaag tempo achterover. Zijn onderzoek was al meteen in een impasse beland; hij wist niet wat hij moest doen. Gisteren had hij zichzelf nog als stoutmoedige ridder van de Franse letteren beschouwd, had hij het gevoel dat zijn leven eindelijk weer een beetje een normale wending nam. Maar hij was op een vrij weerbarstige realiteit gestuit. Joséphine was niet waar ze hoorde te zijn; ze wisten niet wanneer ze terug zou komen. Hij kon zichzelf geen belabberde onderzoeksjournalist noemen, hij had niet eens de kans gekregen om ergens mee te beginnen; hij was een autocoureur die op de startlijn motorpech kreeg.[20] De grond onder zijn voeten was al jaren aan het verzakken, en er was niets aan te doen: het noodlot achtervolgde hem. Alcohol leidt ofwel tot een mededeelzaam enthousiasme, ofwel tot een aaneenschakeling van duistere en dramatische gedachten. De genuttigde vloeistof komt dus oog in oog te staan met twee routes binnen het lichaam en móet kiezen; bij Rouche had hij de negatieve, zure weg gekozen, opgeluisterd met een sprankje zelfhaat.

Gelukkig had hij net van de afdeling publiciteit van Grasset een e-mail gekregen waarin hij werd uitgenodigd voor een borrel om het succes van Pick te vieren. Hij vond het nogal ironisch dat hij dat bericht kreeg terwijl hij – zo'n voorgevoel had hij althans – vermoedde dat het op een leugen berustte; maar daar was hij niet zo mee bezig. Hij was vooral heel blij dat hij op de gastenlijst stond: dat wilde zeggen dat ze hem nog niet helemaal vergeten waren. Iedere maand werd hij voor minder evenementen uitgenodigd; het einde van zijn machtsperiode had ook het einde van zijn sociale leven ingeluid; hij werd niet meer uitgenodigd voor diners, som-

---

20 Waarom hij die technische vergelijking maakte, was een raadsel, aangezien er sinds zijn vertrek behalve twee krassen op zijn auto niets noemenswaardigs gebeurd was.

mige persattachés met wie hij een vriendschappelijke band meende te hebben, hadden zich van hem afgekeerd, wat niet gemeen, maar eerder praktisch bedoeld was: ze konden immers geen tijd verspillen aan een journalist wiens media-invloed zich het beste liet omschrijven als 'zo goed als in rook opgegaan'. Hij was zo blij dat hij was uitgenodigd dat hij begon te lachen, hij, die vroeger altijd zeurde over de enorme berg uitnodigingen; op een dag, op ons absolute dieptepunt, klampen we ons krampachtig vast aan wat er niet meer is.

Terwijl hij rustig zijn bier zat te drinken, had hij de onophoudelijke dans van vrouwen die de lingeriewinkel in- en uitliepen bestudeerd. Hij had zich bij iedere klant voorgesteld hoe ze zich in het pashokje uitkleedde, niet op een vieze manier, maar meer zoals een puber kan zitten dromen. Hij dacht dat je de geheimen en gevoelens van een vrouw waarschijnlijk wel kon afleiden uit het ondergoed dat ze kocht. Het was weer zo'n typische namiddagtheorie (alcohol). Toen de laatste klant weg was, kwam Mathilde naar buiten en sloot de winkel af. Op dat moment zag ze aan de overkant van de straat de man zitten die haar een paar uur eerder ondervraagd had over haar bazin. Hij wierp haar schaamteloos een brede, amicale lach toe, alsof ze elkaar al jaren kenden. De jonge vrouw was nogal verbaasd over het scherpe contrast met de gesloten, ongemakkelijke figuur met wie ze eerder een paar woorden had gewisseld.

Na die lach maakte Rouche een gebaar dat zowel als een vriendelijk 'hallo' geïnterpreteerd kon worden als een uitnodiging om bij hem te komen zitten. Mathilde kon het opvatten zoals ze wilde. Maar voor we verdergaan met het verhaal, moeten we één belangrijk punt melden: ze kende niemand in Rennes. Ze kwam uit een klein dorpje in de Loire-regio en had in Nantes gestudeerd voordat ze de kans op een baan in Rennes had gegrepen. Hoe groter de werkloosheid was, hoe sneller mensen verhuisden; en dus kwam het in tijden van economische crisis niet zelden voor dat er in de steden hele groepen eenzame mensen ontstonden. Ze ging dus naar Rouche toe. Ze draaide er niet omheen:

'Zit u daar nou nog steeds?'

'Ja. Ik dacht dat ze misschien later op de middag nog wel zou komen,' hakkelde hij om zich te verantwoorden.

'Nee, ik heb haar niet meer gezien.'

'Heeft ze u nog gebeld?'

'Ook niet.'

'Wilt u ook iets te drinken?'

'...'

'U gaat toch niet drie keer achter elkaar "nee" zeggen, hè?'

'Vooruit,' zei Mathilde, die om dat laatste moest lachen.

De journalist keek haar daarop vol verbazing aan. Het was zo lang geleden dat een dame die hij niet kende iets met hem had willen drinken, zomaar, zonder dat er een werkverplichting achter zat. Hij had niet verwacht dat zijn humor zou werken; hij besefte dat je het niet verkeerd kon doen als je niets te verliezen had. Met die instelling moest hij zijn onderzoek uitvoeren. Zich er volledig in storten zonder ook maar een seconde na te denken over de eventuele uitkomst. Maar dat had wel consequenties: nu zat ze hier naast hem. Hij moest dus een gesprek met haar aanknopen. Want hij had haar natuurlijk niet uitgenodigd om samen te gaan zitten zwijgen. Maar welke woorden? Wat moest hij in zo'n situatie zeggen? En wat het nog erger maakte: vanaf het moment dat zij had ingestemd om een drankje met hem te doen, was Rouche ondersteboven geraakt door haar schoonheid. Wat zijn angst alleen maar versterkte. Het was te laat:

nu moest hij grappig, interessant en charmant zijn. Een onmogelijk drietal. Waarom had hij haar gevraagd om erbij te komen zitten? Sukkel die hij was. En zij dan, hoe had zij nu ja kunnen zeggen op een drankje met een man die in staat was zijn auto op één dag tot twee keer toe te bekrassen? Maar zij was ook verantwoordelijk voor de huidige situatie. Terwijl hij zo zat na te denken, had hij geprobeerd zijn angsten met gemaakt glimlachen te verbergen. Maar Rouche had ook wel door dat Mathilde alles van zijn gezicht kon aflezen. Doen alsof was er niet meer bij.

Gelukkig kwam de ober precies op dat moment. Mathilde zei dat ze wel een biertje lustte; Rouche bestelde juist een Perrier om rechtsomkeert te maken op de weg naar dronkenschap, en weer richting nuchterheid te gaan. Om ervoor te zorgen dat de ongemakkelijkheid niet terug zou komen, begon hij weer over zijn onderzoek te praten:

'U weet dus niet waar ze is?'
'Nee, dat heb ik al gezegd.'
'Weet u dat zeker?'
'Bent u een journalist of een politieagent?'
'Ik ben journalist, geen zorgen.'
'Ik maak me geen zorgen. Hoezo, zou dat moeten?'
'Nee hoor... nee, helemaal niet.'
'Joséphine zei dat ze wel weer genoeg interviews gegeven had. Maar het was heel goed voor de winkel.'
'...'

Als Rouche niet wist wat hij moest zeggen, liet hij gewoon midden in een gesprek een stilte vallen. De beproevingen die hij had moeten doorstaan hadden ieder sociaal wenselijk gedrag in hem uitgewist. Ook zijn gezicht was veranderd door zijn sores: zijn sarcastische trekjes hadden plaatsgemaakt voor onzekerheid, en de diepe en strenge fronsen waren veranderd in een bijna bange uitdrukking, die zowel medelijden als vertrouwen uitstraalde. Mathilde sympathiseerde met deze onbekende en besloot hem te vertellen wat ze wist.

6

Het was allemaal een dag of tien geleden begonnen. Op een ochtend was Joséphine helemaal opgewonden in de winkel aangekomen; het was een vreemde gewaarwording geweest: ze stond volledig stil, toch had je kunnen zweren dat ze stuiterde.

Mathilde, die tot dan toe vooral een heel vriendelijke, maar niet bepaald uitbundige vrouw had leren kennen, had zich verbaasd over deze andere kant van haar persoonlijkheid; er leek een soort vuur in haar te zijn aangewakkerd dat ze vooral kende van vriendinnen van haar eigen leeftijd. Als een pubermeisje dat net iets spannends heeft meegemaakt, kon ze niet voor zich houden wat er gebeurd was. Ze nam het eerste paar oren dat ze tegenkwam in vertrouwen, die van de jonge verkoopster:

'Niet te geloven. Ik heb de nacht doorgebracht met Marc. Kun je het je voorstellen? Na zoveel jaar...'

Mathilde, die niet kon inschatten hoe uitzonderlijk de situatie was, speelde het spel mee door grote ogen op te zetten, in een zeer geslaagde poging geïnteresseerd over te komen. Maar eigenlijk was haar reactie vooral ingegeven door de verbazing dat ze haar bazin, die ze helemaal niet zo goed kende, zulke intieme dingen hoorde vertellen. Tijdens de hele monoloog van Joséphine bleef diezelfde uitdrukking op haar gezicht.

Marc was blijkbaar haar ex-man, die haar van de ene op de andere dag in de steek had gelaten voor een andere vrouw. Ze was alleen achtergebleven, want hun twee dochters waren naar Berlijn vertrokken om daar een restaurant te openen. Dat was misschien nog wel het allermoeilijkste geweest na zijn vertrek: de eenzaamheid. Maar ze zocht het zelf op. Ze had geen zin meer om haar vriendinnen te zien, en mensen die deel hadden uitgemaakt van hun gezamenlijke verleden al helemaal niet. Alles wat haar aan Marc deed denken, deed pijn. En in de bijna dertig jaar die ze samen waren geweest, had hij overal zijn sporen achtergelaten. Ze vermeed alle wijken in Rennes waar ze samen waren geweest en daardoor bleef er in de stad slechts een heel klein deel over waar ze mocht komen. En zo kwam boven op de wanhoop ook nog een omgeving die aanvoelde als een gevangenis.

Maar met één telefoontje had hij alles weer gelijmd. Toen ze de telefoon had opgenomen, had hij simpelweg gezegd: 'Ik ben het.' Alsof de vanzelfsprekendheid van dat 'ik ben het' altijd geldig bleef. In één klap wekte hij hun relatie weer tot leven. Als je een koppel bent noem je de ander inderdaad niet meer bij zijn voornaam. Na een paar clichézinnen over hoe snel de tijd wel niet ging, bekende hij:

'Ik heb je in de krant zien staan. Bizar. Ik kon het niet geloven. Het raakte me.'

'...'

'Ongelooflijk, dat je vader die roman geschreven heeft. Ik had nooit verwacht...'

'...'

'Hallo? Ben je er nog?'

Ja, ze was er nog.

Maar ze kreeg niet meteen een reactie over haar lippen.

Het was Marc aan de telefoon.

Ten slotte stelde hij voor om wat af te spreken.
Ze stamelde dat ze dat goed vond.

7

Als je elkaar na een paar jaar weer terugziet voelt dat als een eerste afspraakje. Joséphine was obsessief met haar uiterlijk bezig: wat zou hij denken? Ze was natuurlijk ouder geworden; ze bestudeerde zichzelf lange tijd in de spiegel en ontdekte tot haar verbazing dat ze zichzelf mooi vond. Terwijl ze toch niet de gewoonte had zichzelf op te hemelen. Integendeel zelfs, ze had zichzelf vaak met iets te veel gemak in zelfmedelijden gewenteld, maar sinds kort had ze haar levenslust weer teruggevonden en dat leek zich te vertalen in een jeugdigere uitstraling. Hoe had ze al die jaren kunnen weggooien door te zwelgen in verdriet? Ze schaamde zich bijna voor haar leed, alsof pijn geen onderworpenheid aan het lichaam was, maar een beslissing van de geest. Ze had echt gedacht dat het achter haar lag, dat ze Marc nu op straat tegen zou kunnen komen zonder dat het haar zou deren, maar dat was niet zo: toen ze zijn stem aan de telefoon hoorde besefte ze onmiddellijk dat ze nog steeds van hem hield.

Hij stelde voor dat ze zouden afspreken in een café waar ze graag aten toen ze nog bij elkaar waren. Joséphine besloot wat vroeger te gaan; ze zat liever al als hij binnenkwam. Wat ze vooral niet wilde was om zich heen kijken, hem moeten zoeken, met het gevaar dat ze van top tot teen door hem bekeken zou worden. Ze baalde ervan dat ze zich druk maakte over wat hij zou denken; ze had nu toch niets meer te verliezen. Er was niets veranderd, de inrichting was precies hetzelfde, wat het moment nog verwarrender maakte. Het heden vermomde zich als het verleden. Ze bestelde een glas rode wijn, nadat ze allerlei andere drankjes had overwogen, van kruidenthee tot abrikozensap en zelfs champagne. Rode wijn leek haar een mooie tussenweg: daaruit bleek hoe fijn het was dat ze elkaar weer zagen, maar het was ook weer niet te feestelijk. Ze was overal onzeker over; ze vroeg zich zelfs af hoe ze moest gaan zitten. Waar moest ze haar armen laten, haar handen, haar benen, waar moest ze kijken? Moest ze nonchalant proberen over te komen, of moest ze juist benadrukken dat ze zat te wachten door kaarsrecht te gaan zitten, alsof ze op de uitkijk was? Hij was er nog niet eens en het was nu al dodelijk vermoeiend.

Eindelijk was hij er, ook een beetje te vroeg. Hij haastte zich met een brede lach naar haar toe.
'Ah, je bent er al?'
'Ja, ik had een afspraak hier in de buurt...' zei Joséphine niet geheel naar waarheid. Ze omhelsden elkaar hartelijk en bleven elkaar even glimlachend aankijken. Toen zei Marc:
'Gek om elkaar weer te zien, hè?'
'Je vindt vast dat ik er verschrikkelijk uitzie.'
'Helemaal niet. Ik heb je toch ook al in de krant gezien. En ik dacht bij mezelf dat je geen spat veranderd was. Ik daarentegen...'
'Nee. Jij bent nog precies hetzelfde. Nog altijd even...'
'Ik heb een buikje gekregen,' onderbrak hij haar.

Hij bestelde ook een glas rode wijn en ze praatten aan een stuk door. Je zou denken dat ze nooit uit elkaar waren gegaan. Ze waren het overal over eens; maar de moeilijke onderwerpen vermeden ze nu natuurlijk ook nog. Het is altijd makkelijker om op één lijn te zitten als je over de nieuwste films kletst of de over de laatste ontwikkelingen bij mensen die vroeger gemeenschappelijke vrienden waren. In die oude, vertrouwde gezelligheid dronken ze nog een paar glazen wijn; maar was dit wel echt? Joséphine kon alleen maar aan die andere vrouw denken. De vraag brandde zo hevig op haar lippen dat hij nú haar mond uit moest, net zo moeilijk tegen te houden als iemand die uit een brandend huis komt rennen:

'En... zij? Ben je nog steeds met haar samen?'

'Nee. Dat is over. Sinds een paar maanden.'

'O ja? Waarom?'

'Het werd ingewikkeld. Het wilde niet meer tussen ons.'

'Wilde ze een kind?' gokte Joséphine.

'Ja. Maar dat was niet het enige. Ik hield niet van haar.'

'Hoelang duurde het voor je daar achter kwam?'

'Niet lang. Maar omdat ik onze relatie voor haar had opgegeven, heb ik mezelf voorgelogen. Totdat ik op een bepaald moment besloot weg te gaan.'

'En waarom wilde je mij weer zien?'

'Dat zei ik al. Ik zag je in de krant staan. Alsof het een teken was. Ik lees nooit, dat weet je. In het begin vond ik dat ik niet het recht had om je te bellen. Ik heb je zoveel verdriet bezorgd. Ik wist niet hoe jouw leven eruitzag...'

'Dat lijkt me stug. Dat moeten de meisjes je hebben verteld.'

'Volgens hen ben je nog steeds vrijgezel. Maar misschien vertel je ze niet alles...'

'Nee, ik heb niks achtergehouden. Na jou is er niemand meer geweest. Het had gekund, maar ik kon het niet.'

'...'

Nergens in het gesprek was er een dood moment geweest, maar nu viel er een drukkende stilte. Marc stelde voor om ergens anders iets te gaan eten. Hoewel ze zeker wist dat ze geen hap door haar keel zou kunnen krijgen, ging ze akkoord.

8

Tijdens het eten werd Joséphine zich bewust van de vreemde wending die deze avond begon te nemen. Het was geen klassiek weerzien waarin je de balans opmaakt van de jaren zonder elkaar, nee, het ging een hele andere kant op. Marc liet steeds duidelijker merken dat hij zich weer met haar wilde verzoenen. Maar droomde ze niet? Nee, hij begon weer over hoe hij haar miste, zijn verlangen naar vroeger, zijn fouten. Af en toe, als hij zijn hernieuwde hoop uitsprak, sloeg hij zijn ogen neer. Hij, die altijd zo zeker van zichzelf was, arrogant zelfs, zat maar wat aan te modderen. Toen ze hem zo ontredderd zag, maakte het hart van Joséphine een sprongetje, evenals haar zelfvertrouwen. Zijzelf was nog het meest verbaasd dat ze zich zo zelfverzekerd voelde, maar het was toch echt zo; het was allemaal glashelder nu. De afgelopen jaren had ze alleen maar in afwachting van dit moment geleefd. Ze pakte haar servet om een zweetdruppel van het voorhoofd van haar ex-man te vegen, en zo vlamde de boel weer op.

Niet veel later bedreven ze bij Marc thuis de liefde. Het was een vreemde gewaarwording om na zoveel jaar een lichaam dat je zo goed kent te herontdekken. Joséphine voelde de zenuwen van een eerste keer, maar was tegelijkertijd volledig vertrouwd met de ander. Maar een ding was wel anders: Marcs vastberadenheid om haar te plezieren. Hoewel ze altijd graag met hem gevreeën had, hadden ze het de laatste paar jaar toch vooral op de automatische piloot gedaan. Zijn seksuele aandacht voor haar was steeds minder geworden. Dat was die avond niet het geval. Hier voor haar stond een man met de energie van iemand die op het punt stond de arena te betreden. Via haar lichaam wilde hij haar laten weten dat hij veranderd was. Joséphine wilde zich eraan overgeven, maar kon haar gedachten over wat ze aan het doen was niet volledig uitschakelen. Ze zou nog wat meer tijd nodig hebben voor ze weer zou kunnen vrijen zonder erover na te denken. Toch vond ze het heel plezierig en waren ze allebei stomverbaasd over wat er zonet gebeurd was. Uiteindelijk viel Joséphine in de armen van Marc in slaap. Toen ze haar ogen opendeed, kwam ze tot de ontdekking dat wat ze had meegemaakt geen illusie was geweest.

9

De dagen daarna veranderde er weinig. 's Avonds gingen ze samen uit eten en praatten over herinneringen en vergissingen, plannen en wensen, en daarna vreeën ze bij Marc thuis. Hij kwam gelukkig en ontspannen over; tussen neus en lippen door liet hij merken hoezeer de andere vrouw hem verstikt had, hem van zijn vrijheid beroofd had, zijn hele leven had willen controleren. Bovendien wilde ze allerlei spullen, moest ze gerustgesteld worden met geld. Joséphine vond die openhartigheid verschrikkelijk. Het herinnerde haar aan haar verdriet en liet een bittere nasmaak achter. Het verleden moest vermeden worden:

'Laten we het er niet meer over hebben, laten we het er alsjeblieft niet meer over hebben...'

'Ja, je hebt gelijk. Sorry.'

'Al goed.'

'Had jij dat van je vader verwacht, dat hij zo'n verhaal zou schrijven?' vroeg Marc, snel van onderwerp veranderend.

'Wat?'

'Het boek van je vader... Had je dat ooit gedacht?'

'Nee. Maar wat er hier tussen ons gaande is had ik ook niet kunnen voorspellen. Dan is alles mogelijk.'

'Ja, dat klopt. Je hebt gelijk. Maar wij verkopen niet zoveel boeken!'

'Nee, inderdaad.'

'Hebben ze je cijfers gegeven?'

'Waarvan?'

'Nou... gewoon... hoe goed je vader verkoopt. Ik heb ergens gelezen dat er al meer dan 300.000 exemplaren van het boek verkocht waren.'

'Ja, zoiets denk ik. En het stijgt nog steeds.'

'Dat is bizar veel,' zei Marc.

'Ik weet niet precies hoe het werkt, maar ik geloof dat het veel is, ja.'

'Dat weet ik wel zeker.'

'Het is vooral heel raar. Mijn ouders hebben hun hele leven gewerkt, een heel bescheiden bestaan geleid en nu laat mijn vader opeens een boek na waar mijn moeder tonnen aan verdient. Maar goed, je kent haar. Geld kan haar niks schelen. Het zou me niets verbazen als ze alles aan goede doelen weggeeft.'

'Denk je? Dat zou jammer zijn. Je zou er eens met haar over moeten praten. Al je wensen zouden in vervulling kunnen gaan. Eindelijk een boot kopen...'

'O, je weet het nog...'

'Natuurlijk, ik weet alles nog. Alles...'

Joséphine was oprecht verbaasd dat hij zich dat detail nog herinnerde. Al sinds ze een kind was had ze een boot willen hebben. Echte vrijheid, meende ze, kon je alleen op het water vinden. Ze was opgegroeid met uitzicht over de Atlantische kust en had haar kinderjaren doorgebracht met het bestuderen van de golven. Als ze weer naar Crozon kwam was dat vaak het eerste wat ze deed, zelfs nog voor ze bij haar moeder langsging: de zee groeten. Ze viel in slaap met de gedachte aan de boot die ze misschien zou kunnen kopen. Tot nu toe had ze het met haar moeder nog niet gehad over de royalty's die het boek van haar vader opgeleverd hadden. Maar dat hun leven zou veranderen, stond vast.

10

Tot op heden had het allemaal vooral media-aandacht tot gevolg gehad. Joséphine bleef maar telefoontjes krijgen van journalisten die op een interview of nieuwe informatie aasden. Ze had beloofd wat dingen uit te gaan zoeken, al begreep ze niet echt wie daarmee gebaat zou zijn. Ze hadden flink aangedrongen: en brieven dan? Andere teksten die hij had geschreven? Als een flits was haar opeens iets te binnen geschoten. Ze wist bijna zeker dat haar vader haar, toen ze negen was, in de zomer een keer een brief had gestuurd. Die had ze gekregen toen ze in Zuid-Frankrijk op zomerkamp was. Ze wist het nog omdat het de enige was. In die tijd belde je elkaar niet als je tijdelijk van elkaar gescheiden was. Om toch met zijn dochter in contact te blijven had hij besloten haar te schrijven. Wat had ze met die brief gedaan? Wat stond erin? Ze moest hem koste wat kost terug zien te vinden. Eindelijk was daar dan een ander schrijfsel dat haar vader had achtergelaten. Hoe meer ze erover nadacht, des te meer was ze ervan overtuigd dat hij expres nergens sporen had achtergelaten. Een man die zo'n grandioze roman in de schaduw kon schrijven, wist precies waar hij mee bezig was.

Waar had ze dat ding gelaten? Joséphines hersenen stonden nooit helemaal uit, 's nachts bleven ze actief. Die nacht naderde ze in gedachten de plek waar ze de brief had neergelegd. Ze zou nog twee of drie nachten nodig hebben om tot de oplossing te komen. Mensen die licht slapen zijn óf vermoeid óf vermoeiend voor anderen. Joséphine leefde constant in dat schizofrene patroon; ze schipperde tussen dagen waarop ze het gevoel had op de rem te staan en dagen waarop ze door een enorme energie gedreven werd. Voor Mathilde was het in de winkel iedere ochtend afwachten of ze een slak of een opgeladen batterij aan zou treffen. De afgelopen paar dagen was het vooral de tweede variant geweest. Joséphine praatte non-stop. De hele wereld moest weten wat zij meemaakte, en die wereld liet zich reduceren tot wie zich ook maar in haar blikveld bevond. Momenteel: Mathilde. De jonge verkoopster vond het gedetailleerde verslag van het weerzien tussen Marc en Joséphine stiekem wel amusant. Ze vond het leuk om deze vrouw, voor wie ze een oprechte genegenheid voelde (ze was tenslotte door haar aangenomen), druk te zien praten zoals vrouwen van haar eigen leeftijd.

De nacht erop groef Joséphine dieper in haar geheugen en probeerde zich te herinneren waar ze de brief had gelaten. Na haar scheiding had ze een hoop dozen in Crozon neergezet, maar ze wist nog dat ze haar platencollectie had meegenomen. Ze had getwijfeld of ze de lp's moest bewaren, omdat ze geen platenspeler meer had om ze mee te beluisteren, maar ze voerden haar terug naar haar pubertijd. Ze hoefde alleen maar naar de hoezen te kijken of er kwam al een herinnering bovendrijven. Terwijl ze zo zat te dagdromen zag ze zichzelf opeens de brief van haar vader in een platenhoes steken; ze had die handeling meer dan dertig jaar geleden voltrokken met de redenering: op een dag beluister ik dit album weer en vind ik het bij toeval terug. Ja, ze wist zeker dat het zo was gegaan. Maar in welke hoes? Ze zei tegen Mathilde dat ze langs huis moest om haar oude lp's te beluisteren. De jonge verkoopster keek er niet van op, alsof ze de afgelopen dagen gewend was geraakt aan het onvoorspelbare gedrag van haar bazin.

11

Terwijl ze naar haar appartement reed dacht Joséphine aan The Beatles, aan Pink Floyd, Bob Dylan en Alain Souchon, Janis Joplin en Michel Berger, en aan nog zoveel anderen. Waarom luisterde ze nooit meer naar muziek? Soms zette ze in de winkel op de achtergrond zachtjes Radio Nostalgie aan, maar zonder er echt naar te luisteren, gewoon voor de sfeer. Ze herinnerde zich hoe opgewonden ze altijd was als ze een nieuw 33-toerenplaatje kocht, hoe graag ze het zo snel mogelijk wilde afspelen. Als ze naar een plaat luisterde deed ze ondertussen niets anders; terwijl ze op haar bed de platenhoes bestudeerde, liet ze zich meevoeren door het geluid. Dat was allemaal voorbij. Ze was getrouwd, had twee dochters gekregen, en had niet meer naar haar platen omgekeken. En toen waren de cd's gekomen, alsof de technologie deze muzikale verwaarlozing rechtvaardigde.

Eenmaal thuis daalde ze af naar de kelder om de twee stoffige dozen met platen te pakken. Natuurlijk was ze opgewonden en wilde ze de brief graag vinden, maar ze genoot ook buitengewoon van het bekijken van alle hoezen, en was dus nogal traag. Elke plaat was een herinnering, een moment, een emotie. Terwijl ze ze langsging schoten momenten uit het verleden voorbij, diepe weemoedigheid, maar ook lachbuien zonder enige aanleiding. Ze haalde alle platen eruit, in de hoop dat ze de brief zou vinden; ze stopte vroeger altijd briefjes in de hoezen, bioscoopkaartjes en andere papiertjes die een reis door de tijd vormden, verstopt tussen de muziek om op een dag tevoorschijn te komen. Haar leven kwam fragment voor fragment terug; alle vroegere Joséphines kwamen samen in een door nostalgie gekleurde reünie, en daar, midden in die nostalgie, vond ze de brief van haar vader terug.

Hij zat in het album *Le Mal de vivre* van Barbara verstopt. Waarom had ze de brief van haar vader juist in deze platenhoes gestopt? Misschien had ze hem meteen moeten openen, maar ze bleef even zitten kijken naar het 33-toerenplaatje. Het was het album met dat prachtige liedje, 'Göttingen'. Joséphine wist nog hoe vaak ze ernaar had zitten luisteren; ze was nogal onder de indruk geweest van deze zangeres met haar melancholische kracht. Een obsessie van voorbijgaande aard, zoals dat zo vaak gaat met puberale passies, maar ze had een paar maanden op het ritme van de melancholische melodieën van Barbara gezweefd. Ze downloadde 'Göttingen' op haar telefoon zodat er meteen naar kon luisteren en liet zich betoveren:

Bien sûr nous, nous avons la Seine
Et puis notre bois de Vincennes,
Mais Dieu que les roses sont belles
à Göttingen, à Göttingen.

Nous, nous avons nos matins blêmes
Et l'âme grise de Verlaine,
Eux c'est la mélancolie même,
À Göttingen, à Göttingen.

Barbara brengt een prachtige ode aan die stad, maar vooral aan het Duitse volk. In 1964 was dat een symbolische daad. De zangeres, die als kind van Joodse afkomst tijdens de oorlog had moeten onderduiken, had lang getwijfeld voordat ze naar het land van de vijand was afgereisd. Eenmaal aangekomen gedroeg ze zich niet erg sympathiek. Ze deed moeilijk over de piano die voor haar geregeld was en kwam twee uur te laat opdagen bij een concert. Het maakte allemaal niets uit, er werd voor haar geapplaudisseerd en van haar gehouden. De organisatie had er ziel en zaligheid in gelegd om haar verblijf tot een succes te maken. Nooit had de zangeres ergens zo'n ontvangst gekregen, en ze was tot tranen toe geroerd. Ze besloot langer te blijven en schreef die paar regels die meer kracht hadden dan welke toespraak dan ook. Joséphine kende de precieze context waarin het chanson was ontstaan niet, maar ze was diep onder de indruk geweest van die walsende melodielijn, die je als een draaimolen in zijn omhelzing opnam. Misschien had ze daarom de enige brief van haar vader in deze hoes gestopt. Met het chanson van Barbara op de achtergrond herlas ze de woorden die veertig jaar geleden geschreven waren. Haar vader doemde op uit het niets om ze in haar oor te fluisteren.

Toen ze weer in de winkel terug was, besloot Joséphine om de brief te bewaren in het kleine kistje waar ze normaal gesproken het contant geld in bewaarde. De middag vloog in een razend tempo voorbij, er waren veel klanten, veel meer dan normaal; het was een bijzonder intensieve dag. Sowieso hadden de afgelopen weken een breuk met de jaren ervoor betekend, alsof het leven zich van de ene op de andere dag wilde excuseren voor de leegte en voor het gebrek aan grote gebeurtenissen.

Die avond stond Marc voor de winkel op Joséphine te wachten. Mathilde nam deze man over wie ze zoveel gehoord had stiekem in zich op. Ze had zich hem heel anders voorgesteld. Er zat een enorme kloof tussen de Marc die ze zich had ingebeeld aan de hand van de verhalen van haar bazin en de echte Marc die rokend stond te wachten op de stoep. Instinctief had ze een voorkeur voor degene die niet bestond; degene die ze had opgetrokken uit de woorden van Joséphine.

12

Na het eten ging het herenigde koppel naar Marcs huis. Joséphine vond het fijner als ze bij hem sliepen. Ze vond het geen prettig idee om hem bij haar uit te nodigen, alsof haar appartement al haar geheimen zou blootgeven. Ze had Marc verteld over de brief die ze had teruggevonden. Ze was blij dat ze dit belangrijke moment met hem kon delen; hij leek enthousiast en zei nog eens hoe bijzonder het verhaal achter de roman was. Toen zei hij:

'Net als ons weerzien...'

'Ja.'

'Wat vind jij trouwens van Richard Burton?' vroeg Marc schijnbaar uit het niets.

'Wie?'

'Richard Burton, de acteur.'

'O ja, die in *Cleopatra* zit. De man van Liz Taylor. Waarom vraag je dat?'

'Juist, dan weet je ook dat ze getrouwd waren en gescheiden zijn... En toen weer getrouwd zijn...'

'...'

Wat wilde hij daarmee zeggen? Was dit een nieuw huwelijksaanzoek? Ze had zich vanaf het moment dat ze weer samen sliepen voorgenomen zich geen illusies te maken. Zich gewoon mee te laten voeren door dit onverwachte geluk. Uiteindelijk zei Marc:
'Je bent stil.'
'...' beaamde Joséphine.

Marc pakte Joséphines hand en wilde haar naar het bed leiden, maar zij bleef liever op de bank zitten. Ze was verstijfd door haar emoties. Opeens begon ze te huilen. Dat is het mooie van tranen: ze kunnen twee tegenovergestelde dingen betekenen. Je kunt huilen van verdriet, je kunt huilen van geluk. Weinig fysieke uitingen hebben zo'n schizofreen karakter, alsof de verwarring erin geconcretiseerd wordt. Maar toen streek de hand van Joséphine langs een stukje stof onder een van de kussens van de bank. Ze keek naar beneden en ontdekte een dameskledingstuk.
'Wat is dit?'
'Weet ik niet,' zei hij beschaamd en pakte het onderbroekje.
Joséphine eiste een verklaring. Hij wist niet hoe het hier terechtgekomen was. Het ding moest erin gegleden zijn en weer tevoorschijn gekomen zijn toen zij erop gingen zitten. Het was idioot, ze konden er maar beter om lachen.
'Ben je nog met haar?' vroeg Joséphine.
'Nee. Natuurlijk niet.'
'Waarom heb je tegen me gelogen?'
'Dat heb ik niet, ik spreek de waarheid.'
'Waarom zou ik je geloven?'
'Eerlijk waar. Ik heb haar in geen maanden gezien. We zijn met ruzie uit elkaar gegaan. Ze heeft hier een hele tijd gewoond. Dus het zou kunnen dat die onderbroek in een

plooi van de bank is blijven zitten.'

'...'

'Alsjeblieft, blaas de boel nou niet op.'

Marc had zich krachtig en overtuigend uitgedrukt. Toch was het een pijnlijke situatie voor Joséphine. Dat er, juist op het moment dat ze het over hertrouwen hadden, een spook uit het verleden opdook, en dan ook nog in de vorm van een stuk ondergoed. Moest ze het als een teken zien? Marc stond nog steeds te oreren in een poging het voorval af te zwakken. Hij gooide de onderbroek uit het raam, om zich er met een theatraal en komisch gebaar van af te maken. Joséphine besloot het te laten gaan. Maar over trouwen werd die avond niet meer gesproken.

13

Die avond kon ze de slaap niet vatten. Dat stukje stof dat ze onder het kussen had gevonden hield haar wakker; ze kon nergens anders aan denken. Marc lag naast haar te slapen, zoals altijd afwisselend snurkend en stil (in zijn slaap had hij twee kanten). Op het nachtkastje naast hem lag zijn mobiele telefoon; Joséphine voelde de drang om het ding aan te zetten en zijn berichten te lezen. Gedurende hun hele huwelijk had ze nooit in zijn spullen gesnuffeld, zelfs niet op de momenten dat ze reden had om achterdochtig te zijn; het was niet zozeer een kwestie van vertrouwen als wel van het respecteren van de vrijheid van de ander. Nu, midden in de nacht, zag ze dat heel anders. Ze was vijftig, een leeftijd waarop ze het zich niet meer kon permitteren om verkeerde keuzes te maken. Hij wilde hertrouwen; maar zij kon zo, met haar ogen dicht en haar hart wagenwijd open, niet overstag gaan.

Muisstil stond ze op en pakte het apparaat. Ze sloot zich met de telefoon op in de badkamer. Stommeling, hij had zijn telefoon natuurlijk vergrendeld. Ze probeerde een combinatie die niet werkte. Hij had dus niet de datum van zijn verjaardag gekozen. Ze had nog twee pogingen over. Het was waanzin om zijn berichten te willen lezen, ze kende hem beter dan wie dan ook. Ze waren bijna dertig jaar samen geweest, hadden twee dochters: wat meende ze te ontdekken? Ze kende zijn goede en zijn minder goede kanten, en soms hingen die twee met elkaar samen. In een artikel had ze gelezen dat steeds meer koppels weer bij elkaar kwamen. Het was geen zeldzaamheid meer om terug te komen bij je eerste liefde, en die tweede keer was het een bewuste keuze, omdat je nu immers gewapend was met kennis over de ander. Marc kon haar niet meer teleurstellen; dat had hij in het verleden al vaak genoeg gedaan. Volgens die logica was er geen reden om níet te proberen zijn pincode te achterhalen. Marc was gek op zijn dochters en zocht ze vaak op in Berlijn. Misschien had hij hun twee geboortedata gewoon achter elkaar geplakt, de twee cijfers naast elkaar, 15 en 18.

En dus toetste ze '1518' in, en de telefoon was ontgrendeld.

Joséphine was met stomheid geslagen. Ze had niet verwacht dat ze zijn pincode zo makkelijk zou raden. Ze had zich laten leiden door een impuls, die in alle waarschijnlijkheid nergens in zou resulteren. Maar het lot besliste anders, kwam als een soort goddelijke interventie tot haar. Aan de andere kant van de deur was nog steeds Marcs zware ademhaling te horen. Toen ze op het mapje 'berichten' klikte, zag ze de naam Pauline verschijnen, de naam die ze nooit had willen uitspreken, de vrouw voor wie ze een buitenproportioneel sterke haat had ontwikkeld, zonder te weten of die afkeer gegrond was of niet. Als eerste constateerde ze dus het volgende: hij had nog steeds contact met haar. En het laatste bericht was vandaag verstuurd, die avond nog.

Terwijl ze daar zo op de badkamervloer zat begon het Joséphine te duizelen. Moest ze nog verder zoeken? Haar misselijke gevoel verdween als sneeuw voor de zon en maakte plaats voor kille haat. Ze las alle berichten, en het waren er veel, berichtjes vol liefde, beloftes om elkaar snel weer te zien, en er werd gerept over een plan dat op rolletjes liep. Het plan, dat was zij. Maar wat voor plan? Waarom? Ze begreep het niet. Het was om gek van te worden. Haar ademhaling ging alle kanten op, chaos in haar lijf, ze kon het vuur dat in haar aangewakkerd was niet meer doven.

Op dat moment klopte Marc op de deur:
'Ben je daar? Lieverd?'
'...'
'Wat ben je aan het doen?'
'...'
'Gaat het? Ik maak me zorgen. Doe open.'
Marc hoorde Joséphine ademhalen, het leek of ze stikte. Wat was er aan de hand? Ze was vast onwel geworden.
'Als je niet opendoet, bel ik de brandweer.'
'Nee,' zei ze koel.
'Maar wat is er aan de hand?'
'...'

Joséphine had haar ogen nog steeds op de telefoon gericht en las berichten waarin werd gesproken over geld. Opeens begreep ze het. Ze trilde en de smeekbedes van Marc drongen niet tot haar door. Wat moest ze doen? De deur opendoen, hem zo hard slaan als ze kon? Of weggaan zonder iets te zeggen? Ze had zoveel verdriet dat ze de confrontatie niet aankon. Ze stond op, plensde wat water over haar gezicht. Ten slotte liep ze de badkamer uit, regelrecht naar de bank waarop ze haar spullen had gelegd.

'Maar wat is er aan de hand? Ik maakte me doodongerust.'

'...'

'Wat doe je? Waarom kleed je je aan?'

'...'

'Je wil dus niet antwoorden. Zeg op!'

'Kijk maar in de badkamer, en laat me met rust,' zei Joséphine.

Dat deed Marc en onmiddellijk zag hij zijn telefoon op de tegelvloer liggen. Hij draaide zich met een ruk om naar Joséphine en smeekte:

'Ik smeek je, vergeef me. Ik schaam me kapot...'

'...'

'Ik wilde er al een paar dagen met je over praten. Echt. Want het was allemaal zo fijn met je, en ik voelde me zo goed.'

'Hou je mond. Meer vraag ik je niet: hou je mond. Ik ga weg en ik wil je nooit meer zien.'

Opeens greep Marc Joséphine bij haar arm en begon een smeekbede. Fel duwde ze hem van zich af. Buiten zichzelf van woede door zijn leugens, barstte ze uit:

'Maar waarom? Waarom heb je me dit aangedaan? Hoe kón je?'

'Ik heb me flink in de nesten gewerkt. Ik heb geen rooie cent meer. Ik ben alles kwijtgeraakt... En ik wist dat jij rijk zou worden...'

'Je wilde met me trouwen, me mijn geld afpakken... En daarna weer terug naar die slet van je? Hoor je wel wat je zegt?'

'Ik kon niet meer helder nadenken. Ik was volledig geruïneerd. En ja, ik hoor het. Ik... ben een zak.'
'Hoe heb ik ooit zoveel verdriet om jou kunnen hebben?'
'...'

Marc begon te huilen; het was voor het eerst dat Joséphine hem in tranen zag. Geen enkele tegenslag had hem ooit buiten het universum van de droge ogen gebracht. Maar dat veranderde niets. Ze ging zonder iets te zeggen weg, hij kon stikken met zijn slappe gedrag. Eenmaal buiten speurde ze zonder succes naar een taxi. Ze dwaalde bijna een uur door de nacht.

Het had Joséphine jaren gekost om zichzelf weer bij elkaar te rapen en ze was nog amper hersteld of Marc deed haar opnieuw de das om. En dat allemaal door die vervloekte roman. Toen hij nog leefde had haar vader haar zowat nooit omhelsd, en nu liet hij een boek achter dat onheil zaaide. Al die jaren waren een lijdensweg geweest, en nog was het niet genoeg. Ze moest nog even verder lijden; de laatste uren van een liefdesgeschiedenis doormaken, alsof de doodsstrijd nog niet gewonnen was.

14

De volgende ochtend wachtte ze Mathilde op bij de winkel om haar te vertellen dat ze er 'een tijdje' tussenuit ging.

15

Rouche had heel aandachtig naar het verhaal van Mathilde geluisterd omdat hij hoopte dat hij ergens wat informatie op zou vangen die voor zijn onderzoek van belang kon zijn. Hij had natuurlijk alleen maar te horen gekregen wat de verkoopster wist, een incompleet verhaal over het drama dat zich in Joséphines leven had voltrokken. Maar tussen die gebeurtenissen van de afgelopen paar dagen zat één heel belangrijk feit: de welbekende brief die Pick geschreven had. Rouche besloot er niet meteen naar te vragen (hij kon er beter pas in zijn tweede vraag over beginnen):

'Niks meer gehoord in de tussentijd?' vroeg hij.

'Nee, niets. Ik heb geprobeerd haar te bellen, maar ik kreeg haar voicemail.'

'En de brief?'

'Welke brief?'

'De brief van haar vader. Heeft ze die meegenomen?'

'Nee, die zit in het geldkistje.'

Mathilde zei dat laatste zonder te beseffen hoe belangrijk dit voor Jean-Michel was. Hij was slechts een paar meter verwijderd van een schrijfsel dat Pick had nagelaten.[21] Mathilde keek haar tafelgenoot geamuseerd aan.

'Gaat het wel?' vroeg ze.

'Ja, ja hoor. Ik denk dat ik nog maar een biertje bestel. Die Perrier is ook tien keer niks.'

Mathilde glimlachte. Ze stelde het gezelschap van deze oudere man met zijn wat vreemde uiterlijk op prijs; waar hij in eerste instantie nogal afschrikwekkend overkwam, kon je, als je hem van wat dichterbij bekeek, een bepaalde charme

---

21 Hij voelde zich net Christoffel Columbus, vlak voordat hij voet zette op Amerikaanse bodem.

ontdekken (of was dat de alcohol?). Ze begon hem steeds meer te mogen, met die constante verbazing in zijn blik, zo'n man die zich de hele tijd verwondert over het feit dat hij leeft. Hij had de uitstraling van een overlever, een uitstraling waaruit sprak dat er niet veel voor nodig was om tevreden te zijn.

Hij durfde Mathilde niet recht aan te kijken, praatte liever tegen de rug van de man voor hem; zelfs die rug had hij makkelijker kunnen omschrijven dan het gezicht van de jonge vrouw naast hem. Hij begon het steeds raarder te vinden dat ze zoveel tijd met hem doorbracht. Maar ze had wel gezegd 'dat ze niemand kende in deze stad'. Alleen om die reden bracht een meisje nog een uur in zijn gezelschap door, dacht hij. Vroeger rolden de bijdehante zinnen vanzelf uit zijn mond; tegenwoordig was ieder woord dat hij sprak afgewogen, doordacht en vervolgens hakkelend uitgesproken. De tegenslagen in zijn werk hadden met zijn zelfverzekerdheid korte metten gemaakt. Gelukkig had hij Brigitte ontmoet, en hij hield van haar; hij dacht tenminste dat hij nog van haar hield. Zij leek juist afstand te nemen. Ze vreeën niet meer zo vaak en dat speet hem. Op de een of andere onverklaarbare manier voelde Michel zich, hoe langer hij met Mathilde praatte, steeds meer verbonden met Brigitte. Dat wilde niet zeggen dat hij niet verlangde naar deze jonge vrouw, maar zijn hart bleef trouw aan de eigenaresse van een auto met twee krassen erop.

Vlak voor middernacht durfde Rouche eindelijk aan Mathilde te vragen of ze de brief wilde pakken.
'Dat moet ik met Joséphine overleggen, denk je niet?'
'Alsjeblieft. Laat hem aan me zien...'
'Dat kan ik niet maken... toch?' zei ze, en barstte in lachen uit. Hoewel het een moment van cruciaal belang was, voerde de alcohol de boventoon. Mathilde zei:

'Nou, vooruit dan maar, meneer Rouche. Vooruit dan maar... Maar als ik er problemen mee krijg zeg ik dat je me hebt gedwongen.'

'Dat is goed. Net als bij een hold-up.'

'Of een gijzel(str)ing!'

'Dat slaat nergens op...'

'Niet echt, nee...' gaf Mathilde toe en stond op.

De journalist keek haar na, verwonderd over haar gracieuze en zorgvuldige manier van lopen ondanks een lange werkdag en meerdere biertjes. Even later kwam ze terug met de brief. Rouche nam hem aan en opende hem voorzichtig. Hij begon meteen te lezen. Een paar keer na elkaar. Toen keek hij op. Alles was opeens zo klaar als een klontje.

16

Mathilde wilde de concentratie van de journalist niet verstoren. Hij leek in gedachten verzonken. Ondertussen had de nachtelijke koelte haar weer in een iets nuchterder toestand gebracht. Ten slotte vroeg ze:

'En?'

'...'

'Wat denk je?'

'...'

'Wil je niet meer met me praten?'

'Bedankt. Echt, bedankt.'

'Graag gedaan.'

'Mag ik hem houden?' probeerde Rouche.

'Nee. Dan vraag je te veel. Dat kan ik niet doen. Ik weet dat die brief heel veel voor haar betekent.'

'Laat me dan een kopietje maken. Jullie hebben vast een

kopieerapparaat in de winkel.'
'Jij weet ook van geen ophouden!'
'Dat is een zin die ik niet vaak hoor,' zei hij lachend.

Na hoeveel bier ze elkaar precies waren gaan tutoyeren, hadden ze niet kunnen zeggen, maar er was een echte klik tussen hen. Ook als ze water hadden gedronken was dat zo geweest. Ze betaalden en liepen naar de winkel. Zo midden in de nacht, in het halfduister, vond Rouche de paspoppen maar griezelig. Hij had het gevoel dat ze met elkaar aan het praten waren geweest vlak voor zij binnen waren gekomen. Zodra er mensen bij waren verstijfden ze, maar de rest van de tijd bespraken ze hun ontsnappingsplannen. Waarom liet hij zich op zo'n belangrijk moment meeslepen door zulke gedachten? Mathilde was net klaar met het kopiëren van de brief. Nu had hij ook een exemplaar.

17

Pas toen ze weer buiten stonden dacht Rouche aan de praktische kanten van zijn reis. Hij had geen hotelkamer geboekt. Hij vroeg aan Mathilde of ze iets in de buurt wist.
'Niet te duur,' voegde hij eraan toe.
'Je kunt bij mij slapen als je wilt...'

Rouche wist niet wat hij moest antwoorden. Wat betekende dat precies? Hij besloot uiteindelijk om haar maar met de auto thuis te brengen, zodat hij nog even tijd had om erover na te denken. Toen ze er waren, zei hij tegen haar:
'Je moet niet zomaar vreemden uitnodigen om bij je te komen logeren...'
'Jij bent geen volslagen vreemde meer.'

'Voor hetzelfde geld ben ik een psychopaat. Ik ben per slot van rekening een paar jaar literatuurcriticus geweest.'
'En jij, moet jij ook niet op je hoede zijn? Wie zegt dat ik oude, depressieve mannen zoals jij niet omleg?'
'Daar heb je een punt.'

Ze bleven nog even praten en grappen maken in de auto. Het werd zo'n typisch einde-van-de-avond, wanneer het moeilijk wordt om aantrekkingskracht en vriendschappelijke gevoelens uit elkaar te houden. Wat wilde Mathilde? Ze wilde gewoon niet meer alleen zijn. Uiteindelijk besloot Rouche om niet mee naar boven te gaan. Dat was niet zozeer een overwinning van zijn geest op zijn lichaam, maar vooral een rationele keuze waar hij volledig achter stond. Sinds een paar minuten dacht hij, zichzelf steeds weer naar het heden halend, continu aan Brigitte. Daaruit concludeerde hij het volgende: hun verhaal was nog niet op zijn einde. Ondanks hun problemen van de laatste tijd mocht hij het niet opgeven. Hij hield van haar, misschien nog wel extra veel op dat moment. Natuurlijk had hij met Mathilde mee kunnen gaan, en misschien was er wel niets gebeurd; dat was zelfs heel waarschijnlijk. Maar hij zou de hele nacht geen oog dichtgedaan hebben, wetend hoe mooi en dichtbij ze was. Nee, hij kon beter in zijn auto blijven. Hij zou op de achterbank slapen, de gekopieerde brief van Pick binnen handbereik. Want hij moest zijn missie wel in het oog houden.

18

Ze hielden elkaar lang vast. Mathilde ging naar binnen en Jean-Michel bedacht zich dat hij haar nooit meer zou zien.

19

In het begin was Hervé Maroutou niets vreemds opgevallen. Hij voelde zich gewoon iets vermoeider dan de dagen ervoor, maar hij werd dan ook een dagje ouder, en het vak van vertegenwoordiger was niet bepaald rustig. En dan had hij het nog niet eens over de stijgende werkdruk. Door de steeds hogere omloopsnelheid van boeken moest je praten als Brugman om de publicaties uit jouw aanbieding een mooie plek te bezorgen in de kasten van de boekhandel, of beter nog: in de etalage. Omdat hij zijn regio tot in detail kende, en vele relaties geduldig had opgebouwd, was Maroutou een vakman die bij iedereen geliefd was. Er ging nog steeds een siddering door hem heen als hij een boek las vóór de rest van de wereld, als hij voor de verschijningsdatum een voorpublicatie kreeg om het goed te kunnen verkopen. Geïnspireerd door de jonge redactrice van Grasset had hij het enthousiasme van de uitgeverij over Picks boek over weten te brengen. En met goed resultaat! De roman bleef maar goed verkopen. Hervé had net een uitnodiging gekregen om dat succes te vieren, en dat verheugde hem. Het kwam vaak voor dat vertegenwoordigers in het begin, als het boek net verschenen was, complimenten kregen, maar wanneer het succes daar was, werd bijna altijd vergeten ze uit te nodigen voor feestjes. Maar dat werd helemaal goedgemaakt met deze borrel, die het hoogtepunt beloofde te worden van een literair succes zoals je dat maar zelden zag.

Na een paar weken begon hij te beseffen dat zijn vermoeidheid niet normaal was. Op een ochtend moest hij overgeven toen hij opstond en had hij de rest van de dag een barstende koppijn. Ook zijn rug deed enorm zeer, een rare pijn, alsof zijn lendenen in brand stonden. Voor het eerst in lange tijd zegde hij zijn afspraken af, niet in staat auto te rijden of te praten. Hij sliep in het Mercurehotel van Nancy en besloot een dokter te raadplegen. Hij moest verschillende nummers bellen voor hij een afspraak wist te regelen. Eenmaal in de wachtkamer had hij niet eens de kracht om de oude tijdschriften die op de tafel uitgespreid lagen door te bladeren. Het enige wat hij wilde was een middel dat de pijn zou laten verdwijnen. Hoewel hij de hele ochtend niets gegeten had, had hij nog steeds het gevoel dat hij moest overgeven. Zijn lijf trilde. Tegelijk had hij het bloedheet. Er was geen touw aan vast te knopen; zijn zintuigen waren totaal van slag, alsof zijn lichaam het strijdtoneel vormde voor een gevecht tussen twee legers. Langzaamaan begon hij het besef van tijd te verliezen. Hoelang zat hij daar al te wachten?

Eindelijk kwamen ze hem halen. De dokter had een gelige huidskleur en zag er ongezond uit. Wie zou zich vrijwillig door een wandelend lijk laten behandelen? Hij stelde Maroutou wat standaardvragen. De welbekende vragen over zijn medische geschiedenis en de ziektes die voorkwamen in de familie. Maroutou was opgelucht dat hij zijn verhaal kon doen; ze zouden er wel achter komen wat er met hem aan de hand was. Met wat pijnstillers en een beetje rust zou hij snel weer aan het werk kunnen. Dan zou hij meteen naar de Hall du Livre in Nancy gaan, want hij kon heel goed overweg met die boekhandelaar; ze had op hem vertrouwd en meteen honderd exemplaren van Picks boek besteld.

'Wilt u even hoesten, alstublieft?' vroeg de dokter.
'Het lukt niet, ik voel me niet goed,' raspte hij.
'Ja, uw ademhaling lijkt wat moeizaam.'
'Wat denkt u?'
'U krijgt nog wat verdere onderzoeken.'

'Kan dat niet over een paar dagen? Als ik weer in Parijs ben?' vroeg Maroutou.

'Nou... Hoe eerder hoe beter...' zei de dokter zachtjes.

Een paar uur later stond Maroutou met ontbloot bovenlijf tegen een koude plaat gedrukt in het UMC van Nancy. Eerste halte in een reeks onderzoeken. En daar volgden dan weer andere op. Dat was geen goed teken. De artsen wilden zijn diagnose alsmaar 'preciezer afbakenen'. Als alles goed is, hoor je dat meteen. Afbakenen, dat betekende afbakenen hoe ernstig het was. Ze hoefden niet om de hete brij heen te draaien, hij zag de uitdrukking op het gezicht van de artsen heus wel. Ten slotte vroegen ze hem of hij de waarheid wilde horen. Wat kun je daarop zeggen? 'Nee, ik heb al die onderzoeken ondergaan, maar vertel het me maar niet'? Natuurlijk wilde hij het horen. De man tegenover hem leek het er juist niet over te willen hebben. Je zult ook wel geen arts worden omdat je zo graag aan iemand vertelt dat de dood nabij is.

'Wanneer?' vroeg hij.

'Binnenkort...'

Wat wilde dat zeggen, 'binnenkort'? Een dag, een week, een jaar? In zijn optiek kon 'binnenkort' ook een paar maanden betekenen, maar eigenlijk veranderde dat niets aan de zaak; het bericht kondigde het einde van zijn leven aan. Meer dan anders dacht hij aan zijn vrouw. Die was op 34-jarige leeftijd overleden aan kanker, toen ze net aan een gezin wilden proberen te stichten. In zijn werkomgeving wist niemand dat. Maroutou had een nomadisch vertegenwoordigersbestaan geleid, omdat hij zichzelf had beloofd zich nooit meer aan iemand te binden. Twintig jaar later was hij weer met haar herenigd in een scène die bekend aanvoelde. Met één groot verschil: hij moest de angst alleen te lijf. Hij had de hand van zijn vrouw vast kunnen houden, en ze hadden van elkaar gehouden tot ze haar laatste adem had uitgeblazen. Hij was de laatste uren van hun liefdesgeschiedenis nooit vergeten, uren die paradoxaal genoeg heel rustig en vredig waren geweest. Alles werd teruggebracht tot de essentie, tot de alomvattende liefde van een man die zijn vrouw tot de dood begeleidt. Zou ze aan de andere kant op hem wachten? Hij geloofde daar niet in. Haar lichaam was allang vergaan, zoals zijn lichaam binnenkort zou zijn.

20

Op de dag van de borrel bij Grasset voelde Maroutou zich goed genoeg om te komen; het zou hem vast goed doen om zijn vrienden en collega's weer te zien. Hij moest zichzelf dwingen om te leven. Wie weet? Misschien kon hij de ziekte naar de achtergrond dringen, er waren ook anderen die het gelukt was. Maar hij had de vechtlust niet; eenzaam liet hij zich afglijden naar zijn laatste dag, hopend dat hij zo min mogelijk hoefde te lijden.

Omdat hij doodmoe was ging hij achter in de zaal zitten, een beetje uit het feestgedruis. Hij vroeg de dame achter de bar om een whisky. De borrel begon al te lijken op een bruiloftsfeest dat op zijn einde loopt; het was net acht uur en het leek wel alsof iedereen dronken was. Terwijl Maroutou daar in zijn hoekje zat, kwam er een schuchtere man op hem af.
'Goedenavond, mag ik hier komen zitten?'
'Natuurlijk,' antwoordde Maroutou.
'Rouche,' stelde de man zich meteen voor.

'Ach, ik had u niet herkend. Ik kan me uw artikelen nog wel herinneren.'
'Wilt u liever dat ik ergens anders ga zitten?'
'Nee, hoor. Maroutou, Hervé Maroutou. Aangenaam.'
'Aangenaam,' zei ook Rouche.

De twee mannen schudden elkaar de hand, twee zweethanden die elkaar vonden in een handdruk die ongeveer net zo krachtig was als die van een weekdier met een zenuwinzinking.

Ze hadden het even over hun gemeenschappelijke interesse: ze dronken allebei whisky.

'En u?' vroeg Rouche. 'Wat doet u?'
'Ik werk voor Grasset. Ik ben vertegenwoordiger. Voor het oosten van Frankrijk.'
'Dat lijkt me interessant.'
'Ik stop binnenkort.'
'O? Gaat u met pensioen?'
'Nee, ik ga dood.'
'...'

Rouche trok bleek weg, stamelde toen dat het hem speet. Maroutou zei:

'Sorry, ik weet niet waarom ik dat tegen u zei. Verder weet niemand het. Ik praat er niet over. Opeens kwam het eruit. En u bent het slachtoffer.'

'Zegt u geen sorry. Het is toch belangrijk... dat het eruit komt. Ik ben er voor u als u dat wilt... Al ben ik ook niet het beste gezelschap.'

'Hoezo?'

'Nee, laat maar. U vertelt mij dat u doodgaat, dan ga ik u niet vervelen met mijn problemen.'

'Alstublieft,' drong Maroutou aan.

Rouche vond het maar een ongemakkelijke situatie; hij ging over zijn problemen vertellen om een stervende te vermaken. Sinds een paar dagen had zijn leven een rare wending genomen; hij voelde zich net een personage uit een boek.

'Het is mijn vrouw,' begon Rouche, en deed er meteen weer het zwijgen toe.
'Wat is er met uw vrouw?'
'Of, nou ja, bij wijze van. We waren niet getrouwd.'
'Ja, wat is er met haar?' vroeg Maroutou ongeduldig.
'Ze heeft me verlaten.'
'Dat spijt me. Waren jullie al lang samen?'
'Drie jaar. En het ging niet per se heel goed, maar ik denk dat ik van haar hield. Ik weet het allemaal niet meer zo goed. Maar zij, onze relatie, die hield me overeind.'
'Als ik zo vrij mag zijn: waarom is ze bij u weggegaan?'
'Om haar auto.'

21

Het was een beetje kort door de bocht om de situatie zo samen te vatten, maar ook weer niet helemaal onwaar. Na zijn nacht in de Volvo had Rouche besloten om terug te gaan naar Parijs. Met de brief die hij had bemachtigd kon hij vooruit met zijn onderzoek – voorlopig althans. Het was een belangrijke aanwijzing. Hij dacht terug aan de avond met Mathilde en was vrolijk op de terugweg. Dat waren gevaarlijke momenten, dacht hij later, alsof toegeven dat hij gelukkig was hem tegelijkertijd heel kwetsbaar maakte.

Toen hij weer thuis was deed hij het grootste deel van de middag niets, en hij nam een douche voordat Brigitte zou komen. Toen ze er was, wilde hij meteen zijn grote ontdekking met haar delen, maar het leek haar niet te interesseren. Het kwetste hem diep. Rouche wilde zo graag weer een gevoel van saamhorigheid met haar delen, bondgenootschap, een onderwerp dat heftige discussies tussen hen zou aanwakkeren. Hij stond er alleen voor met zijn schrijver die hij ging ontmaskeren. In plaats daarvan voelde ze hem aan de tand:

'En hoe is het gegaan met de auto?'
'...'
'Waarom geef je geen antwoord?'
'Zomaar.'
'Wat is er?'
'Niks. Bijna niks.'
'Waar sta je geparkeerd?'

Samen gingen ze naar buiten, de één achter de ander aan; een executiepeloton was er niets bij. Toen ze zag hoe de auto eraan toe was, ontplofte Brigitte. Het viel wel mee; het kon makkelijk gerepareerd worden, probeerde Jean-Michel. Onder andere omstandigheden zou het misschien helemaal niet zo'n issue zijn geweest, maar in het licht van de alsmaar slechtere sfeer tussen hen beiden, zag ze het als een teken. Ze had besloten hem te vertrouwen en dit was het resultaat. Brigitte staarde even naar de twee krassen alsof de lak haar eigen hart voorstelde. Opeens had ze er schoon genoeg van dat ze niet de liefde kreeg waar ze zo naar verlangde.

'Ik denk dat we uit elkaar moeten gaan.'
'Wat? Je gaat toch niet bij me weg om een krasje?'
'Het zijn er twee.'
'Dat doet er niet toe. Hierom gaan we niet uit elkaar.'
'Ik ga bij je weg omdat ik niet meer van je hou.'
'Als ik de trein had gepakt, waren we dan nog samen?'
'...'

De avond ervoor, toen hij met Mathilde was, had Rouche beseft hoeveel hij van Brigitte hield, maar het was te laat. Ze had te veel teleurstellingen te verstouwen gehad. En nu beleefden ze hun laatste uren samen. Jean-Michel klampte zich vast aan de illusie dat alles goed zou komen, maar Brigittes blik maakte aan alle twijfel een einde. Het had geen zin om een korte pauze voor te stellen. Het was voorbij. Hij voelde zijn lichaam hevig branden, wat hem verbaasde. Hij had niet gedacht dat zijn hart, dat verdoofd was door alle tegenslag, nog zou kunnen bloeden.

22

Toen hij Rouches verhaal had gehoord, moest Maroutou inderdaad toegeven dat dat een lastig te verkroppen reden was voor een breuk. Maar de journalist bleef Brigitte verdedigen, meende dat zij hem erdoor had gesleept, door die momenten dat hij er alle reden toe had om depressief te zijn. Hij kon het haar gewoon niet kwalijk nemen. Daar dronken ze nog een whisky op, en toen ging het weer over Pick.

'Dus u bent dat verhaal gaan uitpluizen?' vroeg Maroutou.

'Ja.'

'Denkt u dat hij niet de schrijver van het boek is?'

'Dat denk ik niet alleen, ik weet het,' zei Rouche op gedempte toon, alsof hij zojuist een staatsgeheim had onthuld dat de internationale machtsverhoudingen in gevaar zou kunnen brengen.

Hoe meer de feestelijke sfeer van de borrel tot de twee mannen doordrong, hoe dieper ze wegzakten in hun stoelen. Er komt een moment waarop de vreugde van anderen je eigen malaise alleen maar benadrukt. Er kwam een vrouw bij hen staan:

'Jullie doen me denken aan Woody Allen en Martin Landau, in die eindscène van *Crimes and Misdemeanors*.'

'O, bedankt,' antwoordde Rouche, die niet wist of het als een compliment bedoeld was. Hij herinnerde zich niks van de film. Maroutou wist zeker dat hij hem nog nooit gezien had; hij had meer met boeken dan met de bioscoop. Maar maakte het nog iets uit waar hij van hield? Op dat moment leken alle boeken die hij gelezen, mooi gevonden, verdedigd had, één grote hoop vol onbegrijpelijke woorden; het scheen hem toe dat er van hun schoonheid niets meer over was. Zijn leven veranderde voor zijn ogen in een grote farce.

'Ik ga nog twee whisky's voor ons halen,' zei Rouche.

'Uitstekend plan...' antwoordde zijn metgezel van de avond, die zijn eigen stemgeluid nog maar amper hoorde. Alles kwam bij Maroutou binnen in onsamenhangende golven; een gegons dat ervoor zorgde dat hij zich niet kon focussen op wat er zich afspeelde buiten zijn gedachten. De algemeen directeur van Grasset, Olivier Nora, hield een toespraakje waarin hij iedereen bedankte voor hun inspanningen, Delphine Despero in het bijzonder. Maroutou zag de jonge redactrice staan, die ervan onder de indruk leek om in het middelpunt van de belangstelling te staan; iedereen keek naar haar. Voor het eerst leek haar zelfvertrouwen te wankelen. Ze werd er menselijk en ontwapenend van. Haar baas vroeg haar of ze iets wilde zeggen. Hoewel ze haar toespraakje voorbereid moest hebben, kwamen haar woorden er hakkelend uit. Iedereen had zijn ogen op haar gericht, ook haar naasten. Haar ouders waren er, en Frédéric natuurlijk, die een grote grijns op zijn gezicht had. De enige die op dit literaire feestje ontbrak was een familielid van de schrijver.

Joséphine, die eigenlijk aanwezig had moeten zijn, was niet komen opdagen. Ze hadden tevergeefs geprobeerd haar te bereiken.

Ondanks zijn achterafpositie en zijn ietwat vertroebelde blik, hield Maroutou alles nauwlettend in de gaten. Hij vond Delphine net een pubermeisje, verloren in het veel te ruim vallende kostuum van een vrouw. Hij stond met een ruk op en liep met gejaagde passen op haar af. Hij hoorde niet dat Rouche hem vroeg waar hij naartoe ging. Een paar hoofden draaiden zich om naar deze man die de toehoorders met veel misbaar uit elkaar dreef; die man pakte de microfoon bruusk van Delphine af en sprak de volgende woorden: 'Nou is het mooi geweest! Iedereen snapt toch dat Pick dat boek helemaal niet geschreven heeft!'

Achtste deel

1

De volgende dag hadden alle kranten het over het incident, en ook op de sociale media ging het over niets anders. Overal begonnen complotdenkers zich te roeren. Het is ook verleidelijk om het officiële verhaal niet te geloven. De directeur van Grasset meende dat een schandaaltje het boek juist verder zou helpen op zijn succesvolle weg, en weigerde simpelweg te geloven in de hypothese dat *De laatste uren van een liefdesgeschiedenis* door een andere auteur geschreven zou kunnen zijn. Schrijver Frédéric Beigbeder greep de gelegenheid aan om een stuk te schrijven met de titel 'Pick, dat ben ik!' De roman was immers bij zijn uitgever verschenen. En als groot Ruslandkenner (hij had het als decor voor een van zijn boeken gekozen) moest hij Poesjkin natuurlijk kennen. Dat klonk best plausibel. Een paar dagen zaten alle journalisten achter hem aan en hij maakte daar handig gebruik van door iedereen te vertellen over zijn nieuwe roman die binnenkort zou verschijnen. Het was een enorme marketingstunt. Iedereen was op de hoogte van het boek en de titel: *(Ook) vriendschap duurt drie jaar.*

Natuurlijk had hij het boek van Pick niet geschreven. En niets bewees dat wat Maroutou dwars door de borrel heen had geschreeuwd, waar was. Er werd gefluisterd dat hij in zijn stomdronken toestand van die avond opgejut was door de journalist Jean-Michel Rouche. Vervolgens richtte de toorn zich op de laatste. Het gerucht ging dat hij de waarheid achter dit hele gebeuren kende. Rouche gaf geen antwoord als men hem vroeg welke redenen hij had voor zijn overtuiging. De ironie: degene die eerst als grootste pestlijder van Parijs te boek stond, was nu het middelpunt van de belangstelling. Degenen die eerst hun telefoon niet meer opnamen als hij belde, hadden als bij toverslag weer tijd om met hem af te spreken. Maar het initiële goede gevoel maakte al snel plaats voor afkeer van de hele poppenkast. Hij besloot zijn lippen stijf op elkaar te houden. Hij had een brief van Pick in zijn bezit, waarschijnlijk de enige die de man ooit geschreven had; die ging hij niet zomaar prijsgeven aan de grote massa.

Dat was niet alleen een kwestie van wraak: hoewel hij van zijn gelijk overtuigd was, wilde hij niets verklappen voor hij alles kon onthullen. Het was zijn onderzoek, en hij moest voorzichtig te werk gaan als hij het tot een goed einde wilde brengen. De uitbarsting van Maroutou had het hem er niet bepaald makkelijker op gemaakt. Hij begon te vermoeden welke schrijver er daadwerkelijk achter Pick verscholen zat, maar hij sprak er met niemand over; zelfs niet met een mede-alcoholist die op het punt stond dood te gaan. De enige aan wie hij alles had kunnen vertellen, was Brigitte. Maar die was er niet meer om naar hem te luisteren. Sinds hun breuk beantwoordde ze zijn telefoontjes niet meer. Hij had verschillende berichten achtergelaten op haar voicemail, op verschillende toon, van luchtig tot wanhopig, maar zonder resultaat.

Wanneer hij over straat liep was hij geobsedeerd door Volvo's. Zodra hij er eentje zag controleerde hij meteen hoe de lak eraan toe was. Niet één was er bekrast. Daaruit maakte hij op dat er van iedereen gehouden werd, behalve van hem.

2

Ditmaal nam Rouche de trein. Hij had het altijd een prettige manier van reizen gevonden, omdat je dan kon lezen. Waarom had hij dat de vorige keer niet gedaan? Je kunt in gedachten verzinken zonder per ongeluk het voertuig in de prak te rijden. Nu had hij weer eens tijd om verder te lezen in de roman van Bolaño. Dat was een heel bijzondere leeservaring. Als groot kenner van de Duitse literatuur vond Rouche de koortsachtige manier van vertellen in 2666 heel interessant, net als het feit dat in dit immense project naar zo'n breed scala aan boeken werd verwezen. De verhalen verdwaalden in labyrintische vertellingen. In zijn hoofd had hij twee teams opgesteld: aan de ene kant García Márques, Borges en Bolaño, aan de andere kant Kafka, Mann en Musil. Tussen hen in stond een man die tussen beide werelden gependeld had, en die hij als de scheidsrechter zag: Gombrowicz. De journalist ging helemaal op in dit literaire gevecht, waarbij hij de geschiedenis van een eeuw herschreef in termen van punten en komma's.

Opeens was het hem volkomen duidelijk: hij was op weg naar een bibliotheek.

Waarom had hij nooit een boek geschreven? In alle eerlijkheid: hij had een paar pogingen gedaan. Bladzijden en bladzijden met zielloze probeersels. Daarna was hij andermans werk – meestal streng – gaan bespreken. Daarmee was zijn wil om ook een boek te publiceren verdwenen; was hij net zo middelmatig als wat hij las? Tegelijkertijd dacht hij bij het doorbladeren van andermans werk: waarom zou ik dat niet kunnen? Ten slotte had Rouche, na een lange weg langs inspiratie en frustratie, besloten het voornemen definitief te laten varen. Toegeven dat hij geen talent had om te schrijven voelde bijna als een opluchting. Hij had onder de drukkende steen van het onvoltooide geleefd, met het gevoel dat hij niet helemaal gelukt was. Dat was misschien de reden dat de bibliotheek met afgewezen boeken hem zo aansprak. Als geen ander begreep hij de daad van het opgeven.

3

Die dag regende het onwaarschijnlijk hard in Crozon. Je zag geen hand voor ogen, dit had elke willekeurige andere plek kunnen zijn.

4

Omdat hij geen geld had voor een taxi, moest Rouche op het station wachten tot de regen voorbij was. Toen hij daar zo zat, vlak bij de broodjeszaak, werden er enkele blikken op hem geworpen. Hij wist zeker dat sommige voorbijgangers dachten dat hij een zwerver was. Dat kwam vooral door zijn regenjas die op sommige plekken tot op de draad versleten was. Rouche had het altijd een fijne jas gevonden, waarin hij eruitzag als een aanstormend talent. Hij had een andere kunnen kopen, Brigitte had hem meermaals voorgesteld om te gaan winkelen.[22] Ze zei dat de uitverkoop was begonnen,

---

22 Zonder twijfel de vreselijkste activiteit op aarde, en dan telde hij het beoefenen van om het even welke sport mee; hij kon gek worden bij het idee dat hij de Zara of de H&M in moest, vooral door die muziek.

maar het had geen zin, hij leefde en stierf liever met dat zieltogende stuk stof om zijn schouders.

Brigitte had hem inmiddels verlaten, maar nog altijd droeg hij dezelfde jas. Dat vond hij een gek idee. Met hoeveel vrouwen was hij geweest sinds hij die jas had? Hij herinnerde zich ieder moment en kon zich zijn hele liefdesleven van de afgelopen jaren via die stof voor de geest halen. Hij zag zijn tijd met Justine voorbijkomen, toen hij hem ophing aan de kapstok van een chique Parijse brasserie; de reis naar Ierland met Isabelle waar hij zo goed beschermd was tegen de wind; en ten slotte de ruzies die hij er met Brigitte over had. Tijdens zijn overpeinzingen over wat hij allemaal met zijn regenjas had meegemaakt waren de minuten verstreken en was het in Crozon gestopt met regenen.

5

De bibliotheek lag op loopafstand. Tijdens zijn wandeling dacht Rouche aan het verhaal dat hem helemaal hiernaartoe had gevoerd. Hij had opgezocht waar dit bijzondere project voor afgewezen manuscripten vandaan kwam. Hij had wat informatie bij elkaar gescharreld over Jean-Pierre Gourvec. En hij had *Vida* van Richard Brautigan gelezen. Over het algemeen had Rouche weinig met Amerikaanse literatuur. Op Philip Roth na dan, de enige die hij het lezen waard vond. Toen hij nog wekelijks een column schreef, had hij Bret Easton Ellis afgefakkeld en hem 'de meest overschatte schrijver op aarde' genoemd. Het sloeg helemaal nergens op, dacht hij nu vol spijt, om zulke quatsch uit te kramen, te strooien met overdreven en snoeiharde zinsneden. Zijn mening wilde hij niet herroepen, maar wel de manier waarop hij die onder woorden had gebracht. Soms kreeg hij zin om zijn artikelen te herschrijven. Zo was het dus met hem gesteld: Rouche liep achter op de beste versie van hemzelf. Datzelfde gold voor zijn relaties met anderen; diep vanbinnen had hij nog een monoloog klaarliggen voor Brigitte die hij niet op tijd had kunnen uitspreken. Maar toen hij naar de bibliotheek liep, had hij eindelijk het gevoel dat hij volledig in het heden leefde. Hij was precies waar hij moest zijn.

Maar zijn zelfvertrouwen werd op de proef gesteld. Zijn enthousiasme en de werkelijkheid lagen nooit op één lijn. Met andere woorden: de bibliotheek was gesloten. Er hing een briefje op de deur:

'Ik ben over een paar dagen weer terug.
Dank voor uw begrip.

Magali Croze
Hoofd van de gemeentebibliotheek van Crozon'

Het was weer net als met Joséphine. Sinds het begin van zijn onderzoek waren de vrouwen die hij wilde spreken verdwenen voordat hij er was. Was het een teken? Kwam het door hem? Misschien waarschuwden ze elkaar, zodat ze hem niet onder ogen hoefden te komen. Dat, in combinatie met de relatiebreuk die Brigitte had gewild, was nogal veel om te verwerken voor een man alleen. Wat moest hij doen? Hij moest Magali absoluut spreken. Zij zou hem precies kunnen vertellen hoe die zogenaamde roman van Pick ontdekt was. Daarnaast wilde hij graag meer informatie over wat Jean-Pierre Gourvec voor iemand was geweest. Rouche besloot dat hij maar eens moest gaan graven in het verleden van deze man.

6

Eerst moest hij ontcijferen wat 'een paar dagen' inhield. Het was vergelijkbaar met dat 'tijdje' van Joséphine. Het was nou niet bepaald precies. Hij bezocht winkels in de directe omgeving, van de viswinkel tot de kantoorboekhandel, om erachter te komen wanneer Magali zou terugkomen. Niemand wist het. Ze was zomaar vertrokken en had dat raadselachtige briefje achtergelaten. Iedereen zei dat ze altijd heel serieus werkte, zich met hart en ziel inzette om de bibliotheek draaiende te houden. Als hij het zo beluisterde was het niets voor haar om er zomaar vandoor te gaan.

In een stomerij trof Rouche een lange en magere vrouw aan, net een standbeeld van Giacometti, die hem de volgende suggestie deed:
'Misschien kunt u het bij het gemeentehuis navragen?'
'Denkt u dat ze daar weten wanneer ze terugkomt?'
'Het is een gemeentebibliotheek, dus de burgemeester is haar baas. Ze heeft hem vast wel op de hoogte gesteld. Ik wil het trouwens ook wel weten. Er hangt hier nog een roze mantelpakje van haar en ik zou graag willen weten wanneer ze het komt ophalen. Als u haar ziet, zegt u dat dan.'
'Zeker, ik zal eraan denken...'
Rouche vertrok met de boodschap voor Magali, maar geen haar op zijn hoofd die eraan dacht haar dat als eerste te zeggen als hij haar zou weten te vinden. Beroepsmatig was hij dan diep gezonken, maar om nou de boodschapper van een stomerij te worden... Een roze mantelpakje ook nog.

7

Op het gemeentehuis vertelde een secretaresse van rond de vijftig dat Magali was vertrokken zonder te laten weten wanneer ze terugkwam.

'Vindt u dat niet verontrustend?'

'Nee, ze had nog aardig wat vakantiedagen tegoed. U moet weten dat iedereen elkaar hier kent.'

'Wat bedoelt u daarmee?'

'Dat we elkaar hier vertrouwen. Ik vind het niet zo gek dat ze is weggegaan zonder iets tegen de burgemeester te zeggen. Ze werkt ontzettend hard, dus ze heeft alle recht om ertussenuit te gaan.'

'Is ze er al weleens eerder zomaar tussenuit geknepen? Zomaar?'

'Niet dat ik weet, nee.'

'Als ik zo vrij mag zijn: werkt u hier al lang?' vroeg Rouche.

'Zolang ik me kan herinneren. Ik heb hier stage gelopen toen ik achttien was en ben er nog steeds. Ik ga u niet vertellen hoe oud ik ben, maar dat is al eventjes.'

'Mag ik u nog een andere vraag stellen?'

'Ja.'

'Kende u Henri Pick?'

'Vaag. Ik ken vooral zijn vrouw. We wilden hier op het gemeentehuis een kleine ceremonie voor haar organiseren, maar dat wilde ze niet.'

'Wat voor ceremonie?'

'Ter ere van het verhaal van haar man. Zijn roman. Heeft u daar niets over gehoord?'

'Ja, natuurlijk wel. Wat vindt u ervan?'

'Waarvan?'

'Van dat verhaal? Van de roman die Henri Pick geschreven heeft?'

'Wat ik ervan vind is dat het heel veel publiciteit oplevert. Er komen veel nieuwsgierige mensen naar Crozon. En dat is goed voor de economie. Als we een communicatiebureau in de arm hadden genomen om de stad op de kaart te zetten, had het minder effect gehad. En wat die bibliotheek betreft, daar komen we wel uit. Ik heb een stagiaire die zolang in kan vallen. We mogen al die nieuwe bezoekers niet teleurstellen.'

Rouche hield even stil om naar de vrouw te kijken. Ze zat vol energie. Al haar antwoorden waren als de lading van een woordenkatapult uit haar mond geschoten. Ze straalde uit dat ze bereid zou zijn om urenlang met hetzelfde aanhoudende enthousiasme vragen te beantwoorden. Ze had een belangrijk punt aangesneden. Rouche bedacht zich dat er inderdaad nog nooit zoveel over Crozon gepraat was als nu. Misschien was dat hele gebeuren met het ontdekte manuscript in scène gezet door een Bretons marketinggenie. Toen vroeg hij haar opeens:

'En Jean-Pierre Gourvec, kende u die?'

'Waarom vraagt u dat?' vroeg de secretaresse bits, wat totaal haaks stond op het eerste deel van hun gesprek.

'Zomaar. Ik vroeg het me gewoon af. Hij is toch degene die het idee van de bibliotheek van de afgewezen boeken hiernaartoe heeft gehaald.'

'Ja, ideeën had hij genoeg. Maar verder...'

'Wat bedoelt u?'

'Niks. Nou, als u het niet erg vindt, ik moet weer verder met mijn werk.'

'Natuurlijk,' zei Rouche zonder verder aan te dringen; er was blijkbaar iets vervelends gebeurd tussen deze vrouw en Gourvec. Ze was helemaal rood geworden toen de naam van de bibliothecaris gevallen was. Na het roze van Magali's mantelpakje nam zijn onderzoek de vorm aan van een kleurenvariatie binnen een en dezelfde tint. Hij dankte haar hartelijk voor haar goede hulp en ging weg.

Vandaag zou zijn onderzoek niet veel verder opschieten. Hij moest zich erbij neerleggen. Hoe nu verder? Ergens een paar biertjes gaan drinken, dat was inderdaad een idee, maar niet het meest constructieve. Hij bedacht wat hij dan het beste kon doen: linea recta naar het kerkhof voor een bezoek aan Henri Pick.

8

Het was inderdaad niks voor Magali om er zomaar, zonder iets te zeggen, vandoor te gaan; het was eigenlijk überhaupt niets voor haar om ook maar iets te doen waar niet over nagedacht was; haar hele bestaan was een aaneenschakeling van planmatigheden.

Ze had een paar keer moeten stoppen tijdens haar nachtelijke autorit, een paar dagen daarvoor. Stoppen om zich ervan te verzekeren dat wat ze had meegemaakt echt gebeurd was. Ze kon niet helder nadenken (je kon zelfs spreken van totale verwarring), maar ze hoefde maar diep in te ademen of ze raakte al bedwelmd door een onbekende geur. Die van Jérémie. De realiteit kleefde stevig aan haar huid: het fysieke bewijs dat ze niet had gedroomd. Een jongeman had haar begeerd op een ongecompliceerde en instinctieve wijze, en ze vroeg zich af waar ze mee bezig was, waarom ze deze kant op reed, weg van al het moois achter haar. Een paar keer had ze rechtsomkeert willen maken, ook al was dat op dit stuk weg verboden, zoals de doorgetrokken witte streep aangaf.

Wat zou het? Een streep zou haar er niet van weerhouden om te handelen. Toch was ze blijven doorrijden richting huis, en de weg leek al net zo eindeloos en bochtig als haar overpeinzingen.

Haar man had haar meermaals gebeld, ongerust omdat hij haar auto nog steeds niet aan zag komen. Ze had gezegd dat ze moest inventariseren; hij had er niet eens aan gedacht dat ze haar inventarisatie makkelijk overdag kon doen, als de bibliotheek gesloten was. Elke willekeurige persoon die zich ook maar enigszins voor haar interesseerde had kunnen raden dat ze niet de waarheid sprak. Maar waarom zou ze tegen hem liegen? Niemand liegt in Crozon. Dat hoeft niet. Hij was op dat moment ongerust omdat haar afwezigheid die avond niet bij de gewoonlijke gang van zaken paste, maar dat was alles, verder niets.

Toen Magali haar huis binnenstapte, verwachtte ze dat ze wat uit te leggen zou hebben. Misschien zou hij haar verwarde haar opmerken, haar verfomfaaide voorkomen, het geluk dat van haar lichaam spatte? Hij zou alles doorhebben, José. Want het was overduidelijk, het sprong je tegemoet, en ze had nul talent voor het verbergen van de waarheid. Maar het leek of alles die avond anders was. Het bezorgde gedrag van haar man had haar verbaasd. Magali had altijd gedacht dat ze minstens een dag of twee, drie kon verdwijnen voor hij haar afwezigheid zou opmerken. Er waren avonden die voorbijgingen zonder dat een van hen iets zei, avonden die alleen onderbroken werden door een paar opmerkingen van praktische aard; afspreken wie er morgen boodschappen ging doen, bijvoorbeeld. Ze moest toegeven dat ze ongelijk had, hij had gebeld om te vragen wat ze aan het doen was. Wat wilde ze nou eigenlijk? Misschien had ze liever gehad dat het hem niks kon schelen, dat hij haar geluksmoment niet zou overschaduwen met zijn gebel.

Ze kon aan niets anders dan dat geluksmoment denken. Het duizelde haar. Jérémie had haar gevraagd om hem de volgende dag te wekken 'met haar mond', die zin spookte maar door haar hoofd, maar een groot deel van haar dacht: morgen is hij er niet meer. Hij heeft dat wel gezegd, maar dat is iets anders dan de waarheid, hij zal weg zijn. Hij zal wel weer naar huis zijn, of een andere vrouw aan het versieren zijn; het kon niet moeilijk zijn om die te vinden, er waren overal vrouwen zoals zij, vrouwen die er niet meer tegen konden dat niemand ze aanraakte, vrouwen die zichzelf dik en lelijk vonden, en zo liet hij overal een onuitwisbare indruk achter, dát was zijn nalatenschap, want een uitgever kon hij niet vinden. Ja, ze wist het zeker, hij zou ervandoor zijn. Ze glimlachte omdat ze even in het tegendeel had geloofd.

Eenmaal thuis liep ze muisstil door de woonkamer. Verbaasd constateerde Magali dat alle lichten uit waren. Dit was niet bepaald de setting van iemand die zich ongerust maakte. Zachtjes sloop ze naar hun slaapkamer, waar ze haar man met zijn mond open aantrof, verzonken in een onmetelijk diepe slaap.

9

Magali bleef een groot deel van de nacht op. En vertrok de volgende ochtend alweer vroeg, nadat ze een uur in de badkamer had doorgebracht. Ze had niets hoeven uitleggen, haar echtgenoot had de hele tijd dat zij in het huis aanwezig was geweest geslapen. Hij zou in ieder geval tevreden zijn als hij wakker werd, want de koffie was warm en de tafel was gedekt voor het ontbijt.

Heel vroeg in de ochtend opende ze de deur van de bibliotheek; alles was zo rustig dat het leek alsof ook de boeken sliepen, en ze liep langs de boekenkasten naar haar kantoortje. Haar hart klopte op een andere manier, in een nieuw ritme. Ze had snel kunnen lopen, zich kunnen haasten naar wat haar te wachten stond, maar ze wilde de tijd liever rekken; een paar meter, een paar seconden lang, was alles nog mogelijk. Jérémie zou daar kunnen liggen slapen, wachtend om door haar mond gewekt te worden. Zachtjes opende ze de deur en trof hem daar uitgestrekt aan, verzonken in een slaap zo kalm als een Zwitsers meer. Ze deed de deur dicht en weer open, alsof ze er zeker van wilde zijn dat het geen gezichtsbedrog was. Toen stapte ze in zijn richting om hem van dichtbij te bekijken. De dag ervoor had ze hem niet durven aankijken, en had ze haar ogen steeds neergeslagen als hun blikken elkaar kruisten. Nu kon ze hem bekijken, ieder detail van zijn lichaam in zich opnemen, zich laten betoveren door zijn schoonheid. Ze moest hem dus wekken met haar mond. Wilde hij gezoend worden? Heel zacht begon ze hem te kussen op zijn borst, toen op zijn buik en hij begon te beven; toen legde hij zijn hand op haar hoofd, ging even door haar haar, voor hij haar weer verder naar beneden leidde.

Later maakte Magali een kop koffie en bracht die naar Jérémie. Hij ging aan het bureau zitten. Hij moest 's nachts tussen de kasten gedwaald hebben, want hij had een stapeltje boeken naast zich verzameld. Magali ontdekte onder andere Kafka, Kerouac en Kundera. Daaruit maakte ze op dat hij was blijven hangen bij de letter k. Hij had getwijfeld tussen

The Dharma Bums en *Het proces* voor hij had besloten zich op *Lachwekkende liefdes* te storten. Magali keek hem even aan en vroeg:

'Heb je honger? Zal ik croissants gaan halen?'

'Nee, dank je. Ik heb hier alles wat ik nodig heb,' zei hij met een gebaar richting zijn boek.

Ze liet hem alleen om de bibliotheek voor de bezoekers te openen. Het was een heel rustige dag, wat Magali de kans gaf om vaak bij Jérémie te gaan kijken. Soms vroeg hij haar om dichterbij te komen en liet hij zijn hand tussen haar dijen glijden. Ze liet het zwijgend toe. Wat gebeurde er? Wat wilde hij? Hoelang zou hij blijven? Ze had graag gewoon genoten van deze bevlieging, maar ze kon er niets aan doen, haar geest werd overspoeld door een lawine aan vragen. Jérémie zag er lang niet meer zo verloren als gisteren uit, en ook niet meer zo gekweld; vandaag zag hij eruit als een levensgenieter, die alles wat het leven hem te bieden had waardeerde. Aan het eind van de dag kocht ze een fles wijn en iets te eten, en ze gingen op de grond zitten. Ze praatten meer dan de dag ervoor. Jérémie vertelde over de moeizame relatie met zijn ouders, en vooral met zijn moeder; hij had in een kindertehuis gezeten, vervolgens was hij in een pleeggezin geplaatst, en het was inmiddels bijna vijf jaar geleden dat hij hen voor het laatst gezien had. 'Misschien zijn ze wel dood,' fluisterde hij, maar daarna gaf hij toe dat dat niet erg waarschijnlijk was. Ze zouden het hem op zijn minst hebben laten weten. Van die gedachte werd Magali koud vanbinnen. Als ze bij de supermarkt jongeren zag die hun hand ophielden, vroeg ze zich altijd af welke familieproblemen er aan hun zwervende bestaan ten grondslag lagen. Ze dacht aan haar zoons, zei bij zichzelf dat ze die niet vaak genoeg zag. Ze liet ze niet genoeg merken hoeveel ze van hen hield.

Aangespoord door Jérémie begon Magali te vertellen over haar eigen ouders. Ze waren al zo lang dood, ze had het nooit over hen. Niemand vroeg haar ooit naar haar kindertijd. Opeens werd ze overmand door emotie. Al jaren leefde ze zonder zich af te vragen of ze iemand miste. Plotseling drong het tot haar door dat ze het moeilijk vond dat haar moeder er niet meer was. Ze had verondersteld dat haar verscheiden een van die dingen was die onderdeel uitmaakten van de zogenaamde 'zaken des levens'. Nu begreep ze dat het feit dat het zo normaal was, niet wilde zeggen dat ze de dood niet mocht ervaren als een emotionele gebeurtenis waar je voor altijd last van bleef houden.

Ze vulde de leegte in zichzelf op met woorden, met excuses zelfs, voor de manier waarop ze haar lichaam in de steek had gelaten. Jérémie voelde haar verwarring en maakte wat troostende gebaren.

10

De dagen erna verliepen op dezelfde manier. Magali werd heen en weer geslingerd tussen momenten van euforie, waarop ze volledig werd meegesleept door haar heftige gevoelens, en momenten waarop dat wat haar overkwam haar beangstigde. Ze deed haar best om haar man te vermijden, wat niet heel moeilijk was. De laatste tijd was José erg moe door het ritme van het werkrooster dat de Renault-fabriek hem oplegde. Hij werkte momenteel fulltime. Om de werkplaatsen in Frankrijk open te houden moesten de arbeidsinspanningen verdubbeld worden, moest aangetoond worden dat vaklui niet zomaar kon worden ingeruild voor goedkope werkkrachten. Die felle concurrentie had tot gevolg dat alle arbeiders steeds verder uitgebuit werden, zowel degenen die hun baan wilden behouden als degenen die een baan probeerden te vinden. Beide partijen hadden het zwaar. José wachtte op zijn prepensioen als op een bevrijding. Eindelijk zou hij van het leven kunnen genieten, gaan vissen, strandwandelingen maken. Misschien zou zijn vrouw zelfs weleens met hem meegaan. Het was lang geleden dat ze zomaar wat samen hadden ondernomen, zonder doel, een beetje wandelen en proberen te verdwalen.

Jérémie sliep nog steeds in het kantoortje. Magali had een deken voor hem meegenomen. Het gebrek aan comfort leek hem niet te deren. Ze durfde hem niet te vragen hoelang hij nog dacht te blijven.

Op een dag zei hij plompverloren:
'Ik moet weer naar huis.'
'Wanneer?'
'Morgen.'
'...'
'Er gaat een trein naar Parijs. Ik slaap, denk ik, een nachtje daar en dan ga ik zondag naar Lyon. Een vriend heeft me daar een parttimebaan aangeboden. Dat kan ik niet afslaan, dat begrijp je toch wel?'
'Ja. Ik begrijp het.'
'Ik heb een kamertje in Lyon, op zolder. Het is klein, maar het is best prima. Je zou mee kunnen gaan.'
'Meegaan... met jou?'
'Ja. Wat houdt je tegen?'
'Maar... alles.'
'Wil je niet bij mij blijven?'
'Jawel, natuurlijk wel. Daar gaat het niet om, maar... Ik heb mijn werk...'
'Gooi de bibliotheek dicht. Doe alsof je ziekteverlof op-

neemt. En in Lyon heb je met jouw ervaring zó iets gevonden. Dat weet ik zeker.'

'En mijn man?'

'Je houdt niet meer van hem. En je kinderen zijn volwassen. Daar zullen we gelukkig zijn. Er is iets tussen ons. Het was mijn lot dat ik hier mijn boek kwam afgeven, zodat ik jou zou ontmoeten. Er is nog nooit iemand zo aardig voor me geweest.'

'Maar ik heb niks bijzonders gedaan.'

'Deze week is de mooiste uit mijn leven geweest, hier op de vloer met de boeken, en met jou, zoals je steeds even naar me toe kwam. En ik vrij graag met je. Jij niet dan?'

'Ik... ja.'

'Nou dan, laten we er morgen vandoor gaan.'

'Maar... het gaat allemaal zo snel.'

'Dus? Je zult er spijt van krijgen als je niet meegaat.'

Magali moest erbij gaan zitten. Jérémie had rustig gesproken, alsof alles simpel en glashelder was, terwijl het voor haar een totale ommezwaai van haar leven betekende. Ze begon na te denken: hij heeft gelijk, ik laat alles achter, ik moet niet nadenken, het voelt goed, ik kan deze man niet laten gaan, ik kan niet leven zonder zijn lichaam, zijn zoenen, zijn knappe gezicht, ik kan niet meer verder leven in de wetenschap dat hij zo ver weg is, ja, Jérémie heeft gelijk, ik hou niet meer van mijn man, of althans, ik denk nooit meer aan wat ik voor hem voel als ik bij hem ben, zo is het, zal het altijd zijn, tot aan onze dood, wat hij me voorstelt is om nog even te ontsnappen aan de dood die me wacht, hij biedt me het leven aan, weg uit de verstikking, ik haal geen adem meer tussen de boeken, ze benauwen me, al die avonturen die ervoor zorgen dat ik er zelf géén kan hebben, al die zinnen, al die woorden, jaar in, jaar uit, ik ben de boeken moe, de lezers vind ik vermoeiend, en de mislukte schrijvers nog meer, ik ben de boeken zat, ik zou zo graag willen ontsnappen uit deze gevangenis van boekenkasten, rustig aan, Magali, rustig aan, dat denkt iedereen natuurlijk weleens, we zijn ons leven allemaal weleens zat, ons werk, maar ik híeld van boeken, ik híeld van José, en als ik eerlijk ben hou ik eigenlijk nog steeds van hem, het zou me pijn doen om hem zomaar achter te laten, geen onderdeel meer van een 'wij', maar we hebben nog maar zo weinig gemeen, hij is een aanwezigheid geworden, een eeuwige aanwezigheid, altijd daar, maar zonder gevoel, we zijn zo verbonden door ons verleden, onze herinneringen, dat is misschien het belangrijkste, de herinneringen waaruit blijkt dat de liefde heeft bestaan, en het fysieke bewijs daarvan bestaat in onze zoons, mijn kinderen die me steeds minder nodig hebben, vroeger was ik alles voor ze, nu een vluchtig telefoontje, plichtmatige genegenheid, nog amper 'hallo' en dan alweer 'doei', ze zouden natuurlijk wel reageren op mijn vertrek, de een zou zeggen dat het mijn leven is, de ander dat ik gestoord ben om papa zoiets aan te doen, maar hun mening kan me eerlijk gezegd worst wezen, ik oordeel niet over hun keuzes, dus dan moeten ze mij nu ook maar vrij laten, vrij om te proberen gelukkig te zijn.

11

Magali sliep wederom slecht. Ze dacht aan het boek van Henri Pick. Ze zag er een duidelijke parallel in met haar leven. Met wie zou zij haar laatste uren beleven? Met Jérémie of met José? Die nacht bekeek ze haar man zoals je ook naar een landschap kijkt op de laatste dag van de vakantie. Je wil alles in je opnemen. Hij was diep in slaap, zich totaal niet bewust van het relationele gevaar dat rondwaarde. Het was momenteel nogal een chaos, maar Magali wist één ding: haar oude leven zou ze niet meer kunnen voortzetten.

De dag erna ging ze weg zonder hem wakker te maken. Het was zaterdag, dan werkte hij niet, hij zou tot minstens twaalf uur uitslapen. Zodra ze de bibliotheek binnenkwam, vroeg Jérémie wat ze besloten had. Ze verwachtte nog een paar seconden te hebben om na te denken, maar nee, ze moest nu in het diepe springen.

'Ik ga aan het begin van de middag naar huis...' begon ze, maar ze kon niet verder.

'Ja, en dan?'

'Dan pak ik mijn spullen. En daarna gaan we ervandoor.'

'Dat is geweldig,' zei Jérémie, die op haar af kwam lopen.

'Wacht. Wacht. Laat me uitpraten,' zei Magali, terwijl ze hem met een handgebaar op afstand hield.

'Oké.'

'Ik heb het opgezocht. De bus naar Quimper vertrekt om 3 uur 's middags. En daarna nemen we de trein naar Parijs, die van 17.12 uur.'

'Je hebt alles al uitgezocht. Fijn.'

'...'

'Maar waarom gaan we niet met jouw auto? Dat zou handiger zijn.'

'Dat kan ik niet maken. De auto van mijn man is al maanden kapot. Hij zou een nieuwe moeten kopen en dat is te duur. Hij gaat naar de fabriek met een collega die hem komt halen en hem weer terugbrengt. Nou ja, je begrijpt het wel... Ik kan hem niet verlaten en dan ook nog de auto meenemen.'

'Nee, je hebt gelijk.'

'...'

'Mag ik je dan nu in mijn armen nemen?' vroeg Jérémie toen.

12

De hele ochtend probeerde Magali haar werk te doen 'alsof er niets aan de hand was'. Ze had dat altijd een mooie uitdrukking gevonden, die de essentie probeert te verhullen; in dit geval de onrust van een belangrijke beslissing. Een paar keer was ze bij Jérémie gaan kijken, die nogal in gedachten verzonken leek.[23] Hij was vast hele verhalen aan het uitdenken, die voor altijd onaf zouden blijven; zoveel levens worden verzacht door illusies. Stiekem bekeek ze hem: diep vanbinnen moest ze toegeven dat het waanzin was om er met hem vandoor te gaan. Ze kende hem tenslotte amper. Het deed er niet toe, dit was gewoon een van die momenten waarop het 'erna' niet telde, waarop alleen de kracht van het nu je leven bepaalt. Ze voelde zich goed bij hem, simpel. Ze moest niet proberen te snappen wat er in haar lichaam gebeurde; woorden hadden geen zin in zo'n soort situatie. Het maakte niet uit welke van de duizenden boeken om haar heen ze zou openslaan; een verklaring voor haar gedrag zou ze er toch niet in vinden.

Rond het middaguur, toen de bibliotheek leeggestroomd was, zei ze tegen Jérémie:

'Ik ga afsluiten. Het is het beste als jij alvast naar het busstation gaat, en ik me straks bij je voeg met mijn spullen.'

'Prima. Mag ik een paar boeken meenemen?' vroeg hij op luchtige toon, alsof hij zich niet realiseerde hoeveel impact deze vlucht op Magali's leven had.

'Ja, natuurlijk. Dat mag. Je mag alles meenemen wat je wil.'

---

23 Hij was zo'n man die je altijd leek te storen, ook al deed hij helemaal niets.

'Twee of drie romans maar, ik wil niet te veel meezeulen als we niet met de auto gaan.'

Hij raapte zijn spullen bij elkaar, pakte drie boeken en samen verlieten ze de bibliotheek. Bang om ontdekt te worden gingen ze met gemaakte afstandelijkheid uit elkaar, zonder elkaar zelfs maar te kussen.

13

Magali ging meteen naar hun slaapkamer. Haar echtgenoot sliep nog steeds, wat wel aangaf hoe uitgeput hij was. Ze ging op de rand van het bed zitten, en even leek het alsof ze hem zou wekken; even leek het alsof ze hem alles zou vertellen. Ze had tegen hem kunnen zeggen: ik heb een andere man leren kennen en ik kan niet anders, maar ik moet je verlaten, want ik zal sterven als ik hem laat gaan en als hij me niet meer aanraakt. Maar ze zei niets en bleef naar hem kijken, geruisloos, om hem niet in zijn slaap te storen.

Ze keek hun kamer rond. Ze kende ieder hoekje van buiten. Niets was onbekend, nergens, zelfs het opdwarrelende stof week nooit af van zijn vaste baan. Dit was het tot op de millimeter afgebakende kader van haar leven, en ze was bijna verbaasd dat ze zich er zo op haar gemak voelde. Hoewel de laatste dagen in termen van genot hemels waren geweest, hadden ze haar vooral uitgeput. Ze had elke minuut van haar kortstondige affaire beleefd met een baksteen in haar maag, slap van de verschrikkelijke angst om ontdekt te worden. Met José was het dan misschien rustig, maar ze moest toegeven dat die rust ook iets fijns had. In die gemoedelijkheid lag ook iets moois. Wat zo saai had geleken, kwam nu in een heel nieuw daglicht te staan, en haar hele leven tooide zich in het nieuw. Ze zag in dat ze zou gaan missen wat ze sinds een week aan het weggooien was. Ja, het gemis drong nu tot haar door, op het laatste moment, het was bijna ironisch. Tranen stroomden over haar wangen. Ze liet alles eruit wat ze had opgekropt sinds ze in die waanzinnige wervelwind van emoties terechtgekomen was.

Ten slotte stond ze op om een tas te pakken en er wat spullen in te gooien. Bij het opentrekken van een lade maakte ze haar man wakker.

'Wat doe je?'

'Niks. Ik ruim een beetje op, dat is alles.'

'Daar lijkt het anders niet op. Je bent een tas aan het inpakken.'

'Een tas?'

'Ja, je stopt dingen in een tas. Ga je ergens naartoe?'

'Nee.'

'Wat ben je dan aan het doen?'

'Weet ik niet.'

'Weet je niet?'

'...'

'Het lijkt alsof je huilt. Weet je zeker dat het wel gaat?'

Magali bleef stokstijf zitten, verstard. Ze wist niet eens meer hoe ze moest ademhalen. José keek haar niet-begrijpend aan. Hoe moest hij weten dat er op het busstation een man van hun zoons leeftijd op zijn vrouw stond te wachten? Normaal gesproken was hij blind voor de stemmingswisselingen van Magali. Als hij haar niet begreep, zei hij bij zichzelf dat het 'weer zo'n vrouwending' was. Maar nu ging hij rechtop in bed zitten. Hij voelde dat dit iets anders was, misschien wel iets ernstigs.

'Zeg nou eens wat je aan het doen bent.'

'...'

'Je kunt het me wel vertellen.'

'Ik ben een tas aan het pakken omdat ik wil dat we er nú vandoor gaan. Meteen. Ga nou niet in discussie, alsjeblieft.'

'Maar waarheen?'

'Dat maakt niet uit. We pakken de auto en gaan weg. Een paar dagen, met z'n tweeën. Het is jaren geleden dat we op vakantie zijn geweest.'

'Maar ik kan niet zomaar weg, met werk.'

'Dat maakt niet uit, zeg ik toch. We laten wel een doktersattest opstellen. Je hebt in geen dertig jaar ziekteverlof opgenomen. Toe nou, denk er niet over na.'

'Was de tas daarvoor?'

'Ja, ik was onze spullen aan het inpakken.'

'En de bibliotheek?'

'Ik hang wel een briefje op. Hup, kleed je aan, we gaan.'

'Maar ik heb nog geen koffie op.'

'Alsjeblieft. We gaan meteen weg, zonder spullen. We gaan. Hup. Hup. Hup. We halen onderweg wel koffie.'

'...'

14

Een paar minuten later zaten ze in de auto. José had zijn vrouw nog nooit zo gezien, en hij had begrepen dat hij overal maar in mee moest gaan. Ze had immers gelijk. Hij kon niet meer. Hij ging langzaam dood op zijn werk. Dit was hét moment om weg te gaan, alles achter te laten, op adem te komen, om te overleven eigenlijk. Onderweg stopte ze even bij de bibliotheek om een briefje op te hangen waarop stond dat ze een paar dagen weg was. Ze reed snel, zonder echt te weten waar ze naartoe ging, in trance door het avontuur. Eindelijk handelde ze zonder na te denken. José opende het raam om de wind in zijn gezicht te voelen blazen, omdat hij niet helemaal zeker wist of hij niet nog sliep, zo erg leek wat er nu gebeurde op een droom.

15

Zonder dat hij het wist was Rouche Jérémie die dag tegengekomen bij het busstation. Vervolgens was hij erachter gekomen dat de bibliotheek dicht was, had een paar mensen uit de buurt geprobeerd uit te horen, om ten slotte een vrouw op het gemeentehuis te ondervragen. Dat alles had tot een impasse geleid, wat je inmiddels wel als constante in zijn onderzoek kon beschouwen. Er moest eerst iets misgaan voor hij vooruitgang boekte. Tot nu toe was het juist de opeenstapeling van mislukkingen die hem definitief in de goede richting had geduwd.

Hij begon te begrijpen waarom zijn leven hem geconfronteerd had met grote teleurstellingen: hij was zo arrogant geweest om het te leiden zoals het hem goeddunkte, en had de literaire wereld bestormd met allerlei strategieën over hoe hij succesvol zou kunnen worden. Nu kwam hij erachter dat hij zich ook door zijn intuïtie moest laten leiden. En zijn gevoel had gezegd dat hij naar het graf van Henri Pick moest gaan. Vanaf daar zou hij weer een link met het verleden ontdekken, die hem zou helpen om de waarheid te vinden.

De journalist was verbaasd over de grootte van het kerkhof van Crozon; honderden graven aan weerszijden van een hoofdpad dat uitkwam bij een monument voor de slachtoffers van de twee wereldoorlogen. Bij de ingang stond een

bleekroze huisje, waarin de bewaker woonde. Toen hij Rouche zag kwam hij uit zijn hol gekropen.
'U komt voor Pick?'
'Ja,' zei hij nogal verbaasd.
'U vindt hem op M64.'
'O, bedankt... Een fijne dag.'
Toen ging de man zijn huisje weer in zonder nog iets te zeggen. Hij was van de minimalistische informatieverstrekking. Hij kwam naar buiten, noemde M64, en ging weer naar binnen. 'M64,' herhaalde Rouche een paar keer in zichzelf, toen dacht hij: zelfs de doden hebben een adres.

Langzaam liep hij tussen de graven door, niet gefocust op een nummer, omdat hij liever gewoon de namen las tot hij die van Henri Pick zou ontdekken. Instinctief begon hij uit te rekenen hoelang iedere dode geleefd had. Laurent Joncour (1939-2005) was vrij jong overleden, op 66-jarige leeftijd. Zomaar een voorbeeld, en onwillekeurig moest de journalist denken aan hoe al die mensen, net als hij, met alledaagse perikelen te maken hadden gehad; ieder lijk had op een zeker moment voor het eerst seks gehad, ruzie gemaakt met een vriend om redenen die er nu niet meer toe deden, en misschien hadden sommigen ook wel krassen op auto's gemaakt. Hier was hij een overlevende van het menselijke ras, waarvan hij een paar meter verderop een ander exemplaar ontdekte. Het was een vrouw van rond de vijftig, die hem nogal bekend voorkwam. Hij liep verder, terwijl hij nog steeds de namen op de graven ontcijferde, maar hij was er vrijwel zeker van dat die vrouw voor het graf van Pick geknield zat.

16

Toen Rouche op dezelfde hoogte was als zij, herkende hij Joséphine. Hij had op haar staan wachten voor haar winkel, maar liep haar hier tegen het lijf. Hij wierp een blik op het graf, zag er een verzameling bloemen liggen en zelfs een paar brieven. Daardoor besefte hij hoe groot de mythevorming was die er rondom de schrijver ontstaan was. Zijn dochter zat nog altijd roerloos voor de grafsteen, verzonken in een meditatieve stilte. Ze merkte niet dat er een andere bezoeker was opgedoken. In tegenstelling tot de foto's die hij van haar had gezien in de krant, waar ze lachend op stond, soms op het maniakale af, maakte ze nu een ernstige indruk op hem. Ze zat natuurlijk aan het graf van haar vader, maar Rouche had het gevoel dat daar de oorzaak van haar verdriet niet lag; integendeel, ze zocht hier naar een troost die ze buiten de muren van het kerkhof niet kon vinden.

'Uw vader heeft een prachtige brief geschreven,' zei hij zachtjes.

'Sorry?' vroeg Joséphine, opgeschrikt door de aanwezigheid van de man die ze nu pas opmerkte.

'De brief die u hebt teruggevonden is erg ontroerend.'

'Maar... Hoe weet u dat? Wie bent u?'

'Jean-Michel Rouche. Ik ben journalist. Maakt u zich geen zorgen. Ik was voor u naar Rennes gekomen, maar u was verdwenen. Mathilde vertelde me over die brief. Ik heb haar overgehaald om hem aan mij te laten zien.'

'Maar wat moet u daarmee?'

'Ik wilde een handgeschreven tekst zien... Van uw vader.'

'Vooruit, laat me met rust. Ziet u niet dat ik tijd voor mezelf wil?'

'...'

Rouche stapte een meter naar achteren en bleef als verstijfd staan. Hij voelde zich stom dat hij zo'n reactie niet had zien aankomen. Wat een gebrek aan tact. Deze vrouw zat aan het graf van haar vader en hij begon zomaar, uit het niets, over de brief. Over die brief die zo persoonlijk was en die hij achter haar rug om bemachtigd had. Wat had hij dan als antwoord verwacht? Hoe graag hij ook met zijn onderzoek bezig was, het was niet zijn bedoeling om iemand te kwetsen. Zich ervan bewust dat hij nog steeds achter haar stond, draaide Joséphine zich om. Ze had weer boos kunnen worden, maar iets hield haar tegen. Met die versleten en doorweekte regenjas zag de man er verloren en onschuldig uit. Ze vroeg hem:

'Wat wilt u precies?'

'Ik weet niet of dit het juiste moment is...'

'Niet om de hete brij heen draaien. Zegt u wat u te zeggen hebt.'

'Ik heb het gevoel dat uw vader niet degene is die die roman geschreven heeft.'

'O, ja? En waarom?'

'Een voorgevoel. Er klopt iets niet.'

'Dus?'

'Ik wilde bewijs. Iets anders wat hij geschreven had.'

'Is dat waarom u die brief wilde hebben?'

'Ja.'

'Die hebt u nu. En in welk opzicht helpt dat?'

'Dat weet u heel goed.'

'Wat bedoelt u?'

'U kunt uzelf niet blijven voorliegen. Je hoeft maar twee zinnen te lezen om te beseffen dat uw vader nooit een hele roman geschreven kan hebben.'

'...'

'Het is een ontroerende brief, maar hij heeft een erg beperkt vocabulaire, de stijl is heel eenvoudig, het wemelt van de fouten... Bent u dat niet met me eens?'

'...'

'Het spat er vanaf dat hij een bovenmenselijke inspanning heeft geleverd om u die woorden te schrijven, omdat alle kinderen nu eenmaal brieven krijgen van hun ouders als ze op zomerkamp zijn.'

'Een haastig geschreven brief aan een kind en een roman, dat is niet hetzelfde.'

'Wees eerlijk. U weet net zo goed als ik dat uw vader niet in staat was een roman te schrijven.'

'Ik weet het niet. En trouwens, hoe komen we daar achter? We kunnen het hem niet meer vragen.'

Ze staarden allebei naar het graf van Henri Pick, maar er gebeurde niets.

17

Een uur later zat Rouche bij Madeleine in de woonkamer, met een kop karamelthee voor zijn neus. Joséphine woonde tijdelijk weer hier, begreep hij, sinds het traumatiserende verraad van Marc. Ze probeerde innerlijke rust te vinden, zichzelf weer bij elkaar te rapen. Ze verliet het huis alleen om naar het kerkhof te gaan. Toch was ze boos op haar vader. Het was immers zijn postume roman die ongeluk had gezaaid. Madeleine zei dat het verwerpelijke gedrag van haar ex-schoonzoon er wel voor zou zorgen dat ze deze bladzijde nu voorgoed kon omslaan. Ze had gelijk. Zijn onbeschofte gedrag van de afgelopen tijd maakte een einde aan de jaren van verdriet; ook die rouw was ze daar aan het verwerken, het definitieve afscheid van de hoop dat het weer zoals vroeger zou worden.

Marc had talloze berichten voor haar achtergelaten om zich te verontschuldigen, om het uit te leggen. Omdat hij diep in de schulden zat, had zijn nieuwe vrouw hem ertoe gedwongen. Hij snapte niet dat hij met zo weinig moreel besef had kunnen handelen. Later was hij daar helemaal vanaf gestapt, en dacht hij na over hun ontmoetingen; hoewel zijn eigenlijke beweegredenen niet zo fraai waren, had hij zich intens gelukkig gevoeld weer met haar samen te zijn. Hij wist dat hij alles verpest had, maar hij bleef maar denken aan hoe vanzelfsprekend hun hereniging was geweest. Nu zag hij dat in. En was het te laat. Joséphine zou hem nooit meer zien.

Nu zat ze afgezonderd in een hoek van de woonkamer, en liet Rouche en haar moeder de huidige toestand bespreken. Madeleine las de gekopieerde brief een paar keer en zei:

'Wat wilt u dat ik zeg?'

'Wat u wilt.'

'Mijn man heeft een roman geschreven. Het is zo simpel als dat. Het was zijn geheim.'

'Maar de brief...'

'Ja?'

'Het is overduidelijk dat hij niet kon schrijven. Vindt u niet?'

'Ik ben dat hele verhaal spuugzat. Iedereen slaat op hol door dat boek. Zie hoe mijn dochter eraan toe is! Het wordt me te gortig. Ik ga de redactrice bellen.'

Tot zijn verbazing zag Rouche hoe Madeleine opstond om de hoorn van haar vaste telefoon te pakken. Ze opende een oud, zwart boekje waar ezelsoren aan zaten en draaide het nummer van Delphine.

Het was tegen acht uur 's avonds; ze zat met Frédéric aan tafel. Madeleine kwam meteen ter zake.

'Er is een journalist bij mij, hij zegt dat Henri het boek niet geschreven heeft. We hebben een brief gevonden.'

'Een brief?'

'Ja. Behoorlijk slecht geschreven... Als je dat leest ga je toch twijfelen.'

'Een brief en een roman zijn niet hetzelfde,' stamelde de jonge vrouw. 'En wie is die journalist? Is het Rouche?'

'Doet er niet toe. Vertel me liever de waarheid.'

'Maar... De waarheid is dat de naam van uw man op het manuscript stond. Bovendien staat het contract op uw naam. U krijgt het geld van de auteursrechten. Dat bewijst toch dat ik altijd heb geloofd dat hij de schrijver is.'

Delphine had de telefoon op de speaker gezet, zodat Frédéric mee kon luisteren. Hij fluisterde: 'Zeg tegen haar dat ze aan die journalist moet vragen wie volgens hem dan de auteur is.' De oude dame herhaalde de vraag, en Rouche antwoordde: 'Ik heb een vermoeden. Maar ik kan er op dit moment nog niets over zeggen. Er moet in ieder geval niet meer rondgebazuind worden dat Henri Pick het geschreven heeft.' Delphine probeerde de boel te sussen door Madeleine uit te leggen dat haar man, tot het tegendeel bewezen werd, wel degelijk de schrijver van het boek was. En die journalist moest eerst zijn beweringen maar eens hard maken, in plaats van oude brieven aan een kind erbij te halen. Ook zei ze: 'Als we een boodschappenlijstje van Proust vonden, zouden we misschien ook denken dat diezelfde man nooit de zeven delen van *Op zoek naar de verloren tijd* geschreven kon hebben!' Met die redenering wenste ze Madeleine een prettige avond en hing op.

Frédéric maakte een klapgebaar en zei:

'Bravo, fantastisch argument. Het boodschappenlijstje van Proust...'

'Ik weet niet waar dat vandaan kwam.'

'Dit moest natuurlijk een keer gebeuren. Dat wist je goed.'

'Ze twijfelen, dat is normaal. Maar die brief toont niet aan dat Pick zijn boek niet heeft geschreven. Ze hebben geen enkel concreet bewijs.'

'Nog niet...' zei Frédéric met een glimlachje dat Delphine enorm irriteerde. Hoewel ze normaal gesproken de rust zelve was, sprong ze nu uit haar vel:

'Wat bedoel je daarmee? Mijn reputatie staat op het spel! Het boek is een succes en iedereen prijst me om mijn intuïtie, dus we laten het hierbij. Tot hier en niet verder.'

'Tot hier en niet verder?'

'Ja! Het verhaal is fantastisch zoals het is!' zei ze, en stond op. Frédéric probeerde haar bij haar arm te pakken, maar ze duwde hem weg. Ze snelde naar de deur en stormde het appartement uit.

Het telefoontje van Madeleine had voor spanning tussen hen gezorgd. Ze hielden er een andere mening op na, maar voorheen hadden ze daar dan op zijn minst over kunnen praten; waarom had ze zo heftig gereageerd? Hij rende haar achterna. Hij speurde de straat af naar haar; tot zijn verbazing zag hij dat ze al een heel eind weg was. Toch had het naar zijn gevoel niet meer dan een paar seconden geduurd voor hij besloot haar achterna te gaan. Steeds vaker was zijn beeld van hoelang iets duurde vertekend, een gevolg van de kloof die gaapte tussen de kronkels van zijn geest en het werkelijke tijdsverloop. Soms mijmerde hij even over een zin, en moest dan verbluft constateren dat er twee uur verstreken was in zijn creatieve denkproces. Hij verloor het contact met de werkelijkheid, en dat gevoel werd steeds sterker naarmate hij het einde van zijn roman naderde. Het kostte hem zoveel tijd en moeite dat de laatste hoofdstukken in een waas geschreven waren. *De man die de waarheid spreekt* was bijna af.

Hij rende naar Delphine toe. Midden op straat, onder het toeziend oog van velen, pakte hij haar bij haar arm.
'Laat me los,' schreeuwde ze.
'Nee, je gaat mee naar huis. Dit slaat nergens op. We kunnen ook normaal met elkaar praten zonder dat het uit de hand loopt.'
'Ik weet wat je gaat zeggen en ik ben het er niet mee eens.'
'Zo heb ik je nog nooit meegemaakt. Wat is er aan de hand?'
'...'
'Delphine? Geef antwoord.'
'...'
'Heb je een ander?'
'Nee.'
'Wat dan?'
'Ik ben zwanger.'

Negende deel

1

Toen ze had opgehangen met Delphine, liet Madeleine haar contract zien aan Rouche. Ze had inderdaad recht op 10 procent auteursrechten, wat een aanzienlijk bedrag inhield. De uitgeverij dacht dus dat Pick de schrijver van het boek was. Terwijl ze zo aan het praten waren, biechtten Madeleine en Joséphine op dat ze zich hadden laten meeslepen door het ietwat absurde idee. Ze hadden het wel geloofd, maar diep vanbinnen had het hun altijd een onwaarschijnlijk verhaal geleken.

'En, vertel? Wie zou het boek geschreven hebben?' vroeg Joséphine.

'Ik heb een vermoeden,' zei Rouche.

'Nou, zeg het!' drong Madeleine aan.

'Goed dan, ik zal jullie vertellen wat ik denk, maar wilt u me eerst nog wat van die heerlijke karamelthee inschenken?'

'...'

2

Toen iedereen het over het fenomeen Pick had, waren er verschillende journalisten die wilden weten wat er gebeurde met zo'n boek dat door uitgevers afgewezen wordt. Ze probeerden uit te vissen wie *De laatste uren van een liefdesgeschiedenis* afgeslagen hadden. Misschien zouden ze ergens een leesrapport aantreffen dat de afwijzing verklaarde? Dan was er natuurlijk nog de hypothese dat de Bretonse pizzabakker zijn roman nooit opgestuurd had. Misschien had hij het geschreven zonder het ooit aan iemand te laten zien, tot de dag waarop het toeval bepaald had dat er bij hem in de buurt een bibliotheek van afgewezen boeken geopend werd. Toen had hij besloten om zijn tekst een onderkomen te geven. Men had het talent geroemd van een man die nooit in de spotlights had willen staan, en dat was een plausibel scenario. Maar toch moesten ze controleren of hij zijn roman naar uitgeverijen had opgestuurd. En daar liepen de journalisten vast.

Eigenlijk hield geen enkele uitgever een archief bij met afgewezen boeken, behalve Julliard, de beroemde uitgeverij die *Bonjour tristesse* van Françoise Sagan gepubliceerd had. In de kelder lag een lijst met alle boeken die ze in meer dan vijftig jaar ontvangen hadden; tientallen registers vol kolommen met namen en titels. Verscheidene kranten stuurden stagiairs om de onwaarschijnlijk lange lijst met al die afgewezen mensen uit te pluizen. Nergens een melding van Pick. Maar Rouche, die op zijn intuïtie afging, was op zoek gegaan naar een andere naam: die van Gourvec. Had hij zelf een boek geschreven dat niemand wilde? Misschien hadden zijn inspanningen om die bibliotheek voor de afgewezenen op poten te zetten een persoonlijke drijfveer. Rouche was ervan overtuigd en vond het bewijs: in 1962, 1974 en 1976, tot drie keer toe, had Gourvec geprobeerd een boek gepubliceerd te krijgen en had het onder andere naar Julliard gestuurd. Die had tot drie keer toe nee gezegd. Die tegenslagen hadden waarschijnlijk veel pijn gedaan, want daarna was er niets meer over hem te vinden. Hij had de wens om uitgegeven te worden opgegeven.

Toen Rouche de afwijzing van het boek door Julliard op het spoor was gekomen, was hij informatie gaan inwinnen over Gourvecs nalatenschap. Er waren geen kinderen, geen spullen, hij had niets achtergelaten. Niemand zou ooit weten wat hij geschreven had. Waarschijnlijk had hij al zijn manuscripten weggegooid, allemaal, op één na. Zo zag Rouche het voor zich. Toen hij de bibliotheek oprichtte had Gourvec besloten zijn werk ergens in de kast te leggen; het was natuurlijk uitgesloten dat hij het met zijn eigen naam zou ondertekenen. En dus had hij als zijn vertegenwoordiger de meest onopvallende persoon uit het stadje gekozen: Henri Pick. Het was een symbolische keuze, een manier om zijn tekst in de schaduw van een ander te doen leven. Volgens Rouche moest het zo gegaan zijn.

Gourvec stond erom bekend dat hij links en rechts boeken uitdeelde; het was heel goed mogelijk dat hij op een dag *Jevgeni Onegin* aan Henri had gegeven. De pizzabakker, die niet iedere dag een boek aangeboden kreeg, zou geraakt zijn door het gebaar en zou de roman zijn leven lang hebben bewaard. Omdat hij niet van lezen hield, had hij het niet opengeslagen en had dus niet gezien dat sommige zinnen onderstreept waren:

Wie heeft geleefd en nagedacht kan
de mens met weerzin gadeslaan;
wie heeft gevoeld – de schimmenmacht van
't vervlogene blijft rond hem staan.
De toverglans is weg, de slang van
't geheugen bijt, de martelgang van
de wroeging nijpt. – 't Heeft nóg een kant:
gesprekken worden interessant.

In die zinnen zou je het einde van een literaire droom kunnen lezen. Wie schrijft, voelt dat hij leeft. Als de hoop verscheurd is, rest er niets dan bitterheid over het onvoltooide, of beter gezegd: een bijtende herinnering.

Voor hij Gourvecs stappen verder na zou gaan, moest hij bewijs vinden dat Pick niet de schrijver van het boek was, had Rouche besloten. De eerste, onmisbare stap. Hij was naar Rennes gegaan, had er de brief ontdekt. En daar zat hij nu, in Crozon, bij de familie Pick, uit te leggen wat hij dacht. Tot zijn verbazing merkte hij dat moeder en dochter zonder al te veel moeite meegingen in zijn hypothese. Daar moest wel het volgende bij gezegd worden: allebei hadden ze onplezierige of zelfs dramatische gevolgen van de publicatie moeten ondervinden. Ze verlangden terug naar hun oude leven en waren vooral opgelucht bij het idee dat Henri nooit een roman geschreven had. Later zou Joséphine zich realiseren dat een onthulling van die aard tot gevolg kon hebben dat ze geen recht meer hadden op de royalty's; maar op dat moment deed alleen het emotionele aspect ertoe.

'U denkt dus dat Gourvec het boek van mijn man geschreven heeft?' vroeg Madeleine.
'Ja.'
'Hoe denkt u dat te kunnen bewijzen?' vervolgde Joséphine.
'Zoals ik al zei heb ik op dit moment alleen nog maar vermoedens. En Gourvec heeft niets nagelaten, geen manuscript, niets waaruit zijn passie voor schrijven blijkt. Gourvec liet weinig over zichzelf los, dat bleek wel uit het interview met Magali.'
'Alle Bretons zijn zo. Praatgrage mensen heb je hier niet. U heeft geen goede regio uitgekozen voor een onderzoek,' gnuifde Madeleine.

'Dat is een ding dat zeker is. Maar ik voel dat er iets achter dat verhaal zit. Iets waar ik nog niet de vinger op kan leggen.'

'Wat?'

'Toen ik over Gourvec begon op het gemeentehuis werd de secretaresse helemaal rood. En daarna deed ze heel koeltjes.'

'En toen?'

'Toen dacht ik: die heeft iets met Gourvec gehad en dat is niet best afgelopen.'

'Net als met zijn vrouw,' zei Madeleine, zonder te beseffen hoeveel invloed die uitspraak zou hebben op de loop der dingen.

3

Het was al laat, en hoewel Rouche graag verder wilde praten en vooral aan Madeleine wilde vragen wat ze wist over de vrouw van Gourvec, merkte hij dat ze de rest van het gesprek beter tot morgen konden bewaren. Net als in Rennes had hij in zijn enthousiasme geen plaats om te slapen geregeld. En dit keer had hij zelfs geen auto. Voor de vorm vroeg hij aan zijn twee gastvrouwen of ze een goed hotel in de buurt kenden, maar het was bijna middernacht en alles was dicht. Het was overduidelijk dat hij hier zou blijven slapen, maar hij voelde zich opgelaten dat hij daar niet van tevoren over had nagedacht, en dat hij zich zo onbeschaamd opdrong. Madeleine stelde hem gerust, zei dat het een waar genoegen was.

'Het enige punt is dat de slaapbank er erg slecht aan toe is. Die raad ik af. Dan blijft alleen de kamer van mijn dochter over, daar staan twee bedden.'

'Mijn kamer?' herhaalde Joséphine.

'Ik kan op de bank slapen. Mijn rug haat me toch al, dit

zal niets aan onze relatie veranderen, maakt u zich geen zorgen.'

'Nee, bij Joséphine is beter,' hield Madeleine vol, die Rouche heel graag leek te mogen. Ze hield van het kind dat ze nog in hem zag.

Joséphine ging Rouche voor en hij zag twee eenvoudige bedden staan. Het was haar kinderkamer, onveranderd, nog steeds klaargemaakt voor de avonden waarop ze een vriendinnetje uitnodigde om te komen logeren. De twee bedden waren van elkaar gescheiden door een kleine tafel met daarop een oranje schemerlampje. Tegen die achtergrond kon je je makkelijk twee kinderen voorstellen die tot diep in de nacht lagen te kletsen, elkaar dingen toevertrouwend. In dit geval ging het om twee volwassenen van dezelfde leeftijd, allebei verzonken in hun eigen, eenzame bubbel, als twee lijnen die evenredig aan elkaar lopen. Ze begonnen over hun levens te vertellen en het gesprek spon zich uit.

Toen Joséphine het licht uitdeed, merkte Rouche op dat het plafond bezaaid was met *glow-in-the-dark*-sterren.

4

Ze werden vrijwel tegelijkertijd wakker. Joséphine profiteerde van het halfduister om richting de badkamer te verdwijnen. Rouche bedacht zich dat hij sinds lange tijd niet zo goed geslapen had, vast een combinatie van de vermoeidheid die zich de afgelopen dagen had opgebouwd en de rust die in het huis heerste. Hij had het gevoel dat er iets in hem veranderd was, zonder precies te weten wat. Eigenlijk voelde hij zich lichter dan de dag ervoor, alsof er een gewicht van hem af was gevallen. Het gewicht van de breuk met Brigitte. Je kunt het wel willen beredeneren, maar het is altijd je lichaam dat bepaalt hoeveel tijd er nodig is vóór de emotionele wond heelt. Toen hij die ochtend zijn ogen opende kon hij weer ademen. Het verdriet had zijn koffers gepakt.

5

Bij het ontbijt vertelde Madeleine over de vrouw van Gourvec. Ze was niet lang in Crozon geweest, maar ze had haar vrij goed gekend. En dat om de heel eenvoudige reden dat Marina, want dat was haar voornaam, in de bediening had gewerkt bij de pizzeria van de Picks.

'Het was ten tijde van mijn zwangerschap,' lichtte Madeleine toe op neutrale toon, waaruit niet af te leiden viel welk drama er achter haar woorden schuilging.[24]

'De vrouw van Gourvec heeft met uw man samengewerkt?'

'Ja, twee of drie weken, en daarna is ze weer vertrokken. Ze heeft Jean-Pierre verlaten en is geloof ik weer in Parijs gaan wonen. Daarna heeft ze nooit meer iets van zich laten horen.'

Rouche was met stomheid geslagen; hij dacht dat Gourvec Picks naam bijna toevallig op zijn manuscript had gezet, zodat hij geen pseudoniem hoefde te verzinnen. Maar nu kwam hij erachter dat er een link tussen de twee mannen bestond.

---

[24] Madeleine had haar eerste kind tijdens de geboorte verloren, een paar jaar voor ze Joséphine kreeg.

'Uw man kende haar dus beter dan u?' vroeg hij.

'Hoezo?'

'Omdat u net zei dat u zwanger was en zij u verving.'

'Ik kon de bediening niet meer doen, maar ik was er zowat iedere dag. En ze praatte vooral met mij.'

'Wat vertelde ze u?'

'Ze was nogal gevoelig, iemand die had gehoopt eindelijk een plek te vinden waar ze gelukkig zou zijn. Ze zei dat het niet makkelijk was, als Duitse in het Frankrijk van de jaren vijftig.'

'Was ze Duits?'

'Ja, maar dat hoorde je niet echt. Ik denk dat de mensen het helemaal niet wisten. Tegen mij had ze het verteld. Je merkte dat er iets in haar geknakt was. Maar verder weet ik er ook niets vanaf. Ik weet het niet meer precies.'

'En hoe was ze hier verzeild geraakt?'

'Het begon met een briefromance tussen hen. Dat gebeurde toen heel vaak. Ze vertelde me dat Gourvec haar zulke mooie brieven had geschreven. Toen had ze besloten om met hem te trouwen en hier te komen wonen.'

'Hij schreef mooie brieven...' herhaalde Rouche. Hij moest die vrouw zien te vinden en die brieven in handen krijgen. Dat was essentieel...

'Vindt u het dan zo belangrijk om te bewijzen dat mijn vader dat boek niet geschreven heeft?' kwam Joséphine op scherpe toon tussenbeiden, wat het enthousiasme van Rouche wat temperde.

Hij wist niet wat hij daarop moest zeggen. Na een paar seconden stamelde hij dat hij er per se achter wilde komen wie de auteur van dat boek was. Het was moeilijk uit te leggen. Hij had zich zo leeg gevoeld door de moeizame periode in zijn carrière. Hij had zijn best gedaan om te doen alsof,

een glimlach hier, een handdruk daar, maar het was alsof de dood langzaam bezit nam van zijn lichaam. Tot dit verhaal hem zo totaal onverwacht wakker had geschud. Hij was ervan overtuigd dat hem iets te wachten stond aan het einde van dit avontuur, iets zo belangrijk als overleven. Dat was waarom hij bewijs wilde, zelfs als alles in de richting van Gourvec wees. Zijn monoloog verbaasde de twee dames, maar Joséphine was nog niet klaar:
'En wat gaat u doen met uw bewijzen?'
'Dat weet ik niet,' antwoordde Rouche.
'Luister, lieverd,' zei Madeleine, 'het is voor ons ook belangrijk om te weten. Ik ben nota bene op de televisie geweest om over de roman van je vader te praten. En ik zou graag de waarheid willen kennen voor ik doodga.'
'Zeg dat nou niet, mama,' zei Joséphine, terwijl ze de hand van haar moeder vastpakte.

Rouche kon het niet vermoeden, maar het gebaar van Joséphine was de afgelopen jaren steeds zeldzamer geworden. Net als het beminnelijke 'lieverd' van Madeleine. Tegen alle verwachtingen in hadden de gebeurtenissen van de laatste tijd hen dichter bij elkaar gebracht. Ze waren allebei voor het voetlicht van de media geduwd; een voetlicht dat tegenstrijdige gevolgen had, positieve en negatieve, fijne en minder fijne. Uiteindelijk was Joséphine dezelfde mening toegedaan als haar moeder. Misschien kon Rouche de waarheid boven tafel krijgen die ze voor hun gemoedsrust nodig hadden. Hij zou op zoek gaan naar die Marina, die natuurlijk zou kunnen bevestigen dat Gourvec achter *De laatste uren van een liefdesgeschiedenis* zat. En dan zouden ze er meteen achter komen wat de reden was van hun ruwe breuk na slechts een paar weken huwelijk.

6

Aan het begin van de middag bracht Joséphine Rouche met de auto naar Rennes, daar zou hij de trein naar Parijs nemen. En zij zou de volgende dag, na een paar dagen pauze, weer aan het werk gaan.

7

Na zijn breuk met Brigitte was Rouche weer op zijn zolderkamer gaan wonen. Die zondagavond bracht hij alleen door, in een piepklein kamertje, vijftig jaar oud, met flinke geldzorgen – en toch was hij gelukkig. Geluk is een relatief begrip; als ze hem een paar jaar eerder dit beeld van zijn toekomst hadden geschetst, zou hij het met afgrijzen hebben aangezien. Maar na alle moeilijkheden en afwijzingen die hij had meegemaakt, kwam zijn blokkendoos hem voor als een paradijsje.

Voordat hij wegging had hij Madeleine om een gunst gevraagd: of ze maandagochtend naar het gemeentehuis kon gaan om het huwelijksregister in te zien. Zij had Marina natuurlijk alleen maar onder de naam Gourvec gekend. Het lag voor de hand dat ze, nadat ze ervandoor was gegaan, haar meisjesnaam weer had aangenomen. Op internet had Rouche geen enkel spoor gevonden van Marina Gourvec.

Madeleine had dezelfde vrouw voor zich als Rouche twee dagen eerder. Ze legde uit wat ze wilde, waarop de medewerkster antwoordde:
    'Maar wat moet iedereen tegenwoordig toch met Gourvec?'

'Niets. Ik heb zijn vrouw gekend en zou haar graag terugvinden.'

'O? Was hij getrouwd? Dat is iets nieuws. Ik dacht dat hij zich niet wilde binden.'

Martine Paimpec sprak nog een paar zinnen over de bibliothecaris waardoor er geen twijfel meer over mogelijk was: ze hadden elkaar heel goed gekend. Zonder dat haar iets gevraagd werd begon ze een hart dat overstroomde van spijt te luchten en uit te storten. Het verbaasde Madeleine niet: iedereen wist dat Gourvec met zijn boeken getrouwd was, en dat hij van niets of niemand anders hield. Ze probeerde haar gerust te stellen:

'Het heeft niets met u te maken. Als je het mij vraagt moet je iedereen die van boeken houdt wantrouwen. Ik had tenminste rust met Henri.'

'Maar hij heeft een boek geschreven...'

'Dat is niet zeker. Misschien heeft Gourvec het wel geschreven. En laten we eerlijk zijn, een schrijver die de naam van mijn man op zijn boek heeft gezet... Wat een idioot! Niet bepaald iemand om over te treuren.'

'..'

Martine vroeg zich af of die woorden als troost bedoeld waren; het maakte ook allemaal niet meer uit, hij was al lang dood, en ze hield nog steeds van hem.

*

Even later zocht ze de benodigde informatie op en vond de meisjesnaam van Marina: Brücke.

*

Twee uur later wurmde Rouche zich in een hoekje van zijn kamer in een poging het wifisignaal op te vangen. Hij liftte mee op het netwerk van zijn buurman op de derde etage, maar hij kon het alleen maar binnen een beperkte straal opvangen, als hij tegen de muur aan geplakt stond. Al snel was hij een paar Marina Brückes op het spoor, maar meestal waren het Facebookprofielen met foto's van te jonge gezichten. Uiteindelijk stuitte hij op een link naar een cd-hoesje, waarop de volgende opdracht te lezen was:

> 'Voor mijn moeder Marina.
> Zodat ze me kan zien.'

De zoekmachine had een combinatie van 'Marina' en 'Brücke' gevonden op deze pagina. De desbetreffende cd was die van een jonge pianist, Hugo Brücke, die de 'Ungarische Melodie' van Schubert speelde. Zijn naam zei Rouche vaag iets; hij was een tijdlang graag naar klassieke concerten en de opera gegaan. Hij bedacht zich dat hij al lang geen muziek meer geluisterd had, maar dat hij het ook niet echt miste. Hij zocht meer informatie op over deze Brücke en kwam tot de ontdekking dat hij de dag erop een concert zou geven in Parijs.

8

Omdat het concert uitverkocht was had hij geen kaartje kunnen bemachtigen. Hij stond in een steegje te wachten, op de plek waar de muzikant naar buiten zou moeten komen. Vlak achter hem stond een heel kleine vrouw wier leeftijd zich onmogelijk liet raden. Ze kwam dichterbij:
'Bent u ook fan van Hugo Brücke?'
'Ja.'

'Ik ben naar al zijn concerten geweest. Vorig jaar in Keulen was fantastisch.'

'Waarom bent u er vanavond niet bij?' vroeg Rouche.

'Ik koop nooit een kaartje als hij in Parijs speelt. Uit principe.'

'Hoezo dat?'

'Hij woont hier. Dan is het niks. Hugo speelt anders in zijn thuisstad. Wanneer hij op tournee is, is het anders, ontdekte ik. Het is minimaal, maar ik voel het. En dat weet hij natuurlijk, want ik ben zijn grootste bewonderaar. Na elk concert ga ik met hem op de foto, maar in Parijs wacht ik meteen bij de uitgang.'

'U vindt dus dat hij in Parijs minder goed speelt?'

'Ik heb niet gezegd "minder goed". Het is gewoon anders. Qua intensiteit. Dat heb ik hem ook gezegd, en hij vindt het fascinerend. Je moet zijn muziek echt door en door kennen om het op te merken.'

'Dat is verbluffend. En u bent dus zijn grootste bewonderaar?'

'Ja.'

'Dan weet u natuurlijk dat hij zijn laatste cd aan Marina opgedragen heeft.'

'Uiteraard, dat is zijn moeder.'

'Met dit nogal raadselachtige zinnetje: "Zodat ze me kan zien."'

'Zo mooi.'

'Is het omdat ze dood is?'

'Nee hoor. Soms komt ze naar hem kijken, of nou ja, luisteren. Ze is blind.'

'Aha...'

'Ze hebben een hechte band. Hij zoekt haar bijna iedere dag op.'

'Waar woont ze?'

'In een bejaardenhuis in Montmartre. Het heet La Lumière. Haar zoon heeft voor haar een kamer geregeld met uitzicht op de Sacré-Coeur.'
'U zei net dat ze blind was.'
'Ja, en wat dan nog? Je ziet niet alleen met je ogen,' zei de heel kleine vrouw tot besluit.

Rouche keek naar haar, probeerde naar haar te glimlachen, maar het lukte niet. Zij wilde van hem weten waarom hij zoveel vragen stelde, maar vroeg het niet. De journalist had alle informatie die hij nodig had, bedankte haar en ging ervandoor.

Even later kwam Hugo Brücke naar buiten en poseerde voor de zoveelste keer voor een foto met zijn grootste fan.

9

De volgende ochtend stapte Rouche met bonkend hart binnen bij bejaardenhuis La Lumière. Hij vond het een symbolische naam om zijn onderzoek mee te eindigen. Een vrouw bij de receptie vroeg hem wat de reden van zijn bezoek was en hij legde uit dat hij Marina Brücke wilde zien.
'U bedoelt Marina Gourvec?'
'Eh, ja...'
'Bent u familie?' vroeg de vrouw.
'Nee, niet precies. Ik ben een vriend van haar man.'
'Ze is niet getrouwd.'
'Dat is ze wel geweest, heel lang geleden. Zegt u haar gewoon dat ik een vriend van Jean-Pierre Gourvec ben.'
Terwijl de vrouw naar boven ging naar Marina, wachtte Rouche in een grote zaal waar hij verschillende oude men-

sen zag. Ze liepen hem voorzichtig toeknikkend voorbij. Hij had de indruk dat ze hem niet als een bezoeker zagen, maar eerder als een nieuwe bewoner.

De receptioniste was weer terug en stelde voor om met hem mee te lopen naar de kamer. Eenmaal daar zag hij Marina op de rug. Ze zat met haar gezicht naar het raam toe, waarachter inderdaad de Sacré-Coeur te zien was. De oude vrouw draaide haar rolstoel om, zodat ze tegenover haar bezoeker kwam te zitten.

'Dag mevrouw,' zei Rouche zachtjes.
'Dag meneer. U mag uw jas op mijn bed leggen.'
'Dank u.'
'U zou een nieuwe moeten kopen.'
'Wat?'
'Uw regenjas. Hij is versleten.'
'Maar... Hoe kunt u...' hakkelde Rouche vol ongeloof.
'Rustig maar, ik maak een grapje.'
'Een grapje?'
'Ja. Roselyne, van de receptie, vertelt me altijd iets over mijn bezoekers. Het is een spelletje tussen ons, kunnen we lachen. Over u zei ze: "Zijn regenjas is helemaal afgeragd."'
'O... Oké. Op die manier. Het is even schrikken, maar het is grappig.'
'U bent dus een vriend van Jean-Pierre?'
'Ja.'
'Hoe is het met hem?'
'Het spijt me u dit te moeten vertellen, maar... Hij is een paar jaar terug overleden.'

Marina zei niets. Het leek alsof ze helemaal niet had stilgestaan bij die mogelijkheid. Voor haar was Gourvec eeuwig twintig, en zeker geen man die oud kon worden, laat staan sterven.

'Waarom wilde u mij ontmoeten?' vroeg Marina toen.

'Ik wil u niet lastigvallen, maar ik zou graag een paar dingen uit zijn leven opgehelderd krijgen.'

'Hoezo?'

'Hij heeft een nogal bijzondere bibliotheek opgericht en ik wilde u een paar vragen over zijn verleden stellen.'

'U zei dat u zijn vriend was.'

'...'

'Nou ja, hij zei nooit veel. Ik herinner me de lange stiltes met hem. Wat wilt u weten?'

'U bent maar een paar weken bij hem gebleven voor u weer terugging naar Parijs? En dat terwijl u pas net getrouwd was. In Crozon weet niemand waarom u vertrokken bent.'

'Juist ja, niemand... Ik kan me voorstellen dat mensen zich dat hebben afgevraagd. En Jean-Pierre heeft blijkbaar zijn mond gehouden, dat verbaast me niets. Het is inmiddels allemaal zo lang gelden. Dan kan ik u de waarheid wel zeggen: we waren niet écht een stel.'

'Niet echt een stel? Ik snap het niet. Ik dacht dat jullie elkaar liefdesbrieven geschreven hadden.'

'Dat lieten we iedereen geloven. Maar Jean-Pierre heeft me nooit ook maar één briefje geschreven.'

'...'

Rouche had de vurige brieven al voor zich gezien, het bewijs dat hij op de goede weg was. Deze informatie bracht hem van zijn stuk, al veranderde het niets. Het klopte nog steeds allemaal, en hij was er nog altijd van overtuigd dat Gourvec wel degelijk de schrijver van de roman was.

'Niet één brief?' zei hij. 'Maar schreef hij?'

'Schreef hij wat?'

'Boeken?'

'Voor zover ik me kan herinneren niet. Hij was gek op

lezen, dat wel. Altijd. Hele avonden bracht hij door zonder op te kijken. Tijdens het lezen bewoog hij zijn lippen, hij zat in die literatuur. Ik luisterde graag naar muziek, terwijl hij gedijde in stilte. Alleen daarom al pasten we niet bij elkaar.'

'Bent u daarom weer weggegaan?'

'Nee, natuurlijk niet.'

'Waarom dan wel? En wat bedoelt u met "geen echt koppel"?'

'Ik weet niet of ik u wel over mijn leven moet vertellen. Ik weet niet eens wie u bent.'

'Ik ben iemand die gelooft dat uw man een roman heeft geschreven nadat u uit elkaar bent gegaan.'

'Een roman? Ik kan u niet helemaal meer volgen. U vraagt me net of Jean-Pierre schreef terwijl u dat al lijkt te weten. Uw verhaal is maar ingewikkeld.'

'Daarom heb ik uw hulp nodig, om het te begrijpen.'

Die laatste woorden had Rouche heel serieus gezegd, zoals altijd als hij helemaal opging in zijn onderzoek. Marina had een radar ontwikkeld voor het opvangen van de diepste, puurste gevoelens, en ze hoorde dat haar bezoeker diep vanbinnen grote hoop koesterde. Daarom besloot ze hem alles te vertellen wat ze wist; en wat ze wist, dat was zijn hele levensverhaal.

10

Marina Brücke werd in 1929 geboren in Düsseldorf, Duitsland. De onvoorwaardelijke liefde voor haar vaderland en de rijkskanselier werd haar met de paplepel ingegoten. De oorlogsjaren bracht ze in een rijke en onbezorgde bubbel door, omringd door kindermeisjes die haar ouders vervingen.

Die waren meestal weg, woonden recepties bij, reisden en droomden. Als ze weer thuiskwamen, was Marina in extase; ze speelde met haar moeder en luisterde naar de adviezen van haar vader om te leren hoe ze zich gedragen moest. Hun aanwezigheid was zeldzaam maar waardevol, en iedere avond ging Marina slapen in de hoop dat haar ouders haar een kus kwamen brengen die haar veilig door de nacht zou loodsen. Maar hun gedrag sloeg radicaal om; opeens leken ze zich zorgen te maken. Ze liepen hun dochter nu voorbij zonder haar ook maar enige aandacht te schenken. Ze werden nukkig, verbitterd, wanhopig. In 1945 besloten ze uit Duitsland te vluchten, waarbij ze Marina, die toen zestien was, achterlieten voor wie zich ook maar over haar wilde ontfermen.

Uiteindelijk kwam ze terecht in een internaat dat onder leiding van Franse nonnen stond; de kloosterregels waren streng, maar niet strenger dan ze gewend was. Al snel sprak ze vloeiend Frans en ze probeerde uit alle macht elk spoortje accent uit te wissen dat haar afkomst zou kunnen verraden. Stukje bij beetje kwam ze te weten wie haar ouders waren, welke gruweldaden ze op hun geweten hadden; ze waren opgejaagd als vee, gearresteerd, en nu zaten ze een gevangenisstraf uit in een buitenwijk van Berlijn. Marina begreep dat ze de vrucht was van de liefde tussen twee monsters. Erger nog, ze hadden haar hoofd vol willen stoppen met narigheid, en ze voelde zich vies dat ze zich door zulke ideeën had laten verleiden. Ze walgde ervan dat ze ooit een kind was geweest. Het kloosterleven gaf haar de kans om een toegewijde relatie met God op te bouwen. Ze stond op bij zonsopgang, richtte zich tot de grotere macht, zegde haar gebeden uit haar hoofd op, maar ze kende de waarheid: het leven was niets dan duisternis.

Toen ze achttien werd besloot ze in het klooster te blijven. Ze wist simpelweg niet waar ze naartoe moest. Ze wilde geen non worden, maar hier kreeg ze de ruimte om haar leven richting te geven. Zo gingen de jaren voorbij. In 1952 werd haar ouders gratie verleend onder het mom van de wederopbouw van het land. Ze kwamen hun dochter meteen opzoeken. Ze herkenden haar niet, ze was een vrouw geworden; zij herkende hen niet, ze waren schimmen geworden. Ze kon hun verontschuldigingen niet aanhoren en ging er haastig vandoor. En daarmee liet ze het klooster voorgoed achter zich.

Marina wilde naar Parijs, een stad waar de zusters haar in geuren en kleuren over hadden verteld, en waar ze altijd van gedroomd had. Eenmaal daar ging ze naar het kantoor van een Frans-Duitse instantie waar ze over gesproken hadden. Het was een kleine organisatie die de twee volkeren zoveel mogelijk met elkaar in contact probeerde te brengen, hulp probeerde te bieden. Patrick, een van de vrijwilligers, nam het meisje onder zijn vleugel. Hij vond een baantje voor haar in een groot restaurant; ze zou de garderobe bemannen. Alles liep op rolletjes tot haar baas er op een dag achter kwam dat ze Duits was; plotseling was ze een 'vuile mof' en werd ze zonder pardon ontslagen. Patrick probeerde een excuus los te krijgen van de baas, wat hem woedend maakte: 'En mijn ouders? Hebben ze ooit sorry gezegd voor mijn ouders?' Een dergelijke houding was niet ongewoon. De oorlog was pas zeven jaar voorbij. Het bleek nog altijd moeilijk om in Parijs te wonen zonder constant verantwoordelijk te worden gehouden voor de gruwelijkheden. Maar ze moest er niet aan denken om weer naar Duitsland te gaan. Toen opperde Patrick: 'Je zou met een Fransman moeten trouwen, dan zou het probleem opgelost zijn. Je hebt geen accent. Met de juiste papieren ben je de perfecte Française.' Marina gaf toe dat het een goed idee was, maar ze wist niet met wie ze zou kunnen trouwen; er was geen man in haar leven, er was eigenlijk nooit een man in haar leven geweest.

Patrick kon niets voor haar betekenen, omdat hij verloofd was met Mireille, een grote vrouw met rood haar die acht jaar later bij een auto-ongeluk om het leven zou komen. Maar hij zat te denken aan Jean-Pierre. Jean-Pierre Gourvec. Een Breton die hij uit zijn diensttijd kende. Een beetje een rare snuiter, nogal introvert, eeuwig vrijgezel, een zonderling die zijn leven tussen de boeken doorbracht – precies iemand die zo'n voorstel zou accepteren. Hij stuurde hem een brief waarin hij de situatie uitlegde, en Gourvec besloot binnen een paar seconden dat hij akkoord zou gaan. Zoals zijn dienstmakker al had verwacht was de verleiding te groot: met een onbekende Duitse dame trouwen, het was net een verhaal uit een boek.

De afspraak werd beklonken. Marina zou naar Crozon gaan, ze zouden trouwen, een tijdje met elkaar doorbrengen en zij zou vertrekken wanneer ze wilde. Ze zouden degenen die ernaar vroegen zeggen dat ze elkaar hadden leren kennen via een advertentie; al schrijvende waren ze verliefd geworden. In het begin was Marina er niet gerust op geweest. Het was te mooi om waar te zijn; wat zou die man in ruil willen? Met haar naar bed gaan? Haar als huissloofje gebruiken? Met angst en beven reisde ze naar het westen van Frankrijk. Gourvec verwelkomde haar zonder al te veel aandacht en al snel begreep ze dat haar angsten ongegrond waren. Ze vond hem charmant en verlegen. Hij vond haar op zijn beurt beeldschoon. Hij had zich helemaal niet afgevraagd hoe ze eruit zou zien; hij zou met een vreemde trouwen zonder ook maar te hebben gevraagd naar haar uiterlijk. Dat deed er ook niet toe: het was een schijnhuwelijk. Maar de schoonheid van deze vrouw greep hem bij de kladden.

Ze trok bij hem in zijn kleine appartement in, dat ze maar naargeestig vond, en dat veel te vol stond met boeken. De boekenkasten zagen er gammel uit. Ze wilde niet sterven onder het gewicht van Dostojevski's verzamelde werken, zei ze. Gourvec moest lachen om die uitspraak; iets wat hem niet vaak gebeurde. De piepjonge bibliothecaris liet zijn twee volle neven (de enige familie die hij nog had) weten dat hij ging trouwen. De burgemeester vroeg hen beiden om 'ja' te zeggen. Wat ze dan ook ginnegappend deden, maar zelfs een schijnhuwelijk is een huwelijk, en ze voelden een onverwachte steek vanbinnen.

11

Het pasgehuwde koppel ging samenwonen. Al vrij snel begon Marina tekenen van verveling te vertonen. Gourvec, die weleens in de pizzeria van de Picks kwam, had gezien dat Madeleine zwanger was; hij zei dat zijn vrouw misschien kon helpen, en zo kwam het dat Marina een paar weken als serveerster werkte. Net als Gourvec was Pick niet echt een prater; gelukkig kon ze een beetje kletsen met zijn vrouw. Al na korte tijd biechtte ze op dat ze Duits was. Madeleine was verrast, je hoorde het helemaal niet, maar wat haar destijds vooral was opgevallen, was hoe ongelukkig de pasgetrouwde vrouw eruitzag; blijkbaar maakte het haar niet gelukkig dat ze zich hier in de Finistère was komen vestigen. Ze kreeg een andere blik in haar ogen als ze over Parijs praatte, de musea daar, de cafés, de jazzclubs. Het liet zich gemakkelijk raden dat ze binnenkort weg zou gaan; toch had ze altijd lieve woorden over voor Gourvec, en op een dag bekende ze: 'Ik heb nog nooit zo'n aardige man gekend.'

Dat was zo. Gourvec was altijd vol aandacht voor zijn vrouw, zonder erin door te slaan. Hij had zijn slaapkamer aan haar afgestaan en sliep op de bank. Hij kookte vaak en probeerde haar zeevruchten te leren waarderen. Na een paar dagen, toen ze dacht dat ze er niet meer tegen kon, begon ze oesters heerlijk te vinden. Niets veranderlijker dan de mens, en zelfs onze smaak is niet permanent. Soms, en dit wist niemand, keek Gourvec naar Marina als ze lag te slapen; ze ontroerde hem, zoals ze als een lief kind in dromen verzonken was. Marina opende op haar beurt weleens een boek waarvan Gourvec had gezegd dat hij het mooi vond; ze wilde in zijn wereld duiken, een poging doen hun leven samen iets échts te geven. Ze begreep niet waarom hij niet probeerde haar te versieren; op een dag stond ze op het punt om tegen hem te zeggen: 'Sta ik je niet aan?', maar ze deed het niet. Hun huwelijk had steeds meer weg van een toneelstuk waarin twee tegengestelde krachten een rol speelden: een steeds grotere aantrekkingskracht die werd gehinderd door een immer gerespecteerde afstand.

Hoewel het enige waar ze van droomde terugkeren naar Parijs was, probeerde Marina zich soms voor te stellen hoe een leven in Bretagne eruit zou zien. Ze zou bij deze man kunnen blijven, die rust uitstraalde, zo'n voorspelbaar humeur had. Eindelijk zou ze haar angsten achter zich kunnen laten, haar uitputtende zoektocht naar innerlijke rust. Maar op een dag kondigde ze toch aan dat ze snel vertrekken zou. Hij antwoordde dat hij dat verwacht had. Marina verbaasde zich over zijn reactie, die ze kil vond, waar totaal geen genegenheid uit sprak. Ze had gehoopt dat hij haar zou vragen nog wat langer te blijven. Een paar woorden kunnen een levensloop bepalen. Woorden die ergens in Gourvec verstopt zaten, maar die hij niet over zijn lippen kreeg.

Hun laatste avond was heel stil; ze dronken witte wijn en aten zeevruchten. Tussen twee oesters in vroeg Gourvec toch maar: 'En wat ga je in Parijs doen?' Ze antwoordde dat ze dat niet precies wist. Morgenvroeg zou ze vertrekken, maar dat was op dat moment het enige wat vaststond; haar toekomst was net zo wazig als de blik van iemand die net wakker wordt. 'En jij?' vroeg ze. Hij vertelde over de bibliotheek die hij hier wilde oprichten. Het zou hem zeker een paar maanden kosten. Met dat beleefde gesprek namen ze afscheid. Maar voor ze gingen slapen omhelsden ze elkaar even. Dat was de eerste en laatste keer dat ze elkaar aanraakten.

De volgende dag vertrok Marina al vroeg, en liet een briefje achter op de tafel: 'Zodra ik in Parijs ben ga ik oesters eten en zal ik aan jou denken. Dank je wel voor alles, Marina.'

12

Ze hielden van elkaar maar durfden het elkaar niet te zeggen. Marina wachtte tevergeefs op een bericht van Gourvec. De jaren gingen voorbij en uiteindelijk voelde ze zich helemaal Frans. Soms merkte ze zelfs met een sprankje trots op: 'Ik kom uit Bretagne.' Ze zat in de modebranche, kreeg de kans met een jonge Yves Saint Laurent te werken, en bedierf haar ogen met het urenlange gepriegel aan de chique haute couture-bustiers. Ze had een paar flirts, maar had meer dan tien jaar geen serieuze relatie; meer dan eens dacht ze erover Gourvec weer eens op te zoeken, of hem op zijn minst te schrijven, maar ze hield zichzelf voor dat hij waarschijnlijk met een andere vrouw samen was. Hij had nooit meer iets van zich laten horen om de scheidingspapieren in orde te maken. Hoe had ze moeten weten dat Gourvec na haar vertrek nooit meer een ander had gehad?

Halverwege de jaren zestig ontmoette ze op straat een Italiaan. Een charmante, jongensachtige man met een Marcello Mastroianni-achtige uitstraling. Ze had onlangs de film *La Dolce Vita* gezien, van Fellini, dat moest wel een teken zijn, dacht ze. Het leven kon mooi zijn. Alessandro werkte voor een bank die zijn hoofdkantoor in Milaan had, maar ook vestigingen in Parijs bezat. Hij moest regelmatig op en neer tussen deze twee landen. Het idee van een liefdesleven in episodes sprak Marina wel aan. Op die manier kon ze zich geleidelijk openstellen voor de liefde. Steeds als hij er was gingen ze uit, maakten plezier, lachten. In hem zag ze een prins die regelrecht uit een sprookjesboek weggelopen was. Tot ze op een dag zwanger raakte. Nu moest Alessandro zijn verantwoordelijkheid nemen en bij haar blijven in Frankrijk, of zij zou hem achterna kunnen gaan. Hij zei dat hij een definitieve overplaatsing naar Parijs zou aanvragen, en leek gek van vreugde bij het idee dat hij een kind kreeg. 'Ik weet zeker dat het een zoon wordt! Mijn droom!' Daarna zei hij: 'We noemen hem Hugo, naar mijn grootvader.' Toen moest Marina aan Gourvec denken; ze moest contact met hem opnemen voor de scheiding. Maar Alessandro was tegen welk contract dan ook en zag het huwelijk als een achterhaald instituut. En dus zei ze niets, zag haar buik dikker worden, zich vullen met beloftes.

Alessandro's voorgevoel bleek te kloppen. Marina zette een jongetje op de wereld. Tijdens de bevalling zat Alessandro in Milaan om de laatste praktische dingen te regelen voor zijn nieuwe leven; in die tijd was het gebruikelijk dat mannen niet bij de bevalling aanwezig waren; hij zou de volgende dag komen, de armen vol cadeaus natuurlijk. Maar de volgende dag was hij op een heel andere manier aanwezig, in de vorm van een telegram: 'Het spijt me. Ik heb al een leven in Milaan met mijn vrouw en twee kinderen. Vergeet nooit dat ik van je hou. A.'

En dus had Marina haar zoon alleen opgevoed, zonder familie en zonder man. Maar met het gevoel dat ze constant veroordeeld werd. Op een alleenstaande moeder werd in die tijd behoorlijk neergekeken; als ze langsliep werd er gefluisterd. Maar het kon haar weinig schelen. Hugo was haar hoop en haar kracht. Hun hechte band beschermde hen overal tegen. Een paar jaar later begon ze steeds slechter te zien, ze droeg voortaan een bril om haar ogen te corrigeren, maar haar oogarts zag het somber in. Uit medisch onderzoek bleek dat ze haar gezichtsvermogen langzaam kwijt zou raken. Hugo, die toen zestien jaar was, dacht: als mijn moeder me niet meer kan zien, moet ik op een andere manier tot haar geest doordringen. En dus begon hij piano te spelen; hij zou via de muziek aanwezig zijn.

Hij werkte keihard en werd eerste bij het toelatingsexamen voor het conservatorium, vrijwel precies toen Marina volledig blind werd. Omdat ze arbeidsongeschikt was, kon ze naar alle repetities en concerten van haar zoon komen. Meteen aan het begin van zijn carrière had hij besloten Brücke als artiestennaam te gebruiken. Het was een manier om zichzelf te accepteren zoals hij was; het vertelde zijn verhaal, hun verhaal, van hem en zijn moeder, en het hoorde bij hen. Brücke betekende 'brug' in het Duits. Toen realiseerde Marina zich dat haar leven uit losse brokstukken bestond, die elkaar nergens raakten, zoals eilanden kunstmatig in groepen met elkaar verbonden worden.

13

Rouche was onder de indruk van het verhaal. Na een tijdje zei hij:
 'Ik denk dat Jean-Pierre Gourvec van u hield. Ik denk zelfs dat hij zijn hele leven van u is blijven houden.'
 'Waarom denkt u dat?'
 'Dat zei ik u al: hij heeft een roman geschreven. En ik begrijp nu dat die roman op u geïnspireerd is, op uw vertrek, op alle woorden die hij u niet kon zeggen.'
 'Denkt u dat echt?'
 'Ja.'
 'En hoe heet zijn roman?'
 '*De laatste uren van een liefdesgeschiedenis.*'
 'Mooi.'
 'Ja.'
 'Ik zou het heel graag willen lezen,' zei ze ten slotte.

De twee ochtenden daarna ging Rouche opnieuw naar Marina, om haar de roman van Gourvec voor te lezen. Hij deed dat langzaam. Soms vroeg de oude vrouw hem om een passage te herhalen. Daar merkte ze dan iets over op: 'Ja, hier herken ik hem duidelijk in. Typisch hem...' Wat betreft het sensuele – verzonnen – gedeelte: ze dacht dat hij had opgeschreven wat hij zou willen dat er gebeurd was. Zij, die al zo lang in de duisternis opgesloten zat begreep die neiging maar al te goed. Ook zij verzon steeds verhalen, zodat ze alles wat ze niet kon zien toch nog op een andere manier beleven kon. Ze had een parallel leven geschapen dat niet veel verschilde van dat van romanschrijvers.

'En Poesjkin? Hebben jullie het daar over gehad?' vroeg Rouche.
'Nee. Dat zegt me niks. Maar Jean-Pierre was gek op biografieën. Ik herinner me dat hij me over het leven van Dostojevski vertelde. Hij was nieuwsgierig naar de levenswandel van anderen.'
'Misschien heeft hij daarom de realiteit met het leven van een schrijver vermengd.'
'Het is erg mooi in ieder geval. Zoals hij die doodsstrijd beschrijft... Ik had niet verwacht dat hij zo goed kon schrijven.'
'Heeft hij nooit iets tegen u gezegd over dat hij wilde schrijven?'
'Nee.'
'...'
'En de roman? Wat is daarmee gebeurd?'
'Hij heeft geprobeerd het uitgegeven te krijgen, maar dat is niet gelukt. Ik denk dat hij u met dat boek probeerde terug te winnen.'
'Me terugwinnen...' herhaalde Marina met tranen in haar stem.

Rouche was zo geraakt door de emoties van de oude vrouw, dat hij liever nog niets over de publicatie van het boek had willen zeggen. Ze had er schijnbaar niets over gehoord. Het was beter om haar eerst alle nieuwe informatie te laten verwerken, evenals de roman die haar was voorgelezen. Toen Rouche weg wilde gaan, vroeg Marina hem om dichterbij te komen. Ze drukte zijn hand om hem te bedanken.

Eenmaal alleen kwamen de tranen. Hier werd weer een belangrijke brug geslagen. Zoals haar verleden opeens weer springlevend was, na decennia stilte. Haar hele leven was ze ervan overtuigd geweest dat Jean-Pierre niet van haar gehouden had; hij was gul, vriendelijk en lief geweest, maar hij had nooit, op geen enkele manier, laten merken wat hij voelde. Zijn roman onthulde zijn gevoelens, die zelfs zó heftig bleken te zijn geweest, dat hij daarna geen enkele andere vrouw meer had kunnen liefhebben. Ze besefte nu dat zij hetzelfde gevoeld had. Het was dus echt geweest, en dat was misschien wel het allerbelangrijkste. Ja, het was echt geweest. Net als al die schitterende verhalen die ze in haar duisternis creëerde. Het leven kent een diepere dimensie, met daarin verhalen die dan misschien geen verwezenlijking vinden in de realiteit, maar wel degelijk echt zijn.

14

Toen hij besloot het boek aan een onderzoek te onderwerpen, omdat hij het gevoel had dat er iets niet klopte, had Rouche niet verwacht zoveel emoties te doorleven. Maar hij moest nog iets belangrijks doen.

Hij bracht het grootste deel van de middag slapend in zijn studio door. Hij had een droom waarin Marina gigantische oesters at, die veranderden in Brigitte, die hem de huid vol schold over de auto. Met een ruk schrok hij wakker en zag dat het al aan het schemeren was. Hij pakte zijn laptop en probeerde zijn aantekeningen te ordenen; hij wist nog niet aan welke krant hij zijn artikel zou verkopen, misschien aan de hoogste bieder, maar hij wist zeker dat de literaire wereld zou smullen van zijn ontdekkingen. De goede bedoelingen van Grasset zou hij echter niet in twijfel trekken; de uitgeverij had oprecht geloofd dat Pick het boek geschreven had.

Toen hij een uur of twee aan het werk was ontving hij een berichtje op zijn telefoon: 'Ik zit in het café bij jou beneden. Ik wacht op je, Joséphine.' Het eerste wat hij zich afvroeg was hoe ze zijn adres kon weten, voor hij zich herinnerde dat hij haar tijdens hun nachtelijke gesprek nota bene zelf had verteld waar hij woonde. Zijn tweede gedachte: hij had die avond net zo goed niet thuis kunnen zijn. Het was wel een beetje raar om iemand beneden op te wachten zonder diegene daar van tevoren van op de hoogte te stellen. Maar toen dacht hij: zij ziet me vast als zo'n man die niets anders te doen heeft dan iedere avond thuis te zitten. En hij moest toegeven dat ze daar geen ongelijk in had.

Hij antwoordde: 'Ik kom er zo aan.' Maar het kostte hem meer tijd dan verwacht. Hij wist niet wat hij aan moest trekken. Niet dat hij een goede indruk wilde maken op Joséphine, maar hij wilde in ieder geval geen slechte indruk op haar maken. Helemaal in het begin, tijdens de interviews, had hij haar maar dom gevonden. Toen hij haar op het kerkhof ontmoet had, was hij radicaal omgeslagen. Al die dingen schoten door hem heen toen hij voor zijn kledingkast stond te verzanden in besluiteloosheid. Precies op dat moment kreeg hij een tweede bericht: 'Kom gewoon zo naar beneden, je ziet er vast goed uit.'

15

Daar zaten ze dan, een fles rode wijn te drinken. Rouche had een biertje willen bestellen, maar was uiteindelijk met Joséphine meegegaan. Tijdens zijn hele kledingdebacle had hij zich in zijn hoofd gehaald dat ze naar hem toe was gekomen uit een soort oerdrift die niet te stuiten was. Misschien wilde ze opbiechten dat ze gevoelens voor hem had. Het was misschien geen heel waarschijnlijk scenario,[25] maar op dat moment zou niets hem verbazen. Nadat ze een beetje over koetjes en kalfjes hadden gepraat, waarbij ze trouwens wel tot tutoyeren waren overgegaan, legde Joséphine uit waarom ze hier was:

'Ik wil niet dat je je artikel publiceert.'

'Waarom vraag je me dat? Ik dacht dat jij en je moeder de waarheid boven tafel wilden krijgen. Dat jullie genoeg hadden van het hele circus.'

'Ja, natuurlijk. We wilden het ook weten. En dankzij jou weten we nu dat mijn vader geen roman geschreven heeft. Je hebt geen idee hoe erg dit hele gedoe ons leven overhoop heeft gegooid. We hadden het gevoel dat we naast een onbekende geleefd hadden.'

'Dat begrijp ik. Maar de waarheid zal overwinnen.'

'Integendeel, nu gaat iedereen zich er weer mee bemoeien. Ik zie de journalisten al voor me: "En, hoe voelt dat nu, om erachter te komen dat uw vader toch geen roman geschreven heeft?" Dan houdt het nooit meer op. En ik vind het vernederend voor mijn moeder die op televisie is geweest om over die roman te vertellen. Dat zou verschrikkelijk zijn.'

---

[25] Het was lang geleden dat een vrouw driehonderd kilometer gereden had om hem zonder waarschuwing op te zoeken; dat was eigenlijk nog nooit gebeurd.

'Ik weet niet wat ik moet zeggen. Ik vond het belangrijk om de waarheid te vertellen.'

'Maar wat maakt het uit? Het kan niemand wat schelen. Of het Pick is of Gourvec. De mensen vonden het een mooi idee dat het mijn vader was, meer niet. We moeten het zo laten. Er komt gedonder van.'

'Hoezo?'

'Gourvec heeft geen erfgenaam. Dan krijgen wij geen auteursroyalty's meer van Grasset.'

'Dus dat is de reden.'

'Dat is *een* reden. Wat is daar zo erg aan? Maar zelfs als er niet zoveel geld mee gemoeid was, had ik je precies hetzelfde gezegd, echt. Ik heb te veel geleden onder dit verhaal en de gevolgen ervan. Ik wil dat de mensen erover ophouden. Ik wil me ergens anders op kunnen richten. Dat vraag ik je. Alsjeblieft.'

'...'

'...'

'Ik heb de vrouw van Gourvec ontmoet trouwens,' zei Rouche. 'Ik heb een paar heel bijzondere uren met haar doorgebracht. Ik heb haar de roman voorgelezen en ze begreep dat Gourvec echt van haar gehouden heeft.'

'Nou, zie je, daar deed je het voor. Dat is geweldig. En nu moet je ermee ophouden.'

'...'

'Ik zou een duur cadeau voor je kunnen regelen,' zei Joséphine met een brede glimlach, om zo de sfeer wat luchtiger te maken.

'Wil je mijn zwijgen afkopen?'

'Dat is beter voor iedereen, dat weet je. Dus? Wat is je prijs?'

'Daar moet ik over nadenken.'

'Wat je maar wil.'

'Jou?'

'Mij? Maak je geen illusies. Ik ben veel te duur. Je zou een hoop boeken moeten verkopen, mocht je me willen hebben.'

'Dan... Een auto. Kun je een Volvo voor me kopen?'

Ze praatten verder, tot het café ging sluiten. Rouche had zich makkelijk laten overtuigen. Hij had steeds gedacht dat zijn onderzoek een ommekeer in zijn leven zou betekenen. En dat was precies wat zich nu aan het voltrekken was, al was het niet zoals hij het voor zich had gezien. Er was echt iets tussen hen. Joséphine zei dat ze niet had nagedacht over een slaapplek. Net als hij was ook zij lid van de club mensen zonder vooruitziende blik op overnachtingsgebied. Ze gingen naar Rouches huis, en hij maakte zich er totaal niet druk om wat een vrouw van zijn appartementje zou vinden. Ze gingen naast elkaar liggen, maar dit keer in hetzelfde bed.

16

De volgende ochtend opperde Joséphine dat hij misschien met haar mee kon gaan naar Rennes. In Parijs had hij immers niets meer te zoeken. Hij zou daar een nieuw leven kunnen beginnen, misschien in een boekhandel werken, of artikelen schrijven voor de lokale krant. Het idee van een frisse start stond hem wel aan. Ze reden rustig over de snelweg terwijl ze naar muziek luisterden. Na een poosje stopten ze om koffie te drinken. Terwijl ze die opdronken, drong het tot ze door: ze waren verliefd. Ze waren even oud en hadden geen zin meer in spelletjes. De eerste uren van een liefde, dacht Rouche. Het was heerlijk om die smerige koffie bij een smoezelig tankstation te drinken en je je geen betere omstandigheden te kunnen voorstellen.

Epiloog

1

Frédéric legde graag zijn hoofd op de buik van Delphine, hopend dat hij een hartslag zou horen. Het was nog te vroeg. Ze hadden al een eindeloos lange lijst met voornamen. Het zou niet makkelijk zijn om het eens te worden, dus deed de schrijver zijn vrouw een voorstel: 'Als het een jongen is, kies jij. En als het een meisje is, ik.'

2

Een paar dagen na die voornamenafspraak vertelde Frédéric dat hij zijn roman eindelijk af had. Tot op dat moment had hij zijn redactrice niets laten zien, omdat hij wilde dat ze het boek in zijn totaliteit tot zich zou nemen. Enigszins zenuwachtig pakte ze *De man die de waarheid spreekt* aan en zonderde zich af in de slaapkamer. Nog geen uur later kwam ze woedend naar buiten gestormd:

'Dat kun je niet maken!'

'Natuurlijk kan ik dat. Dat was het plan.'

'Maar we hebben het erover gehad, en je was het ermee eens.'

'Ik ben van gedachten veranderd. Ik vind dat iedereen het moet weten. Ik wil niet langer zwijgen.'

'Het is uit de hand gelopen. Je weet donders goed dat we alles kwijt zouden raken.'

'Jij misschien, ik niet.'

'Wat wil je daarmee zeggen? We zijn met z'n tweeën. We moeten samen beslissen.'

'Jij hebt makkelijk praten. Jij hebt alles.'

'Ik waarschuw je, Frédéric. Als je dat boek laat uitgeven, dan laat ik me aborteren.'

'...'

Hij kon geen woord uitbrengen. Hoe durfde ze? Het leven van hun kind op het spel zetten om de ruzie te beslechten. Walgelijk was het. Ze besefte dat ze te ver was gegaan en probeerde het recht te zetten. Ze liep naar Frédéric toe en maakte haar excuses. Op zachte toon vroeg ze hem er goed over na te denken. Hij beloofde het. De snoeiharde manier waarop ze had geprobeerd hem te chanteren gaf wel aan hoe bang ze was om alles kwijt te raken. En misschien had ze gelijk. Ze zouden het haar aanrekenen dat ze iedereen zo voorgelogen had. Erger nog: dat ze een oude vrouw had laten geloven dat haar man een boek geschreven had. Haar woede was natuurlijk terecht. Maar hij moest aan zichzelf denken. Dat was zijn goed recht. Had hij zich niet maandenlang vanbinnen op zitten vreten? Hij had aan niets anders gedacht: aan de dag dat iedereen de waarheid zou horen. Eindelijk zouden de mensen weten dat hij het boek had geschreven dat boven aan alle bestsellerlijsten stond. Men zou misschien zeggen dat het vooral de roman achter de roman was die de mensen waardeerden, de pizzabakker die in het diepste geheim had zitten schrijven; misschien was dat wel zo, maar zonder zijn tekst zou er helemaal geen roman geweest zijn. En nu moest hij zwijgen. Hij moest verborgen blijven achter zijn geesteskind.

3

Het was gewoon vanzelf gegaan. Frédéric was een paar maanden eerder voor het eerst met Delphine naar Crozon gegaan. Daar had hij haar ouders ontmoet, die heel aardig waren, hij had de charme van Bretagne ontdekt en had iedere ochtend zitten schrijven in zijn kamer. De werktitel was *Het bed*, maar niemand wist waar het echt over ging. Frédéric werkte altijd het liefst achter gesloten deuren, omdat hij van mening was dat een roman in wording zijn samenhang verloor door erover te praten. Hij was bijna klaar met een verhaal over een stel dat uit elkaar ging, tegen de achtergrond van Poesjkins doodsstrijd. Hij was heel enthousiast over dat idee, en hoopte dat deze tweede roman succesvoller zou zijn dan zijn eerste, maar heel waarschijnlijk was dat niet; op een paar schrijvers na, en niet per se de beste, verkocht niemand meer.

Na een gesprek met Delphines ouders waren ze naar die beroemde bibliotheek van de afgewezen boeken gegaan. Daar was hij op het idee gekomen om de mensen te laten geloven dat zijn nieuwe roman hier ontdekt was; het zou een geweldige marketingstunt zijn. En als de verkoop eenmaal liep, zou hij kunnen onthullen dat hij het geschreven had. Hij vertelde Delphine over zijn plan, die het meteen briljant vond. Maar zij vond dat het manuscript wel aan een schrijver opgehangen moest worden; geen verzonnen naam of pseudoniem, nee, ze hadden een bestaand persoon nodig. Dat zou iedereen nieuwsgierig maken. En de verdere ontwikkelingen toonden wel aan dat ze daar gelijk in had.

Ze gingen naar het kerkhof van Crozon en kozen een dode uit als schrijver van het boek. Na enige aarzeling besloten ze voor Pick te gaan, omdat ze allebei van schrijvers met een k in de naam hielden. Hij was twee jaar daarvoor overleden en kon het feit dat men hem een roman toedichtte niet tegenspreken. Maar zijn familie zou op de hoogte gebracht moeten worden, en die zou een contract moeten ondertekenen. Op die manier zou niemand meer vermoeden dat ze de boel flessen. Dat laatste verbaasde Frédéric, maar Delphine legde hem uit: 'Dit boek levert je geen geld op, maar als iedereen eenmaal weet dat jij het geschreven hebt, zal er overal over je gepraat worden en dat zal invloed hebben op je volgende boek. In dat opzicht kunnen we er maar beter volledig voor gaan. Behalve wij tweeën mag niemand ervan afweten.'

Frédéric was nog een paar dagen bezig om zijn boek af te maken. Hij achtte het mogelijk dat de moeder van Delphine een kladversie van *Het bed* gezien had. Uit voorzorg koos hij toen voor een andere titel: *De laatste uren van een liefdesgeschiedenis*. Ook veranderde hij het lettertype van de tekst, zodat het zoveel mogelijk op dat van een typemachine leek. De jonge geliefden drukten de tekst af en probeerden het papier ouder te laten lijken, het manuscript te verfrommelen. Toen ze die taak volbracht hadden gingen ze terug naar de bibliotheek met de welbekende schat, die ze zogenaamd daar ontdekten.

Door Madeleines eerste reactie en haar twijfel over het waarheidsgehalte van hun verhaal leek het ze verstandig voor extra bewijsmateriaal te zorgen. En dus verstopte Frédéric tijdens een zogenaamd bezoekje aan het toilet, bij hun tweede afspraak, het boek van Poesjkin tussen de spullen van Henri Pick. Er was geen weg meer terug. Maar dat het zoveel teweeg zou brengen hadden ze nooit verwacht. Het had hun stoutste dromen overtroffen, en had ze in zekere zin ook in een benarde positie gebracht. Dat was Delphine wel duidelijk geworden nadat ze bij François Busnel in de uitzending waren geweest. Madeleine had de kijkers zó weten te ontroeren dat ze de waarheid nooit meer zouden kunnen onthullen zonder te worden gezien als vuile bedriegers. Dat was erg moeilijk voor Frédéric, die moest verbergen dat hij het best gelezen boek van Frankrijk geschreven had, en genoegen moest nemen met de schrijverscarrière die zelfs onopgemerkt was gebleven door het meisje met wie hij drie jaar een relatie had gehad. Uit irritatie om de constante afwezigheid van Delphine, wie juist alle roem en eer van hun plan ten deel viel, had hij zich voorgenomen om alles te onthullen in zijn nieuwe roman. Hij zou het verhaal natuurlijk tot in detail uitleggen, maar het zou ook een analyse zijn van hoe onze hedendaagse maatschappij veel meer op vorm dan op inhoud gericht is.

4

Frédéric had Delphines excuses aanvaard en begreep dat hij hen allebei in gevaar zou brengen als hij hun geheim zou onthullen. Een paar dagen later, toen de zomervakantie begon, besloten ze naar Crozon te gaan.

's Morgens bleef Frédéric in bed en probeerde een nieuwe roman te schrijven, maar het kostte hem erg veel moeite. Soms ging hij naar buiten om in zijn eentje langs de zee te lopen. Dan dacht hij weleens aan de laatste dagen van Richard Brautigan in Bolinas, aan de mistige Californische kust. Omdat hij steeds minder succes had en voelde dat zijn roem tanende was, had de Amerikaanse schrijver zich overgegeven aan alcohol en paranoia. Hij had een paar dagen niets van zich laten horen, aan niemand, zelfs niet aan zijn dochter. En was uiteindelijk alleen gestorven. Ze troffen zijn lichaam in staat van ontbinding aan.

Tijdens die vakantie besloot Frédéric een bezoekje te brengen aan de bibliotheek van Crozon. Daar waar het hele verhaal begonnen was. Hij kwam weer bij Magali, die hij er anders uit vond zien, al kon hij niet precies zeggen wat er dan in haar uiterlijk veranderd was. Misschien was ze afgevallen. Ze ontving hem enthousiast:
'Dag meneer de schrijver!'
'Hallo.'
'Alles goed? Bent u op vakantie?'
'Ja. En we blijven hier zeker nog wel een paar maanden. Delphine is zwanger.'
'Gefeliciteerd. Is het een jongen of een meisje?'
'Dat willen we niet weten.'
'Het wordt dus een verrassing.'
'Ja.'
'En, heeft u al een nieuw boek geschreven?'
'Ik vorder gestaag.'
'Hou me op de hoogte. We bestellen het hier natuurlijk. Afgesproken?'
'Afgesproken.'
'Nu ik u toch spreek: aangezien u toch in Crozon bent, zou het u wat lijken om een schrijfcursus te geven?'
'Ik... Ik weet niet...'
'Het zou één keer per week zijn, niet vaker. Bij het bejaardenhuis hiernaast. Ze zouden er maar wat trots op zijn om een schrijver als u te mogen ontvangen.'
'Goed, ik zal erover nadenken.'
'Nou, dat zou fantastisch zijn. Dat u ze helpt hun herinneringen op te schrijven.'

'Oké, we zien wel. Ik ga even rondlopen. Ik denk dat ik nog wel een boek kom lenen.'

'Graag zelfs,' zei Magali glimlachend, alsof ze net een compliment had gekregen.

Nog nadenkend over het voorstel dat ze hem zojuist had gedaan, liep Frédéric richting de boekenkasten. Toen zijn eerste manuscript geaccepteerd was zag hij de vrouwelijke fans al om zich heen hangen, zichzelf literaire prijzen in ontvangst nemen, misschien zelfs de Goncourt of de Renaudot. Ook had hij gedacht dat hij over de hele wereld vertaald zou worden en dat hij naar Azië en Amerika zou reizen. De lezers zouden vol spanning wachten op zijn volgende roman, en hij zou bevriend zijn met andere grote schrijvers; daar had hij allemaal over nagedacht. Maar het was niet in hem opgekomen dat hij ouderen een cursus schrijven zou geven in een klein stadje op het uiterste puntje van Bretagne. Tot zijn verbazing deed het idee hem vooral glimlachen. Hij wilde het zo snel mogelijk aan Delphine vertellen; hij was zo graag bij haar. En hij zou vader worden. Meer dan ooit tevoren besefte hij hoe zielsgelukkig dat hem maakte.

5

Even later haalde hij zijn manuscript, *De man die de waarheid spreekt*, uit zijn tas en liet het achter in de bibliotheek van de afgewezen boeken.

De passage op bladzijde 91 is gebaseerd op Marcel Proust, *Swanns kant op* (Athenaeum, Polak & Van Gennep 2015), p. 59. (vert. M. de Haan & R. Hofstede).

De zinnen die onderstreept zijn in het boek *Jevgeni Onegin* op pagina 215 en de verzen die François Busnel voorleest op pagina 104 zijn afkomstig uit Aleksandr Poesjkin, Jevgeni Onegin (Van Oorschot 2013), par. I-46 (vert. W. Jonker).

David Foenkinos bij Uitgeverij Cossee

Charlotte
Roman. Vertaald door Marianne Kaas
Paperback, 236 blz.

De wereld van de introverte, fantasierijke Charlotte Salomon stort in wanneer ze Berlijn moet ontvluchten. Het jonge meisje laat niet alleen haar vader en stiefmoeder achter, maar ook Alfred Wolfsohn, de liefde van haar leven – althans, in haar ogen.

In Zuid-Frankrijk duikt ze onder bij haar grootouders, die Duitsland al eerder verlieten. Maar ook daar sluit het net van de nazi's zich, langzaam maar zeker.

Wanneer Charlotte het vreselijke geheim van haar familie leert kennen, neemt ze een allesbepalende beslissing: ze gaat aan het werk. De kunstenares schildert en schrijft met onmetelijke gedrevenheid haar levenswerk *Leven? Of Theater?*, een gigantisch kunstproject dat gouaches, muziek en tekst combineert. Maar de dreiging van het noodlot is overal om haar heen: in haar familie, in haar geboortestad, in haar Franse toevluchtsoord – en, tot slot, in Auschwitz.

De Franse bestsellerauteur David Foenkinos trad in de voetsporen van de kunstenares, en ging op zoek naar het ware verhaal van haar leven. Niet eerder was een literair eerbetoon zo aangrijpend.

'In de voetsporen van Proust cultiveert David Foenkinos de herinnering. Zijn toon is fijngevoelig en melancholiek, zijn roman een ode aan de Nobelprijswinnaar Patrick Modiano.'
– *NRC Handelsblad*

Meer informatie over David Foenkinos en de boeken
van Uitgeverij Cossee vindt u op onze website
www.cossee.com

Wilt u op de hoogte blijven van alle uitgaven en
activiteiten van Uitgeverij Cossee, meld u dan aan
voor de nieuwsbrief op www.cossee.com en
volg ons op Facebook en Twitter.

Gepubliceerd met steun van het Franse ministerie van
Buitenlandse Zaken en Internationale Ontwikkeling
en het Institut français des Pays-Bas.

Oorspronkelijke titel *Le mystère Henri Pick*
© David Foenkinos
© 2016 Editions Gallimard, Parijs
Nederlandse vertaling © 2017 Carlijn Brouwer
en Uitgeverij Cossee bv, Amsterdam
Omslagbeeld Getty Images
Omslag Irwan Droog
Typografie binnenwerk Perfect Service, Schoonhoven
Druk Ten Brink, Meppel

ISBN 978 90 5936 753 1 | NUR 302
E-ISBN 978 90 5936 765 4